Casamento
por conveniência

JENNIFER PROBST

CASAMENTO *por conveniência*

Quinta Essência

LeYa

Título original: The Marriage Bargain

Diretor editorial: Pascoal Soto
Editora executiva: Maria João Costa
Produção editorial: Pamela Oliveira, Renata Alves e Maitê Zickuhr
Assistentes editoriais: Marcelo Nardeli e Maria Luiza Almeida

Preparação de textos: Marcia Maria Men
Revisão de textos: Iraci Miyuki Kishi
Projeto gráfico: Vivian Oliveira
Diagramação: Lira Editorial
Capa: Maria Manuel Lacerda

Dados Internacionais de Catalogação na Publicação (CIP)
Angélica Ilacqua CRB-8/7057

Probst, Jennifer
Casamento por conveniência/Jennifer Probst; tradução de Thais Paiva. – São Paulo: LeYa, 2014.
240 p.

ISBN 978-85-441-0003-5
Título original: *The Marriage Bargain*

1. Literatura norte-americana I. Título II. Paiva, Thais

14-0176 CDD 813

Índices para catálogo sistemático:
1. Literatura norte-americana

2014

TEXTO EDITORES LTDA
[Uma editora do Grupo Leya]
Rua Desembargador Paulo Passaláqua, 86
01248-010 — Pacaembu — São Paulo — SP — Brasil
www.leya.com.br

Para minha mãe

Você foi a primeira a ler os manuscritos de meus primeiros romances — até as cenas mais picantes — escritos em uma máquina de escrever velha. Você me encorajou a perseguir meus sonhos e a nunca acreditar que escrever era apenas um *hobby*. Você me apoiou nos momentos bons e ruins, todos os dias, por todos esses anos. Você me faz querer ser uma pessoa melhor nesta vida. Sinto muito orgulho de ser sua filha.

Essa é para você, mamãe.

1

Ela precisava de um homem.

De preferência, um homem que tivesse cento e cinquenta mil dólares sobrando.

Alexandria Maria McKenzie observou as chamas da pequena fogueira improvisada no meio da sala de sua casa e se perguntou se estaria ficando louca de vez. O pedaço de papel em suas mãos listava todas as qualidades que ela desejava para sua alma gêmea. Lealdade. Inteligência. Senso de humor. Dar importância à família e adorar animais. Ter uma renda considerável.

A maioria dos ingredientes já estava cozinhando. Um fio de cabelo de um homem de sua família (o irmão de Alexa ainda estava furioso). Uma seleção de ervas aromáticas – talvez para dar a ele um lado mais delicado. E um pequeno graveto para... bem, ela esperava que não fosse para aquilo que suspeitava.

Respirando fundo, colocou a lista no balde prateado e ficou olhando enquanto ela era consumida pelas chamas. Sentiu-se meio idiota por fazer um feitiço de amor, mas não tinha alternativa, nem nada a perder. Alexa era dona de uma livraria eclética em uma cidade universitária modernosa no interior do estado de Nova York, e isso, pensou ela, lhe permitia algumas esquisitices – dentre elas, fazer uma prece para que a Mãe Terra a ajudasse a encontrar o homem perfeito.

Quando as chamas começaram a crepitar, Alexa esticou o braço e pegou o extintor de incêndio. A fumaça que se erguia do balde lembrava o cheiro da massa de pizza queimada que estava grudada no fundo do forno. Franzindo o nariz, ela disparou um jato no meio do carpete e foi à caça de uma taça de vinho tinto para comemorar.

A mãe de Alexa teria que vender Tara.

A casa da família.

Alexa pegou uma garrafa de Cabernet Sauvignon e ficou pensando em seu dilema. Sua livraria já fora hipotecada tantas vezes quanto possível. A obra de expansão para o café iria requerer um planejamento cuidadoso, e ela não podia dispor de nenhum centavo. Correu os olhos pelo *loft* vitoriano e calculou facilmente que não havia ali nada que pudesse ser vendido. Nem mesmo no eBay.

Ela estava com 27 anos e talvez devesse morar em um apartamento estiloso, vestir roupas de grife e ter um encontro a cada fim de semana. Em vez disso, Alexa abrigava cães abandonados do canil local e comprava echarpes elegantes para dar uma cara nova às suas roupas. Acreditava no lado bom das coisas, em estar aberta às possibilidades e seguir seu coração. Infelizmente, nada disso a ajudaria a salvar a casa de sua mãe.

Bebeu um gole do vinho vermelho-rubi e admitiu que não havia nada mais a fazer. Ninguém tinha dinheiro suficiente, e dessa vez, quando o cobrador de impostos viesse, não haveria final feliz. Ela não era nenhuma Scarlett O'Hara. E duvidava que sua tentativa desesperada de atrair o homem perfeito fosse funcionar.

A campainha tocou.

O queixo de Alexa caiu. Meu Deus, será que era *ele*? Olhou para suas calças de moletom velho e sua camiseta cortada e pensou se daria tempo para trocar de roupa. Levantou-se e começou a revirar o guarda-roupa, mas a campainha tocou de novo, então ela foi até a porta, respirou fundo e virou a maçaneta.

– Finalmente você abriu essa porta. Já não era sem tempo.

As esperanças de Alexa morreram ao dar de cara com sua melhor amiga, Maggie Ryan. Alexa a encarou, de cara fechada:

– Era pra você ser um homem.

Maggie deu um riso sarcástico e entrou no apartamento. Fez um gesto com uma das mãos, unhas cor vermelho-cereja, e se jogou no sofá:

– Vai sonhando. Você botou seu último pretendente para correr, e eu não pretendo arrumar outro encontro para você tão cedo. O que aconteceu aqui?

– Como assim, botei ele para correr? Eu achei que ele fosse me atacar.

Maggie ergueu uma sobrancelha:

– Ele só queria te dar um beijo de boa noite. Você tropeçou e caiu de bunda no chão, e ele se sentiu um completo idiota. As pessoas se beijam depois de um encontro, Al. É quase um ritual.

Alexa esvaziou em um saco o lixo que restava no balde.

– Ele tinha comido muito alho no jantar e eu não queria que ele chegasse perto de mim.

Maggie pegou a taça de vinho e bebeu um belo gole. Esticou as longas pernas vestidas em calças de couro e enganchou os saltos altos da bota na beirada da velha mesinha de centro.

– Realmente, não dá para entender por que você passou a última década sem fazer sexo.

– Sua bruxa.

– Celibatária.

Alexa riu e se rendeu:

– Ok, você ganhou. Por que resolveu dar o ar de sua graça em plena noite de sábado? Você está bonita.

– Obrigada. Vou encontrar um cara às onze para beber. Quer vir também?

– Pro seu encontro?

Maggie fez uma careta e bebeu o vinho que restava na taça:

– Você seria uma companhia mais agradável. O cara é um mala.

– Então por que vai sair com ele?

– Ele é bonitão.

Alexa se largou no sofá ao lado da amiga e suspirou:

– Queria tanto ser como você, Maggie. Por que eu tinha que ser tão complicada?

– E eu, tão pouco complicada? – Os lábios de Maggie se torceram em um riso autodepreciativo. Apontando para o balde, disse: – Qual é a da fogueira?

Alexa suspirou:

– Eu fiz um feitiço de amor. Para, hã... arranjar um homem.

A amiga riu, jogando a cabeça para trás:

– Certo. E o que isso tem a ver com o balde?

As bochechas de Alexa pareciam arder. Maggie nunca a deixaria se esquecer desse dia.

– Fiz uma fogueira em honra à Mãe Terra – sussurrou.

– Ah, meu Deus.

– Estou desesperada, tá? Ainda não conheci O Cara Perfeito, e apareceu um outro probleminha que eu preciso resolver, então combinei as duas coisas em uma só lista.

– Que lista?

– Uma cliente me disse que comprou um livro de feitiços de amor e que, quando ela fez uma lista com as qualidades que procurava no homem ideal, ele apareceu.

Agora Maggie pareceu se interessar:

– Apareceu um homem na vida dela com todas as características que ela queria?

– Isso. A lista precisa ser bem específica. Não pode generalizar demais, senão o universo fica confuso com os seus desejos e não faz nada. Mas ela disse que, se você fizer o feitiço direitinho, o homem perfeito vai aparecer.

Os olhos verdes de Maggie brilharam:

– Deixa eu ver esse livro.

Nada como outra mulher solteira para fazê-la se sentir melhor na busca por um homem. Alexa jogou para a amiga o pequeno livro encapado com tecido, sentindo-se menos idiota.

– Hummm. Quero ver a sua lista.

Alexa apontou para o balde:

– Queimei.

– Sei que você deve ter uma cópia debaixo da cama. Deixa pra lá, eu mesma pego.

A amiga levantou-se de um salto em direção ao futom amarelo-canário e enfiou a mão por debaixo das almofadas. Segundos depois, segurava, em triunfo, a lista entre seus dedos de unhas vermelho-vivo, lambendo os lábios como se estivesse prestes a mergulhar em um livro picante. Alexa se acomodou no carpete e relaxou. Que comece a humilhação.

– Número um – recitou Maggie. – Ser fã dos Mets.

Alexa se preparou para o impacto.

– Beisebol? – gritou Maggie, balançando o papel de um lado a outro com efeito dramático. – Mas que merda, como é que a sua prioridade número um pode ser *beisebol*? Faz anos que os Mets não chegam às finais! É um fato conhecido que há mais fãs dos Yankees do que dos Mets em Nova York, e isso elimina a maior parte da população masculina.

Alexa rangeu os dentes. Por que as pessoas viviam recriminando sua escolha entre os times nova-iorquinos?

– Os Mets têm alma e personalidade, e eu preciso de um homem capaz de torcer pelo azarão. Eu me recuso a dormir com um fã dos Yankees.

– Você não tem jeito. Desisto – disse Maggie. – Número dois: amar livros, arte e poesia. – Parou, pensou e deu de ombros. – Esse eu aceito. Três: acreditar em monogamia. Muito importante. Número quatro: querer filhos. – Olhou para a amiga: – Quantos?

O pensamento fez Alexa sorrir:

– Eu gostaria que fossem três, mas ficaria satisfeita com dois. Será que eu deveria ter especificado o número na lista?

– Não, tenho certeza de que a Mãe Terra vai acertar – continuou Maggie. – Número cinco: saber se comunicar com uma mulher. Boa. Não aguento mais livros sobre Vênus e Marte: já li todos e continuo perdida. Número seis: amar animais. – Fez um muxoxo. – Esse foi tão ruim quanto o dos Mets.

Alexa se revirou no carpete para poder olhar a amiga nos olhos:

– Se ele detestar cães, como eu vou poder continuar a ser voluntária no canil? E se ele gostar de caçar? Eu acordaria no meio da noite e daria de cara com um alce morto pendurado sobre a lareira olhando para mim.

– Como você é dramática... – Maggie voltou à lista. – Número sete: ter um código de ética e acreditar em honestidade. Esse deveria ser o primeiro item da lista, mas que diabos, eu não sou fã dos Mets, o que é que eu sei? Número oito: ser bom de cama. – Ergueu as sobrancelhas sugestivamente. – Esse seria o número dois na minha lista, mas fico orgulhosa de você por ter incluído esse item. Talvez ainda haja esperança para você, afinal de contas.

Alexa engoliu em seco, o pavor dando um nó em seu estômago:

– Continue.

– Número nove: dar grande importância à família. Faz sentido: vocês até parecem os Walton. Certo, número dez...

O relógio fez tique-taque. Alexa observou Maggie ler o item mais uma vez.

– Alexa, acho que estou entendendo errado o item dez.

Alexa suspirou:

– Provavelmente não.

Maggie recitou a última exigência:

– Ter cento e cinquenta mil dólares disponíveis em dinheiro vivo. – Levantou os olhos da lista. – Mais detalhes, por favor.

Alexa ergueu o queixo:

– Preciso de um homem a quem eu possa amar e que tenha cento e cinquenta mil sobrando. E preciso dele para já.

Maggie sacudiu a cabeça como se estivesse saindo de dentro d'água:

– Mas para quê?

– Para salvar Tara.

Maggie piscou, confusa:

– Tara?

– A casa da minha mãe. Como em ...*E o vento levou*, sabe? Lembra que a minha mãe dizia, brincando, que precisava de mais algodão para pagar as contas? Eu não cheguei a contar para você a que ponto as coisas chegaram, Maggs. Mamãe quer vender a propriedade, e eu não posso permitir que isso aconteça. Eles não têm dinheiro, nem para onde ir. Eu faço qualquer coisa para ajudar, até mesmo me casar. Como a Scarlett fez.

Maggie suspirou e pegou sua bolsa, sacou o celular e começou a digitar.

– O que você está fazendo? – Alexa tentou conter o pânico de que sua melhor amiga não a compreendesse. Afinal, ela nunca havia desejado que um homem resolvesse seus problemas até então. A que ponto chegamos...

– Estou cancelando o meu encontro. Acho que precisamos conversar sobre esse item. E depois vamos ligar para a minha terapeuta. Ela é ótima, discreta e aceita consultas no meio da noite.

Alexa riu:

– Você é uma amiga e tanto, Maggie.

– Nem me fale, nem me fale.

...

Nicholas Ryan tinha uma fortuna ao alcance de suas mãos.

Mas para conseguir o que queria, ele precisava de uma esposa.

Nick acreditava em muitas coisas. Trabalhar duro para atingir um objetivo. Controlar a raiva e recorrer à razão em momentos de confronto. E construir edifícios. Edifícios sólidos e esteticamente belos. Ângulos suaves e linhas precisas se fundindo de maneira harmoniosa. Tijolos, concreto e vidro representando a solidez que as pessoas buscam na vida cotidiana. O breve momento de deslumbramento quando alguém vê pela primeira vez sua criação finalizada. Tudo isso fazia sentido para ele.

Nick não acreditava em amor eterno, casamento e família. Nada disso fazia sentido para ele, que havia decidido não introduzir tais temas sociais em sua vida.

Infelizmente, Tio Earl havia mudado as regras.

Nick sentiu um nó nas entranhas, e seu senso de humor doentio quase fez com que uma risada transbordasse de seus lábios. Ergueu-se da cadeira e tirou o terno azul-marinho, a gravata listrada de seda e a camisa branca como neve. Com um movimento rápido de pulso, ele abriu o cinto e trocou-se rapidamente, vestindo um moletom cinza e uma camiseta da mesma cor. Enfiou os pés em seus tênis Nike Air e adentrou o santuário que era seu escritório, decorado com modelos, esboços, fotos inspiradoras, uma esteira, alguns halteres e um bar muito bem suprido. Ele pressionou o botão no controle remoto que comandava o MP3 player, e logo os acordes de *La Traviata* preencheram o escritório e limparam sua mente.

Ligou a esteira e tentou não pensar em cigarros. Mesmo depois de cinco anos, ele sentia uma vontade intensa de fumar sempre que seu nível de estresse aumentava um pouco. Irritado com a fraqueza dessa ânsia, ele se exercitava. Correr o acalmava, ainda mais naquele ambiente perfeitamente controlado. Nada de vozes altas ou sol ofuscante quebrando sua concentração, nada de pedrinhas ou cascalho atrapalhando a passada. Ajustou as configurações no painel da esteira e começou a correr no ritmo regular que sempre o levava à solução de seus problemas.

Ele entendia as intenções de seu tio, mas a sensação de ter sido traído estava acabando com a sua paz. No fim das contas, fora usado como um peão por um dos únicos membros de sua família que ele de fato amava.

Nick sacudiu a cabeça. Ele devia ter previsto aquilo. Tio Earl passara seus últimos poucos meses de vida discursando sobre a importância da família, desapontando-se com a reação apática do sobrinho a seus sermões. Nick se perguntava o porquê da surpresa de seu tio. Afinal, a família deles poderia ser usada como exemplo em uma campanha de métodos contraceptivos.

Sempre que entrava e saía de um relacionamento, uma coisa ficava cada vez mais clara pra Nick: toda mulher queria se casar, e casamento era sinônimo de confusão. Brigas por causa de sentimentos. Crianças disputando a atenção do casal, querendo sempre mais. A necessidade cada vez maior de espaço, até que o casamento terminasse como todos os outros relacionamentos. Divórcio. Com as crianças sendo as vítimas mais afetadas.

Não, obrigado.

Aumentou a inclinação e ajustou a velocidade, perdido no redemoinho de seus próprios pensamentos. Até o triste fim, Tio Earl manteve as esperanças de que uma mulher conseguiria salvar o sobrinho. O ataque cardíaco foi rápido e brutal. Quando os advogados apareceram, famintos como abutres ao odor de dinheiro sujo de sangue, Nick achou que os trâmites legais seriam simples. Maggie, sua irmã, já havia deixado muito claro que não queria se envolver nos negócios da família. Tio Earl não tinha outros parentes. Assim, pela primeira vez, Nick achou que sua sorte havia mudado. Finalmente teria algo que fosse só dele.

Até que os advogados leram o testamento.

E então, Nick entendeu que seu tio rira por último.

Nick herdaria a grande maioria das ações da Dreamscape assim que se casasse. O casamento, com qualquer mulher à sua escolha, deveria durar no mínimo um ano, e era aceitável que se fizesse um contrato pré-nupcial. Caso Nick decidisse não obedecer aos desejos de seu tio, ficaria com 51% das ações; o restante seria dividido entre os demais membros do conselho, e Nick acabaria com um cargo de fachada. Em vez de projetar os edifícios, ele ficaria preso em reuniões e na política corporativa – que era exatamente o que ele não queria para sua vida.

E Tio Earl sabia disso muito bem.

E era por isso que, agora, Nick precisava encontrar uma esposa.

Pressionou o botão para diminuir a inclinação. Reduziu o passo, e sua respiração se estabilizou. Com precisão metódica, sua mente deixou para trás o vazio emocional e examinou as possibilidades. Desceu da esteira, pegou no frigobar uma garrafa de Evian gelada e voltou à sua cadeira. Bebeu um gole do líquido puro e gelado e pousou a garrafa suada na mesa. Levou alguns minutos organizando os pensamentos, e então pegou a caneta dourada, rolando-a entre os dedos.

Escreveu as palavras como se cada uma fosse um prego em seu próprio caixão:

Encontrar uma esposa.

Nick decidiu que não perderia mais tempo remoendo a injustiça da situação. Resolveu fazer uma lista de atributos específicos que sua esposa precisaria ter, depois ver se conhecia alguma candidata apropriada.

Uma imagem de Gabriella veio à sua mente, mas ele ignorou o pensamento. Sua atual namorada, uma supermodelo estonteante, era a companhia perfeita para eventos sociais e ótima na cama, mas não para casamento. Ele gostava muito da companhia de Gabriella, com quem sempre tinha conversas inteligentes e interessantes, mas sentia que ela já estava se apaixonando por ele. Também havia dado alguns indícios de sua vontade de ter filhos, o que estava fora de cogitação. Quaisquer que fossem as regras que ele estabelecesse para seu casamento, sentimentos estragariam tudo. Ela se tornaria ciumenta e exigente, como toda esposa, e não havia acordo pré-nupcial capaz de protegê-lo de sua ganância quando ela se sentisse traída.

Bebeu mais um gole d'água e circulou com o polegar a boca da garrafa. Ele tinha lido uma vez que, se um homem fizesse uma lista das qualidades que admirava em uma mulher, logo uma moça assim apareceria em sua vida. Seu semblante se fechou. Tinha quase certeza de que a teoria tinha a ver com o universo ou algo assim. Receber de volta o que você mesmo manda para o cosmos. Uma baboseira metafísica qualquer em que ele não acreditava.

Mas hoje ele estava desesperado.

Pousou a caneta no canto superior esquerdo da página e começou a escrever sua lista.

Uma mulher que não me ame.

Uma mulher com quem eu não queira dormir.

Uma mulher que não tenha uma família grande.

Uma mulher que não tenha animais.

Uma mulher que não queira filhos.

Uma mulher que tenha uma carreira independente.

Uma mulher que veja o casamento como uma oportunidade de negócios.

Uma mulher que não seja emocional ou impulsiva demais.

Uma mulher em quem eu possa confiar.

Nick releu a lista. Sabia que estava sendo otimista demais em relação a algumas das características desejáveis, mas se a tal teoria do universo funcionasse, não custava nada incluir na lista tudo o que ele queria. Precisava de uma mulher que visse no projeto uma oportunidade de negócios. Alguém que talvez quisesse uma compensação generosa em dinheiro. Ele pretendia oferecer muitos benefícios adicionais, mas não queria nada além de um casamento de fachada. Sem sexo, não haveria ciúme. Sem uma mulher emocional demais, não haveria amor.

Sem confusão, o casamento seria perfeito.

Repassou em sua mente todas as mulheres com quem já havia saído, todas as amigas com quem já tinha trocado algumas palavras, todos os contatos profissionais com quem já havia almoçado.

Não conseguiu nada.

A frustração corroía seus nervos. Ele, um homem de 31 anos, racional, atraente, inteligente e com segurança financeira, não conseguia pensar em uma única mulher decente com quem se casar.

Tinha uma semana para encontrar uma esposa.

Seu celular tocou. Nick atendeu:

– Ryan.

– Nick, sou eu, Maggie. – Ela fez uma pausa. – Já encontrou uma esposa?

Uma risada curta escapou de seus lábios. Sua irmã era a única mulher do mundo que conseguia fazê-lo rir com frequência – ainda que, às vezes, fosse à custa de si mesmo.

– Estou trabalhando nisso – disse ele.

– Eu acho que a encontrei.

O coração dele acelerou.

– Quem?

Outra pausa.

– Você teria que aceitar os termos dela, mas não acho que isso vá ser um problema. Tente manter a cabeça aberta. E, apesar de não ser o seu forte, pode confiar nela.

Ele conferiu o último item em sua lista. Um zunido estranho começou em seus ouvidos, como se soassem um alerta para as próximas palavras de sua irmã.

– Quem é, Maggs?

A linha ficou em silêncio por um instante.

– Alexa.

A menção ao nome familiar de seu passado levou o quarto a se desfazer em uma névoa atordoante. Um único pensamento se repetia em sua mente como um mantra em néon vívido:

De jeito nenhum.

2

Nick olhou à sua volta, satisfeito com o resultado. Sua sala particular de reuniões tinha uma atmosfera profissional, e o buquê de flores que sua secretária pusera no centro da mesa dava um toque pessoal ao elegante carpete vinho, ao brilho rico da madeira e ao couro bege das cadeiras. Os contratos estavam expostos sobre a mesa, perto de uma elegante bandeja prateada com chá, café e uma seleção de pãezinhos. Formal, mas amigável – como deveria ser o casamento dos dois.

Ignorou o vazio que sentiu no estômago ao pensar em reencontrar Alexandria McKenzie. Ficou se perguntando como ela estaria depois de adulta. As histórias de sua irmã a retratavam como uma mulher impulsiva e imprudente. A princípio, ele reprovou a sugestão de Maggie, achando que Alexa não correspondia ao que ele precisava. Seus pensamentos eram provocados pela lembrança insistente de uma menina de rabo de cavalo, livre e espontânea; apesar disso, ele sabia que hoje ela era a respeitável dona de uma livraria. Ainda pensava nela como a amiga de infância de Maggie, embora não a visse há anos.

No entanto, o tempo estava se esgotando.

Eles tinham um passado distante em comum, e Nick sentia que podia confiar em Alexa. Talvez ela não correspondesse à sua noção de esposa perfeita, mas estava precisando de dinheiro. E rápido. Maggie mantivera sigilo a respeito do motivo, mas pelo modo como descrevera, Alexa estava desesperada. Ele se sentia confortável com essa necessidade de dinheiro, pois era uma questão preto no branco, sem áreas cinzentas. Não seria necessário intimidade entre eles. Uma transação formal de negócios entre dois velhos amigos, nada mais. Nick podia aceitar essas condições.

Fez menção de chamar sua secretária pelo interfone, mas nesse instante a pesada porta se abriu e se fechou suavemente, com um "clique" firme.

Ele se virou.

Olhos de um azul profundo o encaravam com uma franqueza e uma clareza que evidenciavam que aquela mulher perderia qualquer jogo de pôquer – ela era de uma honestidade brutal e não parecia inclinada a blefar. Ele reconheceu o olhar, mas a idade havia transformado a cor daqueles olhos numa mistura desconcertante de água-marinha e safira. Algumas imagens surgiram em sua mente: um mergulho nas profundezas do mar do Caribe em busca de seus tesouros; um enorme céu azul, como aquele cantado por Sinatra, uma pintura de tamanha imensidão que ninguém seria capaz de encontrar o início ou o fim.

Os olhos dela se destacavam de forma impressionante contra o preto de seus cabelos, que descia em caracóis até abaixo de seus ombros, emoldurando seu rosto com um ar selvagem que ela parecia incapaz de domar. As maçãs do rosto protuberantes destacavam os lábios carnudos. Quando eram crianças, ele zombava dela, perguntando se ela havia sido picada por uma abelha e caindo na gargalhada. A piada se voltava contra ele agora. Uma boca como aquela suscitava as fantasias masculinas mais ousadas – e nenhuma delas tinha a ver com abelhas. Só com mel, de preferência morno, despejado sobre aqueles lábios cheios, prontos para serem lambidos devagar.

Ah, mas que inferno.

Ele se conteve e terminou sua inspeção. Lembrou-se de quando descobriu que ela já precisava usar sutiã, do quanto a havia torturado. Ela se desenvolvera cedo e ficara mortificada por ter sido descoberta e ele usara essa informação para zombar dela. Mas não estava rindo agora. Os seios dela eram tão exuberantes quanto sua boca e combinavam à perfeição com as curvas em seus quadris. Ela era alta, quase tão alta quanto ele, e para completar, esse conjunto de tentações femininas vinha embalado em um vestido vermelho sem mangas que realçava o decote, ajustava-se aos quadris e caía, solto, até o chão. Sandálias vermelhas deixavam à mostra unhas também vermelhas. Ela ficou parada à porta, como se estivesse permitindo que ele terminasse de sorvê-la com os olhos antes de decidir falar.

Sentindo-se um tanto descompensado, Nick combateu sua descompostura e recorreu ao profissionalismo para esconder sua reação. Alexandria Maria McKenzie crescera e virara uma mulher bonita. Bonita até demais. Mas não havia necessidade de dizer isso a ela.

Ele a recebeu com o sorriso neutro que oferecia a qualquer parceiro de negócios:

– Olá, Alexa. Faz muito tempo.

Ela sorriu de volta, mas o sorriso não alcançou seus olhos. Jogou o peso do corpo de um pé para o outro, as mãos fechadas em punhos.

– Olá, Nick. Como vai?

– Bem, obrigada. Por favor, sente-se. Aceita um café? Um chá?

– Café, por favor.

– Leite? Açúcar?

– Leite, por favor. Obrigada.

Ela se sentou graciosamente na cadeira acolchoada, afastou-se da mesa e cruzou as pernas, e o tecido justo marcou o contorno de suas pernas, lisas e atléticas.

Ele se concentrou no café.

– Mil-folhas? *Strudel* de maçã? São da confeitaria do outro lado da rua.

– Não, obrigada.

– Tem certeza?

– Tenho. Jamais conseguiria comer um só. Aprendi a não me deixar cair na tentação.

A palavra "tentação" saiu de seus lábios em um tom baixo e meio rouco. Aquela voz acariciou os ouvidos dele, e quando o tecido de suas calças se esticou um pouco, ele percebeu que a carícia se estendera a outros lugares. Desconcertado com sua reação a uma mulher com quem não queria ter nenhum tipo de contato físico, concentrou-se em servir o café e sentou-se diante dela.

Eles se estudaram mutuamente por alguns momentos e o silêncio se prolongou. Ela brincava com a delicada pulseira de ouro em seu pulso.

– Sinto muito pelo seu tio Earl.

– Obrigada. A Maggie te contou os detalhes?

– Contou. É uma loucura, tudo isso.

– É, sim. Tio Earl acreditava em família, e antes de morrer estava convencido de que eu jamais me casaria. Por isso, resolveu me dar um empurrão rumo ao que julgava ser o melhor para mim.

– Você não acredita em casamento?

Ele deu de ombros.

– Casamento é desnecessário. O sonho de algo que dure para sempre não passa de um conto de fadas. Príncipes encantados e monogamia não existem na vida real.

Ela se retraiu, surpresa.

– Você não acredita que seja possível se comprometer com outra pessoa?

– Compromissos têm vida curta. É claro que as pessoas são sinceras quando declaram seu amor e sua dedicação, mas o tempo corrói todas as coisas boas e deixa para trás só o que há de ruim. Você conhece alguém que seja casado e feliz?

Ela entreabriu os lábios, mas ficou em silêncio. Algum tempo depois, disse:

– Além dos meus pais? Acho que não. Mas isso não quer dizer que não existam casais felizes.

– Talvez. – O tom da voz de Nick contradizia sua concordância parcial.

– Acho que discordamos em muitos pontos – disse ela, mudando de posição em sua cadeira e cruzando as pernas para o outro lado. – Precisamos passar algum tempo juntos para ver se essa ideia vai dar certo.

– Não temos tempo. O casamento precisa acontecer até o fim da semana que vem. Não importa se nos damos bem ou não, isso é um acordo estritamente de negócios.

Os olhos dela se apertaram.

– Vejo que você continua sendo o mesmo valentão que ria de mim por causa do tamanho do meu peito. Algumas coisas não mudam nunca.

Ele concentrou o olhar no decote dela e disse:

– Acho que você está certa. Algumas coisas permanecem as mesmas. Outras continuam se expandindo.

A respiração dela vacilou, mas ela o surpreendeu ao sorrir e dizer:

– E outras continuam pequenas. – Os olhos dela se fixaram na protuberância na frente das calças dele.

Nick quase cuspiu seu café, mas conseguiu manter a calma e a dignidade ao colocar a xícara na mesa. Uma onda de calor o acertou direto no estômago ao se lembrar daquele dia na piscina, quando eram crianças.

Ele estava zombando impiedosamente de Alexa e das mudanças em seu corpo quando Maggie se esgueirou por trás do irmão e, num golpe rápido, baixou a bermuda dele. Exposto em todos os sentidos, Nick foi embora e fingiu que o episódio não o incomodara. Mas esse evento ainda mantinha o primeiro lugar como o momento mais constrangedor de sua vida.

Nick gesticulou para os papéis à frente dela:

– Maggie me disse que você precisa de uma soma específica em dinheiro. Estou disposto a negociar essa quantia.

O rosto dela foi tomado por uma expressão estranha, e seus traços endureceram antes de suavizarem-se mais uma vez:

– Este é o contrato?

Ele assentiu com a cabeça:

– Imagino que vá querer que seu advogado o leia para você.

– Isso não será necessário. Tenho uma amiga que é advogada e eu aprendi muito quando a ajudei a estudar para a prova da Ordem dos Advogados. Posso vê-lo?

Ele deslizou os papéis sobre o tampo de madeira polida. Ela buscou um par de óculos de leitura de armação preta na bolsa e os colocou, empurrando-os para a ponte do nariz. Passaram-se minutos enquanto ela lia o contrato, e ele aproveitou a chance para perscrutá-la. A forte atração que sentia o irritava. Alexa não era seu tipo. Era curvilínea demais para o seu gosto, direta demais... real demais. Ele queria a certeza de que estaria a salvo de qualquer rompante emocional caso algo não saísse como ela desejava. Mesmo quando Gabi ficava chateada, ela sempre se portava de forma contida. Alexa o intimidava como o diabo. Seus instintos diziam que não seria fácil lidar com ela, já que ela dava opiniões e demonstrava suas emoções sem pensar. Essas reações causavam perigo, desordem e bagunça, ou seja, tudo de que ele *não* precisava em um casamento.

E ainda assim...

Ele confiava nela. Aqueles olhos de safira transmitiam determinação e honestidade. Uma promessa dela seria para valer. Ele sabia que, findo o prazo de um ano, ela iria embora sem olhar para trás ou desejar mais dinheiro. A balança estava pendendo a favor de Alexa.

Uma unha pintada de vermelho-cereja tamborilava na borda da página com um ritmo cadenciado. Ela olhou para cima. Nick se perguntou por que a pele dela havia ficado tão pálida de repente, já que momentos antes ela estava com um aspecto corado e saudável.

– Você tem uma lista de exigências? – disse ela, como se o estivesse acusando de um crime, e não de fazer uma lista de qualidades e defeitos.

Ele pigarreou.

– São apenas algumas das qualidades que eu gostaria em uma esposa.

Ela abriu a boca para falar, mas nenhuma palavra saiu. Alexa parecia estar travando uma batalha interna para libertá-las.

– Você quer uma anfitriã, uma órfã e um robô, tudo em uma pessoa só. Acha isso justo?

Ele respirou fundo.

– Você está exagerando. Só porque quero me casar com uma mulher elegante e atenta aos negócios não significa que eu seja um monstro.

– Você quer uma Amélia, sem o sexo. Não aprendeu nada sobre mulheres desde que tinha catorze anos?

– Aprendi o suficiente. E foi exatamente por isso que meu tio Earl precisou me forçar a abraçar uma instituição que beneficia as mulheres.

Ela ficou indignada.

– Os homens se beneficiam muito com o casamento!

– Em quê?

– Sexo frequente e companheirismo.

– Depois de seis meses começam as dores de cabeça, e logo os dois chateiam um ao outro infinitamente.

– Alguém com quem envelhecer.

– Homens não querem envelhecer nunca. É por isso que vivemos atrás de mulheres mais jovens.

O queixo de Alexa caiu. Ela fechou a boca com um ruído rápido.

– Filhos... uma família... alguém que o ame na saúde e na doença.

– Alguém que gasta todo o seu dinheiro e te azucrina toda noite, reclamando o tempo todo de ter que limpar a bagunça que você faz.

– Você é doente.

– Você é uma iludida.

Ela sacudiu a cabeça, fazendo que os cachos negros e lustrosos se agitassem em volta de seu rosto, acomodando-se depois. A pele dela estava corada mais uma vez.

– Meu Deus, seus pais realmente ferraram com você – murmurou ela.

– Obrigado, Freud.

– E se eu não me encaixar nessas categorias?

– A gente dá um jeito.

Os olhos dela se estreitaram e ela mordeu o lábio inferior. Os pensamentos de Nick se remeteram à primeira vez em que ele a beijara, aos dezesseis anos. Lembrou-se de como sua boca havia se colado à dela, sentindo-a tremer sob a pressão de seus lábios. Os dedos dele acariciando de leve a pele exposta dos ombros dela. O cheiro fresco e limpo de sabonete e flores brincando com o olfato dele. Depois do beijo, o rosto dela irradiava pureza, inocência e beleza, aguardando a parte do felizes-para-sempre.

Ela então sorrira e dissera que o amava. Que queria se casar com ele. Ele devia ter sorrido, dito algo educado e seguido seu caminho. Em vez disso, o comentário dela sobre casamento fora doce e tentador de uma forma que o deixara assustadíssimo. Mesmo aos dezesseis anos, Nick sabia que nenhum relacionamento podia ser belo – todos ficavam feios no fim. Por isso ele riu, chamou-a de pirralha e a deixou sozinha no bosque. A vulnerabilidade e a mágoa no rosto dela partiram o coração dele, mas ele se resguardou desses sentimentos. Quanto mais cedo ela aprendesse, melhor.

Naquele dia, Nick encarregou-se de que ambos aprendessem lições difíceis.

Ele afastou as lembranças e se concentrou no presente.

– Que tal me contar o que espera deste casamento?

– Cento e cinquenta mil dólares. Em dinheiro. Adiantado, e não daqui a um ano.

Ele se inclinou na direção dela, intrigado:

– É uma bela quantia. Dívidas de jogo?

Uma parede invisível surgiu entre eles.

– Não.

– Exagerou um pouco nas compras?

Os olhos dela faiscaram com irritação:

– Não é da sua conta. Parte do trato consiste em você não me fazer perguntas sobre o dinheiro ou o uso que pretendo dar a ele.

– Hummm, algo mais?

– Onde vamos morar?

– Na minha casa.

– Não quero entregar meu apartamento. Vou continuar pagando o aluguel, como sempre.

Nick se surpreendeu.

– Quando for minha esposa, precisará de um guarda-roupa apropriado. Você receberá uma mesada e terá acesso ao meu *personal shopper*.

– Vou vestir o que eu bem entender, quando bem entender, e usarei o meu próprio dinheiro.

Ele tentou conter um sorriso. Quase se divertia com a necessidade de Alexa em afrontá-lo, como nos velhos tempos.

– Você bancará a anfitriã para meus associados. Estou prestes a fechar um grande negócio, portanto você terá de conviver bem com as outras esposas.

– Acho que consigo manter os cotovelos longe da mesa quando estiver com elas e prometo rir das suas piadas idiotas. Mas preciso ter tempo para cuidar do meu próprio negócio e ter minha própria vida social.

– Claro. Espero mesmo que você mantenha sua individualidade.

– Desde que eu não o envergonhe?

– Exato.

Ela começou a bater o pé, no mesmo ritmo do tamborilar de suas unhas.

– Tenho algumas ressalvas em relação à lista.

– Sou um homem flexível.

– Sou muito próxima da minha família, e eles precisarão de um bom motivo para acreditar que decidi me casar de forma tão repentina.

– Diga que nós nos reencontramos por acaso depois de todos esses anos e resolvemos nos casar.

Alexa revirou os olhos.

– Eles não podem saber do nosso acordo, então precisam acreditar que estamos loucamente apaixonados. Você tem que vir a um jantar na casa da minha família para darmos a notícia. E precisa ser convincente.

Ele se lembrou que o pai dela tivera problemas com bebida e havia abandonado a família.

– Você ainda fala com seu pai?

– Falo.

– Você o odiava.

– Ele se redimiu de seus erros, e eu decidi perdoá-lo. Em todo o caso, meu irmão, minha cunhada, minha sobrinha e as gêmeas, todos eles moram com meus pais e farão um milhão de perguntas, por isso você precisa ser bem convincente.

Ele fechou a cara.

– Não gosto de complicações.

– Azar o seu. Isso faz parte do acordo.

Nick admitiu que teria de conceder a ela essa pequena vitória.

– Está bem. Algo mais?

– Sim. Quero uma festa de casamento de verdade.

Os olhos dele se estreitaram.

– Eu estava pensando num juiz de paz e nada mais.

– E eu estava pensando em um vestido branco, uma festa ao ar livre, em estar com a minha família e ter Maggie como madrinha.

– Não gosto de casamentos.

– Você já disse isso. Só que minha família nunca vai acreditar que eu casei às escondidas. Temos que fazer isso por eles.

– Alexa, estou casando com você por uma questão de negócios, não por causa da sua família.

Ela ergueu ligeiramente o queixo. Ele fez uma nota mental sobre esse gesto, que parecia o prenúncio de uma ofensiva por parte dela:

– Pode acreditar, também não estou muito contente com a situação, mas temos de representar bem nossos papéis se quisermos que as pessoas acreditem que nosso casamento é real.

Ele se retesou, mas acabou assentindo com a cabeça:

– Certo. – A voz dele transbordava sarcasmo. – Algo mais?

Ela olhou para ele, um tanto nervosa, levantou-se da cadeira e se pôs a andar de um lado para o outro no escritório. A atenção dele se voltou para o traseiro perfeito de Alexa balançando de um lado para o outro e seu zíper se retesou de modo desconfortável.

Um último e efêmero pensamento sensato passou pela sua cabeça como um lampejo. *Desista disso enquanto ainda há tempo e vá embora sem olhar para trás. Essa mulher vai virar sua vida de cabeça para baixo, na diagonal e de um lado para o outro, e você nunca foi muito fã de montanha-russa.*

Nick combateu esse arroubo repentino de medo e esperou pela resposta dela.

• • •

Maldição.

Por que ele tinha que ser tão, mas tão lindo?

Andando de um lado para o outro, ela arriscou outra espiadela em Nick. Um xingamento muito vulgar chegou até seus lábios, mas ela conseguiu reprimi-lo. Quando eram adolescentes, ela gostava de provocá-lo chamando-o de Principezinho por causa de seus cabelos dourados. Os cachos de sua infância tinham sido domados pelo corte curto e conservador, mas algumas mechas teimosas insistiam em cair nos olhos dele. Os tons de cor do cabelo de Nick haviam ficado mais ricos com o tempo, embora ainda lembrassem seu cereal matinal preferido, com as cores indo do mel ao trigo. Os traços dele estavam mais severos, o maxilar duro e reto. Seu breve sorriso deixou entrever dentes brancos e perfeitos. Os olhos ainda tinham o mesmo tom rico de castanho, insinuando segredos guardados em segurança por trás de uma parede. Mas o corpo dele...

Ele sempre fora bastante ativo, mas, ao cruzar o escritório, o tecido elegante de suas calças claras se moveu de tal modo que delineou pernas compridas e musculosas e um traseiro firme. O suéter bege com gola em vê era uma peça ao mesmo tempo casual e apropriada para uma ida ao escritório num sábado.

Algumas partes, por outro lado, eram bastante inapropriadas. Seus longos braços musculosos. Seus ombros largos e o peitoral que esticava e moldava o tecido. Sua pele dourada, bronzeada como se ele tivesse passado horas deitado ao sol. A graça ferina e natural em seus movimentos. Ele crescera, e já não podia mais ser chamado de Principezinho. Nick Ryan era agora um homem feito (e muito bem-feito), mas olhava para ela e ainda via a amiguinha de Maggie. Quando olhou nos olhos dela, não houve reconhecimento ou apreço, apenas a afabilidade dispensada a alguém que fizera parte de seu passado.

Bem, ela preferia morrer a ficar parada babando, só porque ele era atraente. Ele podia ser muito bonito, mas sua personalidade ainda era terrível. Nick tinha um imenso ego. Um imenso gênio. Um imenso...

Pensar *naquilo* não ia ajudar em nada, por isso ela afastou a ideia de sua mente.

Alexa odiava admitir que a presença dele a deixava nervosa e um pouco desnorteada. Uma semana atrás, ela havia feito um feitiço de amor, e a Mãe Terra ouvira. Ela tinha o dinheiro para salvar a casa de sua família ao seu alcance, mas e o restante da lista?

O homem diante dela era contra tudo aquilo em que Alexa acreditava. A união deles não seria por amor, e sim por negócios, pura e simplesmente. Os recônditos de sua mente trouxeram de volta a memória do primeiro beijo deles, enquanto ela apostava que ele havia se esquecido daquele momento por completo. Sentiu a humilhação percorrer todo o seu corpo. Nunca mais. Será que a Mãe Terra realmente negaria a ela o primeiro requerimento em sua lista?

Ela respirou fundo e disse:

– Só mais uma coisa.

– Sim? – disse ele.

– Você gosta de beisebol?

– Claro.

O estômago dela se retorceu com a tensão.

– Qual é o seu time?

Ele sorriu de um jeito bobo.

– Só há um time em Nova York.

Alexa resistiu ao enjoo no estômago e perguntou:

– Qual?

– Os Yankees, claro. É o único que ganha alguma coisa, o único que importa.

Alexa recorreu à respiração abdominal aprendida na aula de ioga para se acalmar. Como poderia se casar com um homem que torcia para os Yankees? Se fizesse isso, estaria abrindo mão de sua moral e ética? Será que suportaria ficar casada com um homem cujo deus era a lógica e que acreditava que monogamia era coisa de mulher?

– Alexa? Tudo bem?

Ela o conteve com um gesto de mão e voltou a andar de um lado para o outro, desesperada, buscando respostas. Se fosse embora agora, não haveria opção além de vender a casa. Seria capaz de viver consigo mesma, sabendo que fora egoísta demais para fazer um sacrifício por sua família? Será que ela tinha escolha?

– Alexa?

Ela girou nos calcanhares e viu impaciência no rosto dele. Nick não tinha nenhuma tolerância a rompantes emotivos. Por mais bonito que fosse, certamente ainda era um chato, assim como havia sido quando adolescente. Provavelmente planejava com antecedência cada minuto de seu dia. Provavelmente desconhecia a palavra "impulsivo". Será que conseguiriam viver um ano inteiro sob o mesmo teto? Conseguiriam passar 365 dias sem voar no pescoço um do outro?

E se os Yankees ganhassem o campeonato este ano? Ela precisaria aturar a arrogância e os olhares de superioridade dele. Ai, Deus...

Ele cruzou os braços sobre o peito.

– Não me diga que você torce para os Mets.

Ela estremeceu com o tom de voz dele.

– Eu me recuso a falar de beisebol com você. Pouco me importa o que você vista quando eu não estiver por perto, mas você não vai usar nenhuma peça dos Yankees quando estiver comigo. Entendeu?

O silêncio pairou sobre eles. Ela arriscou olhar na direção dele, e o surpreendeu olhando para ela como se os cachos dela tivessem virado cobras como as de Medusa.

– Você está brincando.

Ela sacudiu a cabeça, enfática.

– Não.

– Não posso usar nem o boné dos Yankees?

– Isso mesmo.

– Você é louca – disse ele.

– O que vem de baixo não me atinge. Só me diga agora se aceita a condição, para que não percamos mais tempo.

Foi quando ele fez algo que ela não o via fazer desde o episódio em que o valentão da vizinhança levara um tombo de sua bicicleta e caíra no choro de uma forma muito afeminada.

Nick Ryan gargalhou. Não uma risada ou um sorriso de canto de boca: uma bela risada que vinha lá de dentro, profunda e masculina. O som preencheu o ambiente, fazendo o escritório pulsar com vida. A própria Alexa reprimiu um sorriso, principalmente porque a gargalhada era à custa dela. Droga, ele ficava muito atraente quando se juntava aos reles mortais.

Por fim, Nick se acalmou, avaliou suas opções mais uma vez e chegou a uma solução:

– Não vou usar nada dos Yankees, mas o mesmo vale para você. Não quero ver nenhum chaveiro ou caneca ou qualquer outra porcaria dos Mets na minha casa. Entendeu?

Ela fervilhou de raiva. Ele tinha conseguido virar sua exigência contra ela.

– Discordo. Não ganhamos um campeonato desde 1986, então continuo podendo usar minhas coisas. Seu time já tem glórias suficientes, não precisa da sua ajuda.

O canto da boca dele se curvou em um sorriso.

– Boa tentativa, mas ao contrário dos zé-manés com quem você deve estar acostumada a sair, eu não sou facilmente convencido. Nada de Yankees, nada de Mets. É pegar ou largar.

– Eu não saio com zé-manés.

Ele deu de ombros.

– Não me importo.

Ela estava quase quicando de raiva, esforçando-se para impedir que seus dedos se contraíssem em punhos. Ele era tão indiferente, o desgraçado! Conseguia parecer ao mesmo tempo delicioso e perigoso, como a maçã envenenada da Branca de Neve.

– Então? Quer pensar até amanhã, ou o que quer que seja que as mulheres fazem quando não conseguem se decidir?

Ela mordeu o lábio inferior e forçou-se a dizer:

– Está bem. Eu concordo.

– Algo mais?

– Acho que é tudo.

– Não exatamente. – Ele fez uma pausa, como se estivesse prestes a tratar de uma questão delicada. Alexa prometeu a si mesma manter a calma, independentemente do que estivesse por vir. Faria o mesmo jogo que ele. Seria a personificação da calma e da altivez, mesmo que Nick a torturasse com palavras. Controlou a respiração e sentou-se novamente, pegando sua xícara e tomando um gole de café.

Ele respirou fundo e continuou:

– Quero falar sobre sexo.

– Sexo? – A palavra ressoou como se fosse um tiro. Alexa piscou, mas recusou-se a manifestar qualquer alteração em sua expressão.

Nick se levantou de um salto e os papéis acabaram se invertendo, já que agora era ele quem andava de um lado para o outro no luxuoso tapete vermelho-escuro.

– Veja bem, precisamos ser muito discretos em nossas, ah... nossas atividades extracurriculares.

– Discretos?

– Sim. Tenho clientes do mais alto escalão e preciso proteger a minha reputação. Isso sem contar que os termos de contrato seriam quebrados caso nosso casamento fosse questionado. Acho que seria melhor se você se abstivesse de sexo durante este ano. Dá para fazer, não acha?

– Na verdade não daria para *fazer* nada.

A risada dele foi artificial e ela se perguntou se aquilo na testa dele era mesmo uma sugestão de suor ou se era apenas um efeito da luz. Ele parou e olhou para ela, quase como se temesse sua reação. E então o real significado das palavras dele queimou em seu cérebro como um raio. Nick queria que ela fosse a esposa perfeita durante a farsa, o que incluía que ela se mantivesse casta.

Mas ele jamais mencionara que tencionava fazer o mesmo. Maggie já dera com a língua nos dentes e contado tudo sobre Gabriella, então ela sabia que Nick estava em um relacionamento. Alexa não entendia por que ele simplesmente não se casava com a namorada, mas a escolha era dele, e não cabia a ela julgar. Tudo o que lhe importava naquele momento era o porco chauvinista à sua frente e a vontade quase incontrolável de mandar tudo pelos ares.

Quase incontrolável.

Ela tremia de raiva, mas seu rosto continuava sereno. Nick Ryan gostava de negociar? Ótimo. Porque quando ela saísse por aquela porta, Nick teria assinado o contrato de sua vida.

Alexa sorriu:

– Eu compreendo.

O rosto dele até se iluminou:

– Compreende?

– Claro. O casamento deve parecer real, de modo que pegaria muito mal se sua esposa fosse alvo das fofocas, suspeita de ter um caso em tão pouco tempo.

– Exatamente.

– E você não teria de lidar com perguntas embaraçosas a respeito da sua virilidade. Se a esposa está se aventurando por aí, o problema fica muito claro. O marido não está dando no couro, não é?

Ele se remexeu, desconfortável, e assentiu sem muito entusiasmo:

– Acho que é isso mesmo.

– Mas e a Gabriella?

Ele se retraiu, surpreso.

– Como você ficou sabendo?

– Maggie.

– Não se preocupe com Gabriella. Cuidarei dela.

– Vocês estão dormindo juntos?

Ele se encolheu, mas tentou agir como se não ligasse.

– Isso importa?

Ela ergueu as mãos de forma defensiva.

– Quero que essa questão do sexo fique bem clara. Eu sei que preencho bem seus requisitos números 1 e 2. É óbvio que eu não o amo, e não sentimos atração um pelo outro. Você está dizendo que não poderei ter uma noite de sexo selvagem e casual, se quiser, mas quais são as regras para você?

Os lábios de Alexa se comprimiram e ela se perguntou como ele conseguiria escapar da cova que ele mesmo acabara de cavar.

• • •

Nick encarou a mulher à sua frente e engoliu seco. Aquela voz sensual evocava imagens ainda mais sensuais: Alexa nua, fazendo exigências e... sexo selvagem e casual. Ele reprimiu um palavrão e serviu-se de mais café, tentando ganhar algum tempo. Alexa exalava sexo. A inocência da juventude havia desvanecido e dado lugar a uma mulher de verdade com desejos de verdade. Ele se perguntou que tipo de homem seria capaz de satisfazer a esses desejos. Perguntou-se qual seria a sensação daqueles seios em suas mãos, e o gosto daqueles lábios nos seus. Fantasiou sobre o que ela estaria vestindo sob o vestido vermelho justo.

– Nick?

– Hummm?

– Você escutou?

– Escutei. Sexo. Prometo que você nunca será exposta a uma situação constrangedora.

– Você está dizendo que pretende continuar dormindo com Gabriella?

– Eu e ela temos um relacionamento.

– E mesmo assim você não vai se casar com ela.

A tensão crepitou ao redor dos dois. Ele deu alguns passos para longe, desesperado para impor alguma distância.

– Não é esse tipo de relacionamento.

– Hummm, interessante. Então o que você está dizendo é que eu não posso sair transando por aí porque não tenho ninguém fixo com quem já esteja fazendo isso.

A acusação dela fez que um calor estranho emanasse de sua pele. O tom dela era irreverente, seu sorriso era fácil e genuíno. Nick se sentia à beira de uma exibição de poder feminino e perdendo terreno rapidamente. Lutou para voltar ao controle.

– Se alguém já fizesse parte de sua vida, poderíamos conversar sobre essa situação. Mas estranhos são perigosos demais. Garanto que Gabriella saberá manter segredo.

Alexa sorriu. Um delicioso sorriso feminino que prometia delícias além da imaginação, tudo para ele. Seu coração perdeu algumas batidas, e então voltou a bater. Aguardava, fascinado, as próximas palavras dela.

– De jeito nenhum, meu bem.

Ele lutou para continuar concentrado enquanto a recusa dela escorregava por aqueles lábios luxuriosos.

– Perdão?

– Se eu não posso fazer sexo, você também não pode. Não me interessa se é Gabriella ou uma *stripper* ou o amor da sua maldita vida. Se eu não posso me divertir, você também não pode. Sua animação terá de vir do nosso casamento arranjado e de construir prédios – pausou ela. – Entendeu bem?

Ele havia entendido. Decidiu não aceitar o acordo. E percebeu que estava perdendo, e que precisava virar o jogo e dar a volta por cima. Sorriu, tentando passar a promessa de compaixão, compreensão e do dinheiro de que ela tanto precisava.

– Alexa, pode não parecer justo e eu entendo o seu modo de pensar, mas é diferente para os homens. Além disso, Gabriella também tem uma reputação a zelar, por isso jamais vai colocar você em uma posição constrangedora. Entendeu?

– Entendi.

– Então concorda com os termos?

– Não.

Nick sentiu a irritação emergir. Seus olhos se apertaram enquanto ele a observava e decidia que chegara a hora de resolver a situação de uma vez por todas.

– Até agora, conseguimos chegar a um acordo a respeito de todos os outros pontos. Ambos cedemos. É só um ano, e depois você pode participar de quantas orgias quiser, eu não estou nem aí.

Os gélidos olhos azuis de Alexa sustentavam o olhar dele com teimosia e determinação.

– Se você pode participar de orgias, eu também posso. Se você quiser ser celibatário, eu também serei. Essa baboseira de diferenças entre homens e mulheres não me convence. Se eu tenho de ir para a cama sozinha por 364 noites, então vai ter de ir também. E se você quiser ter um pouco de ação, vai ter de recorrer à sua própria esposa. – Alexa jogou a cabeça para trás, como um garanhão de corrida logo após ser dada a largada. – E como sabemos que não sentimos atração um pelo outro, você terá de encontrar outras formas para aliviar a pressão. Seja criativo; dizem que o celibato estimula a atividade mental. Pois isso é tudo o que você terá.

Ela não sabia, claro, que ele era um jogador habilidoso de pôquer e que passara os últimos anos aliviando as pressões do trabalho em jogos que varavam a noite, saindo das mesas alguns milhares de dólares mais rico todas as vezes. Assim como seu antigo hábito de fumar, o pôquer lhe dava prazer, e ele usava esse vício para se divertir, não para ganhar dinheiro.

Nick se recusava a permitir que Alexa o derrotasse, e sentia que a vitória estava próxima. Mirou seu golpe direto na jugular:

– Você quer continuar sendo irracional? Então está bem. O trato está suspenso. Pode dar adeus ao seu dinheiro. Eu só preciso enrolar o conselho da empresa por um tempo e tudo ficará bem.

Ela se ergueu da cadeira, pendurou a bolsa no ombro e ficou parada na frente dele:

– Foi bom ver você de novo, Principezinho.

O direito dela o acertou em cheio.

Nick se perguntou se ela entendia o quanto o apelido zombeteiro o irritava e lhe dava vontade de chacoalhar Alexa até ela engolir suas palavras. Ele odiara a alcunha desde quando eram crianças, e os anos não haviam amenizado o insulto. Exatamente como fazia quando jovem, travou os dentes e disfarçou a irritação com um sorriso fácil.

– Foi, sim. Aparece um dia desses, vê se não some.

– Pode deixar. A gente se vê por aí.

Foi então que Nick percebeu que estivera errado desde o início. Muito errado. Alexandria Maria McKenzie era perfeitamente capaz de derrotá-lo no pôquer – não porque soubesse blefar, mas porque estava disposta a perder.

Era também uma adversária muito competente no jogo do sério.

Ela se virou. Marchou até a porta. Girou a maçaneta. E...

– Está bem. – As palavras saltaram da boca de Nick antes mesmo que ele tivesse tempo de pensar. Algo dizia que ela iria embora de vez, não ligaria depois para dizer que mudara de ideia. E Alexa era sua única candidata, maldita. Um ano de sua vida não era nada se comparado com a dádiva de viver o resto de sua vida exatamente da maneira que sempre sonhara.

Ele tinha que reconhecer: ela nem tripudiou.

Ela se virou e disse em um tom prático e profissional:

– Sei que esse nosso novo acordo não está na minuta do contrato. Você me dá sua palavra de que cumprirá os termos?

– Posso alterar o contrato.

– Não será necessário. Você me dá sua palavra?

Nick sentia a energia que emanava dela, e percebeu que ela confiava nele da mesma forma que ele confiava nela. Sentiu um formigamento de satisfação.

– Eu dou minha palavra.

– Isso basta para mim. Ah, sim. O fim do casamento após um ano? Não quero que minha família se chateie, por isso vamos alegar diferenças irreconciliáveis e fingir que continuamos amigos.

– Posso viver com isso.

– Ótimo. Vá me buscar hoje à noite, às sete, e iremos à casa da minha família para dar as boas novas. Cuidarei de todos os preparativos para o casamento.

Ele concordou, seu cérebro enevoado com a grande decisão e com a proximidade de Alexa. O cheiro suave que emanava dela era baunilha? Canela, talvez? Ficou olhando, meio atordoado, enquanto Alexa deixava um cartão de visitas sobre sua mesa.

– Aqui está o endereço da minha livraria – disse ela. – Vejo você mais tarde.

Ele pigarreou, limpando a garganta para responder, mas era tarde demais. Ela já havia saído.

3

Alexa se remexeu no banco do BMW preto, inquieta com o silêncio que pairava entre os dois. Seu futuro marido parecia tão desconfortável quanto ela, e preferiu concentrar suas energias no rádio do carro. Ela tentou não manifestar seu desagrado quando, por fim, ele decidiu ouvir Mozart. Ele gostava *mesmo* de música sem palavras. Ela reprimiu um tremor ao pensar em morar sob o mesmo teto que ele.

Durante um ano inteiro.

– Então, tem Black Eyed Peas aí?

– Isso é de comer?

Ela conteve um gemido.

– Olha, eu até me contento com algum dos clássicos. Sinatra, Bennett, Martin.

Ele continuou quieto.

– Eagles? Beatles? Algum desses nomes lhe soa familiar?

– Sei quem eles são. Que tal Beethoven?

– Deixa para lá.

Ficaram em silêncio, com um piano ao fundo. Alexa sabia que ambos estavam ficando cada vez mais nervosos conforme os quilômetros passavam e eles se aproximavam da casa de seus pais. Não seria fácil bancar o casal apaixonado, se não conseguiam sequer manter dois minutos de conversa. Resolveu tentar de novo.

– Maggie disse que você tem um peixinho.

O prêmio por seu comentário foi um olhar gélido.

– Tenho sim.

– Como ele se chama?

– Peixe.

– Nem um nome você deu ao coitado?

– Desde quando isso é crime?

– Você não sabe que os animais também têm sentimentos?

– Não gosto de animais – disse ele.

– Por quê? Tem medo deles?

– Claro que não.

– Mas teve medo da cobra que achamos no bosque aquela vez. Lembra que você não quis nem chegar perto e aí arrumou uma desculpa para dar no pé?

A temperatura no carro pareceu cair alguns graus.

– Não estava com medo; só não gostei. Já disse, não gosto de animais.

Ela soltou um riso forçado e voltou a ficar em silêncio. Podia riscar mais uma das qualidades da sua lista de homem ideal. A Mãe Terra só podia estar de brincadeira. Alexa resolveu não contar a ele sobre o abrigo para animais abandonados. Sempre que eles ultrapassavam a capacidade máxima, Alexa levava alguns dos animais para casa até que surgissem novas vagas. Algo lhe dizia que Nick daria um chilique caso descobrisse – se é que ele seria capaz de manifestar tanta emoção.

A possibilidade a deixou curiosa.

– Por que está sorrindo?

– Não é nada. Lembra-se de tudo o que combinamos?

Ele deu um suspiro aborrecido.

– Lembro. Já passamos e repassamos todos os detalhes sobre os membros de sua família. Sei todos os nomes e a história geral de cada um. Pelo amor de Deus, Alexa, esqueceu que eu brincava na sua casa quando éramos crianças?

Ela riu.

– Você só estava atrás dos biscoitos de chocolate que minha mãe fazia, e adorava torturar minha irmã e eu. Além do mais, faz muitos anos. Você não teve nenhum contato com eles na última década. – Por mais que ela tentasse se livrar da amargura, a facilidade com que Nick descartara seu passado sem olhar para trás a deixava um pouco irritada. – Falando nisso, você nunca menciona os seus pais. Tem visto o seu pai?

A frieza que irradiou dele era tão intensa que podia até causar hipotermia, pensou ela.

– Não – disse ele.

Ela aguardou alguns instantes, mas ele não disse mais nada.

– E sua mãe? Ela se casou de novo?

– Não. Não quero falar dos meus pais. Não há necessidade disso.

– Ótimo. O que diremos à minha família sobre eles, então? Porque eles vão perguntar.

As palavras dele eram duras.

– Diga que meu pai está de férias no México e que minha mãe está viajando com o namorado novo. Diga o que quiser. Eles não estarão no casamento mesmo.

Ela abriu a boca, mas o olhar agressivo que recebeu dele indicou que o assunto estava encerrado. Ótimo. Ele era uma companhia agradabilíssima.

Alexa apontou para a próxima entrada.

– Entre ali na frente.

Nick estacionou na via circular e desligou o carro. Ambos observaram a casa branca em estilo vitoriano. Mesmo do lado de fora, desde os pilares clássicos até a varanda charmosa, tudo na casa irradiava uma energia acolhedora. O gramado era cercado por salgueiros, de modo quase protetor. A fachada era ocupada por enormes janelas com persianas escuras.

Como era noite, a escuridão escondia os sintomas da negligência, fruto das dificuldades financeiras da família. Escondia a tinta branca descascada das colunas, o degrau rachado no alto da varanda, o telhado maltratado. Ela suspirou enquanto o lar de sua infância a envolvia como um cobertor aconchegante.

– Estamos prontos? – perguntou ele.

Ela o olhou. Seu rosto era indecifrável; seus olhos, distantes. Ele estava descolado e informal de calça Dockers social despojada, camiseta Calvin Klein branca e mocassins de couro. Seu cabelo loiro queimado de sol estava arrumado e domado, exceto por uma onda teimosa que caía sobre a sobrancelha. Seu peitoral enchia bem a camiseta – bem demais para o gosto dela. Ele obviamente fazia musculação. Ela se perguntou se ele teria uma barriga de tanquinho, mas o pensamento fez coisas estranhas com o estômago dela, então Alexa afastou a ideia e se concentrou no problema imediato.

– Você está com cara de quem pisou em cocô de cachorro.

A expressão neutra dele se desvaneceu. O canto da boca dele se ergueu ligeiramente:

– Hummm. Maggie disse mesmo que você fazia poesia.

– Devemos parecer um casal muito apaixonado. Se alguém desconfiar, não poderei casar com você, e aí a minha mãe vai fazer da minha vida um inferno. Então veja se representa bem o seu papel. Ah, e não tenha medo de me tocar. Juro que não tenho sapinho.

– Não tenho medo de...

A respiração dele morreu em um sopro quando ela esticou a mão e tirou a mecha rebelde de sobre os olhos dele. Ela gostou da sensação do cabelo sedoso entre seus dedos. A expressão de choque no rosto dele encorajou-a a prolongar o carinho, e ela deslizou as costas da mão na bochecha dele em um movimento lento. A pele dele era macia e áspera ao mesmo tempo.

– Está vendo? Nada de mais.

Os lábios cheios dele se contraíram no que ela achou ser irritação. Era óbvio que Nick Ryan a via não como uma mulher adulta, e sim como uma espécie de ser assexuado. Como uma ameba.

Ela escancarou a porta e cortou qualquer resposta que ele pudesse dar:

– Hora do show.

Ele balbuciou algo inaudível e a seguiu.

Nem precisaram tocar a campainha. A família saiu numa enxurrada pela porta, um por um, até que a varanda da frente estava lotada com as irmãs dela, dando gritinhos, e dois homens que o avaliavam. Alexa já havia avisado por telefone sobre o noivado. Inventara uma história sobre um romance às escondidas, uma paixão avassaladora e um noivado impulsivo. Ela dera uma manipulada no passado, fazendo seus pais acreditarem que eles nunca haviam perdido contato todos aqueles anos e continuavam amigos.

Nick tentou se esquivar, mas as irmãs não deixaram. Isabella e Genevieve se lançaram nos braços dele para um grande abraço, matraqueando sem parar.

– Parabéns!

– Bem-vindo à família!

– Viu, Izzy? Eu disse que ele ia ficar um gato. Não é demais? Amigos de infância e agora marido e mulher!

– Já marcaram a data?

– Posso ser dama de honra?

Nick parecia prestes a saltar por cima da sacada e fugir.

Alexa caiu na gargalhada. Afastou as irmãs mais novas, puxando-as para si e abraçando-as.

– Parem de assustar o pobre coitado, meninas. Eu finalmente arrumei um noivo, não estraguem tudo agora!

Elas deram risinhos. Em frente a Alexa estavam duas meninas de dezesseis anos, cabelos castanho-chocolate, olhos azul-escuros e longas pernas finas. Uma usava aparelho nos dentes, a outra, não. Alexa podia apostar que os professores estavam gratos pela distinção entre elas. Suas irmãs viviam aprontando e adoravam trocar de lugar.

Um gritinho agudo atraiu sua atenção, e ela se virou para o anjinho loiro aos seus pés. Abaixou-se e pegou no colo a sobrinha de três anos, enchendo-a de beijos.

– Taylor, a Terrível – disse ela –, este é Nick Ryan. Tio Nick para você, fedelha.

Taylor o observou com a atenção meticulosa de que só uma criança é capaz. Nick esperou, paciente, o parecer dela. E então o rosto da menina se abriu em um sorriso luminoso.

– Oi, Nick!

– Olá, Taylor. – Ele sorriu de volta.

– Aprovado – disse Alexa, guiando Nick. – Vamos ao resto das apresentações. Minhas irmãs, Isabella e Genevieve, agora já crescidas e bem longe das fraldas. – Ela ignorou os lamentos das irmãs e sorriu. – Minha cunhada, Gina, e você já conhece meu irmão Lance e meus pais. Pessoal, este é Nick Ryan, meu noivo.

Ela nem titubeou ao dizer a palavra.

A mãe apertou as bochechas de Nick e sapecou-lhe um beijo.

– Nicky, como você cresceu! – Ela abriu os braços em um gesto de boas-vindas. – E como está bonito!

Alexa teve a nítida impressão de que ele corou, mas não quis acreditar.

Ele pigarreou e disse:

– Hum, obrigado, sra. McKenzie. Faz muito tempo.

Lance o cumprimentou com um soco amigável no ombro.

– E aí, Nick? Eu não te via há séculos, e agora descubro que vai fazer parte da família. Parabéns.

– Obrigado.

O pai de Alexa se aproximou e estendeu a mão para cumprimentar Nick.

– Por favor, me chame de Jim – disse. – Lembro que você vivia perturbando a minha garotinha. Acho que ela disse seu primeiro palavrão falando de você.

– Acho que ainda causo esse efeito – comentou Nick.

O pai riu. Gina se soltou dos braços de Lance e deu um grande abraço em Nick.

– Agora as coisas finalmente vão ficar mais equilibradas por aqui – disse ela, seus olhos verdes brilhando. – Quem é de fora costuma ficar em desvantagem numérica nas reuniões de família.

Alexa riu.

– Ele ainda é um homem, Gina. Pode acreditar, ele sempre vai ficar do lado do Lance.

Lance puxou a esposa de volta e a abraçou pela cintura.

– O jogo está virando, amor. Finalmente teremos outro homem na casa para ajudar a combater tanta TPM.

Alexa socou um de seus braços. Gina socou o outro.

Maria fez um "tsc, tsc", estalando a língua.

– Lancelot, cavalheiros não falam assim na presença de damas.

– Que damas?

Maria deu um tapinha na lateral do corpo dele e disse:

– Todo mundo para dentro. Vamos fazer um brinde com champanhe, comer e tomar um bom expresso.

– Posso tomar champanhe?

– E eu?

Maria sacudiu a cabeça para as duas meninas, que imploravam.

– Vocês tomarão sidra sem álcool. Comprei uma garrafa só para vocês.

– Eu também, eu também!

Alexa sorriu para a sobrinha em seus braços.

– Tudo bem, fedelha. Suco de maçã para você também.

Pôs a sobrinha de volta no chão e ficou olhando a menina correr para a cozinha, ansiosa para participar de toda aquela animação. A hospitalidade acolhedora de sua família se enroscou nela como uma capa felpuda, neutralizando sua ansiedade.

Será que ia dar tudo certo? Uma coisa era fazer um feitiço pedindo por um homem sem nome e sem rosto que tivesse o dinheiro para ajudar sua família. Outra coisa era a presença de Nick Ryan em carne e osso durante um ano inteiro. Caso seus pais suspeitassem que ela havia negociado seu casamento em um contrato para salvar a casa, eles jamais a perdoariam. Nem a si próprios. Mesmo com o fluxo constante de custos médicos decorrentes do problema de coração de seu pai, o orgulho daquela família havia provocado a recusas de toda a ajuda que lhes fora oferecida. Ficariam de coração partido ao saber que a filha sacrificara sua integridade para livrá-los de seus problemas.

Nick a estudava com uma expressão estranha no rosto, como se estivesse tentando entender algo. Ela precisou contrair os dedos para conter o movimento de esticar a mão e tocá-lo.

– Tudo bem? – perguntou ela.

– Tudo. Vamos entrar.

Nick entrou na casa, e ela tentou não se sentir magoada com a frieza em suas palavras. Ele já a alertara de que não gostava de famílias grandes, e seria infantil da parte dela sentir-se pessoalmente ofendida pela atitude dele.

Ela redobrou sua determinação, ergueu o queixo e o seguiu. As horas seguintes foram cheias da melhor lasanha italiana, pão de alho fresco com queijo e ervas e uma garrafa de Chianti. Quando todos se retiraram para a sala de estar para um expresso e uma dose de Sambuca, uma vibração agradável zunia em seu sangue, alimentada pela boa comida e boa conversa. Olhou para Nick quando ele se sentou ao lado dela no velho sofá bege, mantendo uma distância cuidadosa.

O sofrimento marcava os traços dele. Nick ouvia a todos com educação, ria nos momentos certos e bancava o perfeito cavalheiro. Mas ele se recusava a olhá-la nos olhos, se esquivava sempre que ela tentava tocá-lo e estava longe de agir como o noivo devotado que deveria ser.

Jim McKenzie bebericava o café, despreocupado.

– Então, Nick, conte-me sobre o seu trabalho.

– Pai...

– Não, tudo bem. – Nick se virou de frente para o pai dela. – A Dreamscape é um escritório de arquitetura que projeta edifícios no vale do rio Hudson. Nós desenhamos o restaurante japonês no alto daquela montanha em Suffern.

O rosto de Jim se iluminou.

– Um restaurante maravilhoso. Maria sempre adorou o jardim de lá. – Fez uma pausa. – Então, o que acha dos quadros de Alexa?

Ai, Deus, isso era ruim. Muito, muito ruim. Seus quadros não passavam de uma tentativa frustrada de expressão artística, e a maioria das pessoas concordava que eram péssimos. Pintava mais pelo efeito terapêutico do que para impressionar as pessoas. Ela amaldiçoou a si mesma por ter pedido que ele fosse buscá-la na livraria e não em casa. Como era coordenador de um grupo do AA, Jim era versado em reconhecer o mais sutil traço de fraqueza, e agora avançava sobre Nick como um abutre sentindo cheiro de sangue.

O sorriso de Nick não se abalou:

– São fantásticos. Sempre disse que ela deveria expor em uma galeria.

Jim cruzou os braços.

– Então você gosta deles. Qual é o seu preferido?

– Pai...

– A paisagem. Realmente transporta você direto para a cena.

Em seu estado levemente embriagado, Alexia sentiu o pânico ameaçando-a. Seu pai sentiu a tensão entre eles e aproveitou a brecha como um predador. Ela dava crédito a Nick por tentar, mas a batalha já estava perdida antes mesmo de ele entrar em campo. O resto da família já sabia o que estava por vir e ficou observando o processo começar.

– Alexa não pinta paisagens. – As palavras cortaram o ar como uma bala de canhão.

O sorriso de Nick continuou firme.

– Ela está experimentando um pouco com paisagens agora. Querida, você não contou a eles?

Alexa engoliu o pânico:

– Na verdade não. Desculpe, pai, por dar a notícia atrasada. Estou pintando paisagens com montanhas agora.

– Você odeia paisagens.

– Não odeio mais – disse ela, conseguindo sorrir. – Descobri um novo apreço por paisagens desde que conheci um certo arquiteto.

O pai dela soltou uma risada seca antes de prosseguir:

– Então, Nick, beisebol ou futebol americano?

– Ambos.

– Os Giants estão fazendo um ótimo campeonato, não? Espero que o Super Bowl vá para um time de Nova York mais uma vez. Ei, você já leu o poema novo de Alexa?

– Qual deles?

– O da tempestade.

– Ah, sim. Achei maravilhoso.

– Ela jamais escreveu sobre uma tempestade. Ela escreve sobre experiências de vida relacionadas com o amor e a perda. Alexa nunca escreveu um poema sobre a natureza, assim como nunca pintou uma paisagem.

Alexa bebeu de uma talagada só o que restava de sua Sambuca, ignorou o expresso e rezou para que o álcool a ajudasse a sobreviver àquela noite.

– Hum, pai, na verdade eu acabei de escrever um poema sobre tempestade.

– É mesmo? Que tal recitá-lo para nós? Faz algum tempo que sua mãe e eu não conhecemos seus trabalhos novos.

Ela engoliu em seco.

– Bem, ele ainda não está cem por cento pronto. Eu mostro a vocês assim que estiver perfeito.

– Mas você já mostrou para o Nick.

Nervosa, Alexa sentiu seu estômago se revirar e rezou para escapar da situação. As palmas de suas mãos estavam encharcadas de suor.

– É, já. Bem, Nick, é melhor a gente ir andando. Está tarde e temos muito o que fazer para planejar o casamento.

Jim apoiou os cotovelos nos joelhos e se inclinou para a frente. Havia acabado de sondar o território e agora estava se preparando para abater a presa. O resto da família só pôde observar enquanto a tragédia se aproximava. O olhar solidário no rosto do irmão mostrava que ele achava que não haveria mais casamento. Abraçava a esposa pela cintura como se estivesse revivendo o horror do momento, anos atrás, em que ele próprio anunciara que ela estava grávida e que eles iriam se casar. Taylor estava muito ocupada com seu Lego e ignorava a crise.

– Eu queria perguntar sobre o casamento – disse Jim. – Vocês querem que ele aconteça em uma semana. Não seria melhor dar tempo para todos nós conhecermos melhor Nick e o acolhermos na família? Por que tanta pressa?

Nick tentou salvar a ambos:

– Entendo seu argumento, Jim, mas Alexa e eu já conversamos sobre isso e não queremos muita pompa. Decidimos que queremos estar juntos e começar nossa vida como casal o mais rápido possível.

– É romântico, papai – arriscou Izzy.

Alexa disse um “obrigada” silencioso à irmã, mexendo apenas os lábios, mas logo havia dois contra ela.

– Concordo com seu pai. – Maria estava à porta que dava para a cozinha, um pano de prato em suas mãos. – Queremos aproveitar ao máximo o casamento. Adoraríamos dar uma festa de noivado para que Nick pudesse conhecer o resto da família, e não daria tempo para que todos viessem no sábado. Nenhum dos seus primos vai poder estar aqui.

Jim se levantou:

– Então está resolvido. Vocês adiarão o casamento.

Maria concordou:

– Excelente ideia.

Alexa agarrou a mão de Nick.

– Meu amor, posso falar com você aqui no quarto um instantinho?

– Claro, querida.

Ela o arrastou pelo corredor e o empurrou para dentro do quarto, deixando a porta meio aberta.

– Você está estragando tudo – sussurrou ela, furiosa. – Eu te avisei para representar direito o seu papel, mas você está sendo uma porcaria e agora os meus pais perceberam que não estamos apaixonados!

– *Eu* estou sendo uma porcaria? Você está agindo como se tudo isso fosse uma droga de uma pecinha teatral que você montou para os vizinhos. Isso aqui é a vida real, e eu estou fazendo o meu melhor.

– Minhas peças não eram uma droga. Consegui uma boa grana com as entradas, e eu acho que *Annie* foi excelente.

Ele soltou uma risada sarcástica.

– Você escalou a si mesma para o papel de Annie, e você nem sabe cantar!

– Você ainda está mordido só porque não te dei o papel de Oliver Warbucks.

Ele enterrou os dedos nos cabelos e soltou um som gutural, do fundo da garganta.

– Como, diabos, você vive me arrastando para discussões absurdas como essa?

– É bom você pensar em alguma coisa rápido. Por Deus, você não sabe como tratar uma namorada, não? Estava agindo como se fosse um completo estranho! Não é à toa que meu pai ficou desconfiado.

– Você é uma mulher adulta, Alexa, e ele ainda interroga os seus namorados. Não precisamos da permissão deles. Casaremos no sábado, e se seus pais não estiverem de acordo, azar o deles!

– Quero que meu pai entre comigo na igreja.

– O casamento nem é de verdade!

– Mas é tudo o que eu terei por enquanto! – Alexa deixou escapar a mágoa por um instante enquanto a verdade daquela afirmação a atingia com força. Aquele casamento jamais seria real, e algo estaria arruinado para sempre no minuto em que Nick colocasse a aliança em seu dedo. Sempre sonhara com amor eterno, cercas brancas e uma porção de filhos. Em vez disso, ela agora tinha um monte de dinheiro e um marido que a tolerava educadamente. Ela não ia permitir que seu sacrifício fosse em vão apenas porque ele não conseguia fingir emoção o suficiente.

Ergueu-se na ponta dos pés e agarrou o braço dele. Suas unhas se enterraram no tecido da camiseta, cortando a pele.

– Acho bom você consertar isso – sibilou ela.

– O que você quer que eu faça?

Alexa piscou. Seus lábios tremiam quando ela disse:

– Faça *alguma coisa*, caramba! Você tem que provar pro meu pai que esse casamento é de verdade ou então...

– *Alexa?...*

O eco de seu nome vinha do corredor e entrou pela fresta da porta, na voz gentil e preocupada de sua mãe, que vinha saber se estava tudo bem.

– Sua mãe está vindo – disse ele.

– Eu sei, ela deve ter ouvido a gente brigando. Faz alguma coisa!

– Mas o quê?

– Qualquer coisa!

– Então tá!

Ele a agarrou pela cintura e a puxou para junto dele. Abaixou a cabeça e cobriu os lábios dela com o seus, suas mãos a envolveram com tanta força que seus corpos ficaram colados, dos quadris ao peito.

O ar fugiu dos pulmões de Alexa, que se desequilibrou quando seus pés falharam. Ela esperava receber um beijo preciso e controlado, apenas para mostrar à sua mãe que eram, de fato, amantes. Em vez disso, recebera um feito de testosterona e energia sexual pura.

Recebera lábios quentes moldados contra os seus. Os dentes dele a mordiscavam, e sua língua explorava a boca dela de forma autoritária e controladora, fazendo-a dobrar-se para trás, por cima do braço que a agarrava firme na cintura para consumir cada pedacinho dela.

Ela agarrou-se ao beijo e retribuiu intensamente. Faminta pelo toque dele, ela estava embriagada com seu gosto e seu cheiro almiscarado, deliciando-se no contato com aquele corpo firme e longilíneo, enquanto um calor avassalador emergia deles e os incitava a perder o controle.

Um gemido escapou da garganta de Alexa. Ele enterrou os dedos nos cabelos pesados dela para poder controlar-lhe a cabeça enquanto continuava sua invasão sensual. Os seios dela ficaram mais cheios e pesados, e ela sentiu um calor líquido pulsar entre suas coxas.

– Alexa, eu... oh!

Nick descolou sua boca da de Alexa. Desnorteada, ela perscrutou o rosto dele em busca de algum sinal de emoção, mas seu olhar estava fixo na mãe dela.

– Sinto muito, Maria. – O sorriso dele era malicioso e masculino.

Maria riu e olhou para a filha, aprisionada nos braços dele.

– Desculpe interromper. Voltem para a sala quando terminarem aqui.

Alexa ouviu passos se afastando. Os olhos de Nick se moveram para baixo, devagar.

Ela se retraiu. Esperava ver algum traço de paixão, mas, em vez disso, os olhos de Nick estavam límpidos, e seu rosto, calmo. Não fosse pelo volume rígido pressionado contra sua coxa, Alexa poderia acreditar que o beijo não o havia afetado. Ela, por outro lado, tinha sido arrastada de volta a outro lugar e outra época, no meio do bosque, para um momento em que revelara seus pensamentos e tivera sua confiança quebrada. O primeiro toque dos lábios dele nos dela, o cheiro de pós-barba em suas narinas, a pressão delicada dos dedos dele em seus quadris.

Um medo gelado percorreu as costas de Alexa. Se ele risse dela novamente, estava tudo acabado. Se ele risse...

Os braços dele a soltaram e ele deu um passo para trás. O silêncio pairou sobre eles como uma onda pesada ganhando velocidade e prestes a quebrar.

– Acho que o problema está resolvido – disse ele.

Ela não disse nada.

– Não era isso o que você queria?

Ela ergueu o queixo e escondeu o turbilhão de emoções que se contorcia como cobras em seu estômago.

– Acho que sim.

Ele se conteve, e esticou a mão em direção a ela.

– É melhor a gente se apresentar de volta como uma equipe unida.

Cinco dedos se fecharam ao redor da mão dela com uma força graciosa que deixou seus olhos marejados. Ela reprimiu as lágrimas e decidiu que sua reação era causada por um caso grave de TPM. Não havia outro motivo pelo qual um beijo de Nick Ryan pudesse trazer tanto prazer e tanta mágoa.

– Está tudo bem?

Ela trincou os dentes e deu um sorriso tão radiante que poderia estar em um anúncio de pasta de dentes.

– Claro que sim. Aliás, ideia brilhante.

– Obrigado.

– Só não fique de novo todo duro como um cadáver. Finja que eu sou Gabriella.

– Eu jamais conseguiria confundir você e Gabriella.

A afirmação categórica cortou como uma faca, mas ela se recusou a demonstrar fraqueza.

– Não tenho dúvida disso. Mas pode acreditar, você também não é nenhuma fantasia para mim, Principezinho.

– Não foi isso.

– Esquece. – Ela o conduziu de volta à sala. – Pessoal, desculpem a interrupção, mas acho melhor Nick e eu tomarmos o caminho de casa. Está tarde.

Todos se puseram de pé para se despedir. Maria beijou a filha e deu uma piscadela de aprovação.

– Posso não gostar dessa pressa toda – sussurrou ela –, mas você é uma mulher feita. Ignore o seu pai e siga o seu coração.

Um nó apertou a garganta de Alexa.

– Obrigada, mamãe. Temos muito que fazer esta semana.

– Não se preocupe, querida.

Estavam quase na porta quando Jim lançou um apelo final.

– Alexandria, o mínimo que você pode fazer por sua família é adiar o casamento por algumas semanas. Nick, você não discordaria, não é?

Nick pousou a mão no ombro de Jim, enquanto a outra mão estava firmemente presa à de sua noiva.

– Entendo seus motivos para querer esperar, Jim, mas o fato é que estou perdidamente apaixonado pela sua filha, e nós queremos nos casar no sábado. Gostaríamos muito de ter a sua bênção.

Todos aguardaram em silêncio. Até mesmo Taylor ficou quietinha para observar o desenrolar da cena. Alexa esperou a explosão.

Jim aquiesceu.

– Está bem. Posso conversar com você um momento?

– Pai...

– Só um momento.

Nick seguiu Jim até a cozinha.

Alexa tentou reprimir a preocupação, trocando ideias com Izzy e Gen sobre vestidos de madrinha. Conseguiu um vislumbre do rosto sério de Nick enquanto ele escutava o pai dela. Após alguns minutos, apertaram-se as mãos e Jim, com um ar derrotado, deu um beijo de despedida na filha.

Despediram-se e entraram no carro.

– O que o meu pai queria?

Nick deu ré para sair da entrada da casa e se concentrou na estrada.

– Estava preocupado com os custos do casamento.

A culpa a invadiu em imensas ondas. Nem sequer pensara nos custos do casamento. É claro que seu pai presumira que teria de pagar por tudo, mesmo que os tempos houvessem mudado. O suor se formou em pequenas gotinhas em sua testa.

– O que você disse a ele?

Nick olhou para ela.

– Eu me recusei a deixá-lo pagar. Disse que, caso tivesse feito a vontade dele e esperado um ano para me casar, poderia aceitar o dinheiro dele, mas, já que decidimos apressar o casamento, eu insistia em arcar com os custos. Então fizemos um trato. Ele pagará pelas roupas dele e de seu irmão, e eu pagarei pelo casamento e pelos vestidos das mulheres, inclusive o seu.

Ela soltou o ar num sopro rápido e estudou o rosto dele à luz dos faróis que passavam. Seus traços se mantinham inexpressivos, mas o gesto dele tocou seu coração.

Obrigada – disse ela, com suavidade.

Ele se encolheu como se as palavras dela o machucassem.

– Não tem por que agradecer. Eu jamais magoaria seus pais. Quase ninguém teria dinheiro suficiente para pagar por um casamento em uma semana, e eu entendo essa questão do orgulho familiar. Jamais poderia tirar isso deles.

Ela engoliu suas emoções e eles permaneceram em silêncio por algum tempo. Alexa olhava a escuridão pela janela. A oferta dele sugeria um relacionamento real entre eles, e isso a fez desejar que houvesse mais. Ela deveria apresentar a família a um amor de verdade, não um falso. As mentiras da noite a deixaram abatida, e ela se deu conta de que barganhara com o diabo em troca de dinheiro. Dinheiro para salvar sua família, mas ainda assim.

A voz grave dele interrompeu o silêncio e os pensamentos sombrios dela.

– Você parece aborrecida com a nossa pequena encenação de hoje.

– Odeio mentir para a minha família.

– Então por que você está fazendo isso?

Um silêncio desconfortável se instalou entre eles.

Nick insistiu.

– Por que você quer tanto esse dinheiro? Você não parece muito feliz com a perspectiva de se casar comigo. Está mentindo para sua família e organizando um casamento falso. Tudo isso para investir em sua livraria? Poderia muito bem pegar um empréstimo com o banco como qualquer dono de negócios. Algo não está fazendo sentido.

Alexa sentiu uma bolha de pressão em sua garganta e quase contou a verdade. Sobre a doença de seu pai, logo depois de ele voltar para casa. Sobre a falta de plano de saúde e a dificuldade de pagar as exorbitantes contas médicas. Sobre a luta de seu irmão para pagar a faculdade de medicina enquanto sustentava sua nova família. Sobre as ligações intermináveis dos cobradores até que sua mãe não vira alternativa a não ser vender a casa, já hipotecada tantas vezes quanto possível.

Sobre o peso da responsabilidade e a impotência que Alexa sentia o tempo inteiro.

– Preciso do dinheiro – retorquiu ela, simplesmente.

– Precisa? Ou quer?

Ela fechou os olhos à provocação. Ele queria acreditar que ela era egoísta e fútil. Foi então que ela percebeu que precisava se defender contra esse homem de todas as maneiras possíveis. O beijo estilhaçara qualquer ilusão de neutralidade entre eles. Os lábios de Nick haviam abalado as próprias fundações da alma dela, assim como acontecera naquela primeira vez, no bosque. Nicholas Ryan tinha a capacidade de destruir suas barreiras, deixando-a vulnerável. Após uma semana vivendo sob o mesmo teto, ela estaria subindo pelas paredes para estar com ele.

Ela não tinha escolha.

Precisava incitar raiva nele. Se ele pensasse nela como uma pessoa de caráter duvidoso, certamente a deixaria em paz e ela sairia daquela situação com seu orgulho e sua família intactos. Recusava-se a alimentar sua pena ou aceitar sua piedade. Contar a verdade sobre sua família iria destruir o que restara de suas defesas. Talvez ele até lhe oferecesse o dinheiro sem nenhuma obrigação, e ela ficaria para sempre em dívida com ele.

Pensou em como ele a veria como uma mártir caso soubesse o que ela estava fazendo para salvar Tara, e a imagem a fez sufocar de humilhação. Não. Era melhor que ele acreditasse que ela era uma mulher de negócios sem coração, algo que já parecia inclinado a fazer. Ao menos ele a desaprovaria e a deixaria em paz. Só de estar perto de Nick ela se sentia inquieta, e se recusava a funcionar como estepe para a preciosa Gabriella.

Seu trato com o diabo seria em seus próprios termos.

Alexa buscou forças no fundo de seu ser e se lançou na segunda rodada de mentiras da noite.

– Quer mesmo saber a verdade?

– Quero, quero sim.

– Você sempre teve grana, Principezinho. Ter dinheiro ameniza muito a infelicidade e o estresse. Estou cansada de batalhar como a minha mãe. Não quero ter de esperar outros cinco anos para expandir minha livraria, e não quero ter de lidar com juros e bancos e amortização de dívida. Vou usar o dinheiro para construir um café na BookCrazy e fazer dele um grande sucesso.

– E se não der certo? Você estará de volta ao mesmo lugar em que começou.

– O imóvel tem se valorizado, então eu sempre posso vender a loja. E pretendo usar o excedente para construir uma carteira de investimentos mais sólida. Talvez compre logo uma casa pequena para já ter alguma segurança quando nosso casamento acabar.

– Por que não pedir duzentos mil? Ou mais? Por que não levar tudo o que eu tenho?

Ela deu de ombros.

– Acho que cento e cinquenta mil será suficiente para tudo o que eu quero. Se acreditasse que você concordaria em me dar mais dinheiro, teria pedido mais. Afinal de contas, tirando a parte de ter de lidar com a minha família, é uma barganha bastante tranquila. Eu só preciso aturar você.

– Acho que você é mais lógica do que eu havia pensado.

A afirmação deveria ter sido um elogio. Alexa ardia de vergonha, mas sabia que comprara o distanciamento de que tanto precisava. O preço havia sido o seu caráter. Mas ela lembrou a si mesma de seu objetivo e ficou quieta.

Nick parou o carro na frente do prédio dela. Ela abriu a porta do carro e pegou sua bolsa.

– Eu te convidaria para subir, mas acho que vamos nos ver até demais este ano.

Ele assentiu.

– Boa noite. Eu te ligo. Posso mandar os caras da mudança assim que você estiver com tudo pronto. Faça o que quiser a respeito do casamento, e só me avise onde e quando eu preciso comparecer.

– Ok. Até mais.

– Até.

Ela entrou no apartamento e fechou a porta; encostou as costas na porta e se deixou escorregar até terminar sentada no chão.

E chorou.

• • •

Nick a acompanhou com os olhos até que ela estivesse em segurança em seu apartamento e esperou as luzes se acenderem. O ronronar suave do motor do BWM era o único som a quebrar o silêncio.

Estava incomodado com a própria irritação diante da confissão dela. Não era da sua conta por que ela queria o dinheiro.

As motivações dela eram boas o suficiente para fazer com que ambos atravessassem o ano que estava por vir sem maiores incidentes. Ele tinha que ficar longe dela. Os pais dela haviam suscitado uma vontade perigosa dentro dele. Ele havia reprimido rapidamente a emoção, mas ficou irritado com a ideia de ainda nutrir algum traço doente de esperança de vir a ter uma família normal.

Talvez fosse porque ela estivera tão bonita aquela noite. Seu sorriso era tão fácil, os lábios volumosos relaxados.

Ele desejara inclinar a cabeça e provar o que havia além daqueles lábios rosados, carnudos.

Desejara deslizar a língua dentro da boca de Alexa e tentá-la. O tecido justo de seus jeans evidenciavam as curvas de seu traseiro e o gingado de seus quadris. Estava usando uma camisa rosa choque bastante conservadora, mas quando ela se inclinou para a frente, Nick vislumbrou a renda rosa-clara em que se aninhavam seus seios generosos. A imagem ficara gravada em sua memória e comprometera sua concentração – ele passou a maior parte da noite tentando fazer com que ela se inclinasse para que ele pudesse roubar mais uma olhadinha em seu decote, como um adolescente excitado.

Ele viu a luz se acender e arrancou com o carro. Seu mau humor o mordiscava como um pit bull genioso. Ela o perturbava de uma forma profunda e visceral. Sua família também. Lembrou-se de como a mãe dela era afetuosa. Lembrou-se da culpa que sentia quando criança por desejar que sua própria mãe desaparecesse e o deixasse com Maria McKenzie. Lembrou-se da velha dor de não ter nenhum controle em um mundo contraindicado para crianças sozinhas. Lembrou-se de coisas que jurara jamais desencavar. Casamento. Filhos. Ligações só causavam dores terríveis que ninguém merecia sentir.

Nick havia erguido muralhas para que Alexa nunca visse suas fraquezas. Se suspeitasse que ele a desejava de alguma forma, as regras do jogo mudariam. Ele não pretendera deixar que aquela sereia tivesse nenhum tipo de poder sobre ele.

Até que aconteceu o beijo.

Nick murmurou um palavrão. Lembrou-se da respiração descontrolada dela, de seus olhos cerrados. Da camisa que finalmente se abriu o bastante para que ele visse a carne firme envolvida em renda cor-de-rosa. Ele estava pronto para afastá-la, mas ela apertara o braço dele quando sua mãe a chamou. Acabou reagindo por instinto para salvar a farsa.

E então a boca cálida e úmida de Alexa se abriu sob os lábios dele. O doce sabor dela obliterou os seus sentidos e o cheiro enlouquecedor de baunilha e especiarias o derrubou – sem prisioneiros. Exigente. Punitivo. Apaixonado.

Nick estava fodido – e não no bom sentido.

Mas ela jamais saberia. Ele certificou-se de que seu rosto não manifestasse qualquer emoção, apesar de sua ereção colossal provar o contrário. Não importava. Nick se recusava a quebrar as regras. Alexa era uma mulher que vivia o lado iluminado da vida e jamais seria feliz com a promessa que ele fizera a si mesmo quando era criança. Um ano era o bastante.

Ele só esperava conseguir chegar ao fim intacto.

4

Nick virou-se para olhar a esposa adormecida. Sua cabeça estava apoiada na porta da limousine. O véu fora arrancado de sua cabeça, e uma massa de renda branca estava jogada aos pés dele. Os cachos negros dela estavam espalhados em todas as direções e escondiam seus ombros. A taça de champanhe no suporte do carro estava intocada e já havia perdido todo o gás. Os últimos raios do sol poente banhavam um diamante de dois quilates que brilhava em seu dedo, fragmentando-se e explodindo em mil pontos de luz. Os generosos lábios vermelhos estavam entreabertos, deixando o ar entrar e sair na cadência da respiração lenta, e ela ressonava delicadamente a cada expiração.

Alexandria Maria McKenzie era agora sua esposa.

Nick pegou sua taça de champanhe e brindou silenciosamente ao próprio sucesso. Era agora o dono da Dreamscape Enterprises. Estava prestes a correr atrás de uma chance que só acontece uma vez na vida e não precisava da permissão de ninguém. O dia havia transcorrido conforme o esperado.

Tomou um gole generoso do Dom Pérignon e se perguntou por que estava se sentindo tão mal. Sua mente voltou para o momento em que o padre os declarara marido e mulher. Olhos de safira cheios de medo e pânico quando ele se inclinou para dar o beijo obrigatório. Pálida e abalada, os lábios de Alexa tremeram sob os seus, e ele sabia que não era de paixão. Não daquela vez.

Forçou-se a se lembrar que ela só queria o dinheiro. Sua habilidade de fingir-se inocente era perigosa. Ele zombou de seus próprios pensamentos, virando a taça e sorvendo o que restara do champanhe.

O motorista abriu alguns centímetros do vidro que o separava dos passageiros e disse:

– Senhor, chegamos.

– Obrigado. Pode parar ali na frente.

A limusine subia a longa e estreita entrada da casa e Nick sacudiu a esposa delicadamente para acordá-la. Ela se mexeu, soltou um ronco e voltou a dormir. Nick tentou reprimir um sorriso e começou a sussurrar. E então se conteve. Voltou ao seu papel de algoz com certa facilidade, inclinando-se e gritando o nome dela.

Ela se ergueu de um salto, olhos arregalados de susto. Afastou os cabelos das orelhas e olhou o amontoado de renda branca como se fosse Alice e tivesse descido pelo buraco do coelho.

– Ai meu Deus, a gente... a gente fez...?

Ele entregou a ela os sapatos e a grinalda.

– Não, ainda não. Mas é nossa noite de núpcias, e eu ficarei feliz em comparecer se você estiver a fim.

– Você não fez nada por esse casamento além de comparecer. Eu queria ver você tentar organizar todos os detalhes de uma cerimônia de casamento em uma semana... eu ia me sentar e observar você desabar depois.

– Eu disse para você arrumar um juiz de paz e nada mais.

Alexa riu com desdém.

– Típico macho. Não levanta um dedo sequer para ajudar e se declara inocente quando confrontado.

– Você ronca.

O queixo dela caiu.

– Não ronco, não!

– Ronca sim.

– Ronco nada! Alguém teria me dito.

– Talvez seus amantes não quisessem ser expulsos da cama. Você é bem rabugenta.

– Não sou, não.

– É, sim.

A porta se abriu e o chofer estendeu o braço para ajudá-la a sair. Ela fez uma careta para Nick e saiu da limusine com a altivez da rainha Elizabeth. Ele conteve outra risada e a seguiu. Alexa se deteve, e ele a observou enquanto ela assimilava as linhas arqueadas da mansão, que se assemelhava a uma *villa* toscana. Pedras de arenito criavam uma imagem de elegância casual, e as paredes altas e janelas grandes conferiam uma aura histórica à construção. Um vistoso gramado ladeava a via de entrada e levava até a casa, estendendo-se depois por vários hectares em alegre abandono. Gerânios coloridos enfeitavam cada janela evocando a antiga Itália. A parte superior da casa se abria para uma varanda com sacada de ferro onde havia mesas, cadeiras e uma hidromassagem em meio a arvorezinhas com muitas folhas. Ela abriu a boca como se quisesse dizer algo, mas logo a fechou com um estalo.

– O que acha? – perguntou ele.

Ela virou a cabeça.

– É impressionante – respondeu ela. – É a casa mais bonita que eu já vi.

A apreciação dela fez com que ele se enchesse de prazer.

– Obrigado. Eu mesmo a projetei.

– Ela parece antiga.

– Era a ideia. Juro que ela tem todo o encanamento e a rede elétrica necessária.

Ela balançou a cabeça e o seguiu para dentro da casa. Pisos de mármore polido brilhavam e o teto alto fazia o espaço elegante parecer maior. Os cômodos grandes e arejados levavam a uma escadaria central em espiral. Nick deu uma gorjeta ao motorista e fechou a porta.

– Venha. Vou te mostrar o resto da casa. A não ser que você queira trocar de roupa antes.

Ela tomou nos braços o excesso de tecido e ergueu as saias do vestido, deixando à mostra seus pés calçados em meias de seda.

– Mostre o caminho.

Ele a conduziu em um *tour* pela casa. A cozinha era moderna e totalmente equipada, exibindo um centro brilhante de aço inoxidável e cromado, mas Nick certificou- se de que fosse aconchegante o suficiente para ser o orgulho de uma *nonna* italiana. Uma ilha de madeira rústica continha cestas cheias de frutas frescas e réstias de alho, garrafas de azeite com infusão de ervas, massas secas e tomates maduros. A mesa era de carvalho pesado com cadeiras robustas e confortáveis. Podia-se ver uma vasta seleção de vinhos em uma estante de ferro. Portas de vidro levavam ao solário, recheado de móveis de vime, estantes de livros e vasos de margaridas por todo o cômodo. Em vez de pinturas coloridas, fotografias em preto e branco adornavam as paredes com uma ampla variedade de amostras da arquitetura mundial. Nick desfrutou da expressão no rosto de Alexa enquanto ela assimilava cada canto daquele espaço. Ele a conduziu escada acima rumo aos quartos.

– Meu quarto é no fim do corredor. Meu escritório é particular, mas fique à vontade para usar o computador da biblioteca. Posso providenciar qualquer outra coisa que você precisar. – Ele empurrou uma das portas. – Eu te dei uma das suítes com banheira. Não conheço o seu gosto, portanto sinta-se livre para redecorá-lo como quiser.

Ele ficou olhando enquanto Alexa examinava o quarto em seus tons neutros e claros, a cama *king size* de dossel e o restante da mobília.

– Está bom assim. Obrigada.

Formalidade pulsou entre eles enquanto Nick observava o rosto dela por um momento.

– Bom, você sabe que estamos presos juntos aqui por uns dois dias, não sabe? Usamos nossos trabalhos como desculpa para não sair em lua de mel, mas não posso dar as caras no escritório até segunda-feira ou as pessoas vão fofocar.

Ela concordou com a cabeça.

– Posso acompanhar os negócios pelo computador e Maggie disse que iria me ajudar.

Ele se virou.

– Acomode-se e me encontre na cozinha. Vou preparar algo para o jantar.

– Você cozinha?

– Não gosto de ter estranhos na minha cozinha, já tive minha cota disso quando jovem. Portanto, aprendi.

– Você é bom?

Ele riu, convencido:

– O melhor.

Então saiu, fechando a porta.

• • •

Tipinho arrogante.

Alexa se virou e estudou seu novo quarto. Sabia que Nick tinha bastante dinheiro e levava uma vida confortável, mas estava se sentindo como a personagem de Audrey Hepburn em *My fair lady*: completamente *rústica* perto da sofisticação de seu tutor.

Que se dane. Precisava manter sua vida tão normal quanto possível, com ou sem casamento. Nick não era seu marido de verdade, e ela não planejava se deixar envolver em ilusões domésticas e chegar ao fim do ano completamente perdida. Até mesmo, era provável que mal se vissem. Alexa presumiu que ele trabalhasse sempre até tarde e que, tirando uma ou outra festa que exigiria a presença do casal, eles levariam vidas separadas.

Seu discurso motivacional para si mesma funcionou bem, e ela arrancou o vestido do corpo e passou a hora seguinte relaxando em um banho de espuma na luxuosa banheira de hidromassagem da suíte. Apenas uma vez, olhou para a sensual camisola preta que suas irmãs haviam posto em sua mala antes de enfiar *a peça no fundo de uma gaveta. Vestiu leggings* e uma blusa de moletom cortada, prendeu o cabelo para cima e desceu para a cozinha. Ela seguiu os sons de comida sendo preparada e se acomodou em uma das pesadas cadeiras de madeira na cozinha. Pousou os pés descalços nas bordas do assento, abraçou os tornozelos e ficou observando seu novo marido.

Ele não havia tirado o smoking, embora tivesse tirado o paletó e enrolado as mangas da camisa branca até os cotovelos. Desabotoara até o meio do peito os botões de ônix e pérola, revelando pelos dourados espalhados sobre os músculos definidos. Foi um grande desafio para Alexa ignorar a curva do traseiro – o homem tinha uma bunda sensacional. Pena que ela jamais o veria nu. O episódio do calção de banho arriado não contava e, além do mais, ela ficara ocupada demais olhando a parte da frente dele.

– Quer ajudar?

Ela enterrou as unhas nas palmas das mãos para voltar à realidade.

– Claro. O que você está preparando?

– Fettuccine Alfredo com camarões, pão de alho e salada.

Um gemido preocupado escapou dos lábios dela.

– Ah, meu Deus, você é mau!

– Não gostou do cardápio?

– Gostei até demais. Acho que vou comer só a salada.

Ele lançou um olhar de desprezo sobre os ombros.

– Estou cansado de mulheres que pedem só uma salada, e depois ficam com aquela cara de quem merece uma medalha. Uma boa refeição é uma dádiva.

Ela apertou os dedos com mais força ainda.

– Ora, muito obrigada pelo seu ponto de vista presunçoso sobre a população feminina. Para sua informação, eu sei apreciar boa comida muito melhor que você. Você por acaso viu os aperitivos que escolhi para o casamento? Não viu o quanto eu comi a noite toda? É mesmo muito típico de um homem, pôr uma comida supercalórica na frente de uma mulher e ficar ofendido porque ela não quer comer, e então ficar muito surpreso no quarto ao olhar para os quadris dela e se perguntar de onde vieram aqueles quilos extras.

– Não vejo nada de errado em uma mulher com curvas.

Ela saltou de sua cadeira e começou a reunir os ingredientes para a salada.

– Até parece que não ouvi essa antes. Vamos testar sua teoria, está bem? Quanto Gabriella pesa?

Ele não respondeu.

Alexa jogou um pimentão vermelho na mesa, do lado da alface romana, e riu com desdém.

– O que foi? O gato comeu a sua língua? Ela pesa o quê, uns 45 kg? Ou isso é considerado gordo hoje em dia?

Quando ele falou, seu tom de voz era menos cheio de si:

– Ela é modelo. Sua profissão exige que ela mantenha um peso baixo.

– E ela pede salada quando vocês saem para jantar?

Mais silêncio.

Um pepino rolou pela bancada e parou na beirada.

– Vou tomar isso como um "sim". Mas eu tenho certeza de que você fica muito grato pelo autocontrole dela quando está arrancando as roupas dela.

Ele mudou o peso do corpo de um pé para o outro e concentrou-se nos camarões na frigideira.

– Gabriella é um mau exemplo. – Estava claramente desconfortável.

– Tenho mais uma questão para você. Maggie disse que você costuma sair só com modelos. Parece que você prefere mesmo as mulheres magras e aceita sem problemas que elas comam suas saladas. – Lavou os vegetais, pegou uma faca e começou a picá-los. – Mas quando se trata de alguém que você não tem a menor intenção de levar para a cama, parece que não importa o quanto ela engorde, desde que você tenha companhia para as refeições.

– Para falar a verdade, eu detesto sair para jantar com a maioria das mulheres com quem saio. Sei que elas estão na indústria da moda, mas eu gosto de mulheres que apreciem uma boa comida e não tenham medo de comer. Você não é gorda. Nunca foi gorda, então não entendo de onde vem essa obsessão.

– Você me chamou de gorda uma vez.

– Não chamei.

– Chamou, sim. Eu tinha catorze anos, e você disse que eu estava crescendo nos lugares errados.

– Porra, Alexa, eu estava falando dos seus peitos! Eu era um adolescente chato que gostava de te torturar. Você sempre foi linda.

O silêncio reinou entre eles.

Ela tirou os olhos do que estava fazendo e o encarou, boquiaberta. Durante todos aqueles anos, Nick Ryan sempre implicara com ela, torturando-a e insultando-a.

Ele jamais havia dito que ela era linda.

Nick mexeu o molho, e seu tom de voz era casual:

– Você entendeu o que eu quis dizer. Linda, tipo uma irmã. Vi você e Maggie passarem pela puberdade e virarem mulheres. Nenhuma das duas é feia. Ou gorda. Acho que você está sendo dura demais consigo mesma.

Alexa entendeu o que ele quis dizer. Ele não pensava nela como uma mulher bonita, e sim como uma irmã caçula irritante que ficou atraente depois de adulta. A diferença era gritante, e ela ignorou a pontada de mágoa que a machucava por dentro.

– Bem, eu vou comer a salada e não quero ouvir mais nenhum comentário sobre mulheres.

– Como preferir. Deixei uma garrafa de vinho refrescando na geladeira, pode fazer um favor e abri-la para mim?

Ela abriu a garrafa cara de chardonnay e observou Nick sorver um pouco da bebida. O aroma cítrico de frutas e madeira chegou ao nariz dela, e, após alguns instantes de conflito interno, acabou se rendendo. Uma taça. Afinal de contas, ela merecia.

Serviu-se e tomou um pequeno gole. O líquido escorreu pela garganta dela; o sabor era seco e, ao mesmo tempo, borbulhante. Ela soltou um gemido baixo de satisfação, a língua lambendo os cantos da boca e os olhos fechados enquanto o gosto da bebida pulsava em seu corpo.

• • •

Nick estava prestes a dizer algo, mas parou de repente. A visão de Alexa experimentando o vinho com tamanha satisfação travou todos os músculos de seu corpo. O sangue martelou em suas veias, e seu baixo ventre entrou em estado de alerta. Alexa lambeu os lábios de forma tão delicada que ele desejou que ela estivesse saboreando outra coisa que não o vinho. Ficou imaginando se ela também faria aqueles delicados sons guturais quando um homem penetrava suas profundezas úmidas e quentes. Se ela seria tão deliciosa e convidativa ali quanto era a sua boca, envolvendo-o como um punho aveludado, extraindo cada gota que ele tivesse para dar e ainda pedindo mais. As calças justas que ela vestia revelavam cada curva de seu corpo, desde a bunda perfeita até a extensão atraente de suas longas pernas. A blusa dela havia subido um pouco e deixava entrever uma faixa de pele nua. E é claro que ela havia descartado o sutiã, pensando nele não como um homem que poderia desejá-la, e sim como um irmão mais velho e irritante.

Maldita hora em que ela começou a complicar as coisas. Ele pôs a travessa com a massa na mesa e começou a posicionar os pratos e talheres.

– Pare de beber o vinho desse jeito. Isso aqui não é um filme pornô.

Ela bufou.

– Ei, não vem descontar em mim, só porque está rabugento. Não é culpa minha se os negócios são mais importantes para você do que um casamento de verdade.

– É, mas assim que acertamos o preço, você topou. Eu te comprei tanto quanto você me comprou.

Ela agarrou a travessa com o macarrão e encheu o próprio prato.

– Quem você pensa que é para me julgar? Durante toda a sua vida, você sempre teve tudo na mão. Você ganhou um Mitsubishi Eclipse de presente de aniversário. Eu ganhei um Chevette.

Ele se empertigou com a lembrança.

– Você tem uma família. Eu não tenho merda nenhuma.

Ela parou, e então pegou um pedaço do pão de alho quente, cheio de mozarela derretida.

– Você tem a Maggie.

– Eu sei.

– O que aconteceu entre vocês? Vocês eram tão próximos.

Ele deu de ombros.

– Ela mudou muito no Ensino Médio. De repente, não queria mais conversar, parou de me deixar entrar no quarto dela para nossas conversas e, por fim, se afastou de vez. Então eu a deixei ir e me concentrei na minha própria vida. Vocês também perderam um pouco o contato nessa época, não?

– Perdemos. Continuo achando que algo aconteceu, mas ela nunca fala disso. Em todo o caso, minha família passou uma época bastante ferrada também, então você não está sozinho.

– Mas agora a sua casa é tipo *Os Waltons*.

Ela riu e enfiou uma garfada generosa de massa na boca.

– Meu pai ainda tem muito para se redimir, mas acho que conseguimos quebrar o ciclo.

– Ciclo?

– Ciclo cármico. Quando uma pessoa faz uma merda realmente monumental e te magoa. Seu primeiro impulso é magoá-la de volta ou se recusar a perdoá-la.

– Acho muito razoável.

– Ah, mas assim o ciclo de mágoa e ofensas continua. Quando ele voltou, decidi que eu só tinha um pai, e aceitei o que ele podia dar na época. Finalmente ele conseguiu se livrar da bebida e começou a tentar nos compensar pelo passado.

Nick soltou um ruído mal-educado.

– Ele deu o fora quando você era jovem e largou a família por causa do álcool. Abandonou suas irmãs gêmeas. E então voltou e pediu perdão? Como você pode querer que alguém assim faça parte de sua vida?

Alexa pescou outro camarão com o garfo e deixou-o suspenso na frente de sua boca.

– Fiz uma escolha – disse ela. – Jamais esquecerei o que ele fez, mas se até minha mãe aprendeu a perdoá-lo, como eu poderia negar? Família é família, não importa o que aconteça.

A simplicidade de sua habilidade de perdoar abalou as fundações de Nick. Ele serviu-se de mais vinho.

– É melhor sair com a cabeça erguida e o orgulho intacto. Deixar que as pessoas sofram pela dor que causaram.

Alexa pareceu considerar com cuidado as palavras dele.

– Quase fiz isso, mas entendi que, além de ser meu pai, ele também é só um ser humano que pisou na bola muito feio. Eu poderia manter meu orgulho, mas perderia meu pai. Quando decidi perdoá-lo, quebrei o ciclo. Ele acabou conseguindo largar a bebida e reconstruir o relacionamento que tinha com a família. Você já pensou em procurar o seu pai?

As emoções de Nick estavam a mil. Reprimindo a mágoa antiga, ele conseguiu dar de ombros.

– Para mim, Jed Ryan não existe mais. Essa foi a minha decisão.

Achou que Alexa fosse sentir pena dele, mas o rosto dela refletia apenas empatia, e isso o acalmou. Quantas vezes ele já havia desejado que seu pai batesse nele ou o punisse de outra forma, em vez de ignorá-lo e negligenciá-lo? De alguma maneira, a indiferença dele machucava mais e ainda doía.

– E sua mãe?

Ele se concentrou em seu próprio prato.

– Ela está dormindo com outro ator. Gosta quando eles são do *show business*, isso a faz se sentir importante.

– Você a vê com frequência?

– A ideia de ter um filho adulto a faz lembrar-se da própria idade. Ela prefere fingir que eu não existo.

– Sinto muito.

As palavras eram simples, mas vinham do fundo do coração de Alexa. Nick olhou para ela. Por um segundo, o ar entre eles pulsou com energia, compreensão e empatia, mas o momento logo se esvaiu como se nunca tivesse existido. Ele deu um meio sorriso, fazendo pouco de sua própria confissão.

– Pobre menininho rico. Mas olha, por um lado você está certa: aquele Mitsubishi era um belo carro.

Ela riu e mudou de assunto.

– Me conte sobre esse negócio que você está tentando fechar. Deve ser algo muito importante para justificar que você passe um ano sem sexo.

Ele deixou o comentário espertinho passar incólume, mas lançou a Alexa um olhar de aviso.

– Quero que a Dreamscape entre em uma concorrência pela construção de um projeto perto do rio.

Ela ergueu uma sobrancelha.

– Ouvi falar que estavam querendo construir um spa e alguns restaurantes. Todos estão comentando. As pessoas costumavam ter medo de se aproximar do rio.

Ele se inclinou, empolgado.

– A área está mudando. A segurança foi reforçada e os poucos bares e restaurantes que já existem ali estão se dando bem. O projeto atrairá ainda mais moradores e turistas. Já imaginou passagens bem iluminadas ao longo do rio, com *lounges* externos? E que tal receber uma massagem relaxante num enorme spa com uma bela vista das montanhas? É o futuro.

– Também ouvi dizer que só as maiores companhias de Manhattan estavam cotadas para participar da concorrência.

O corpo dele se contorceu em uma necessidade quase física. Seu maior sonho estava bem à sua frente e ele não deixaria que nada o atrapalhasse. Ele pronunciou as palavras como se fossem um mantra:

– Eu vou conseguir esse contrato.

Ela piscou e balançou a cabeça devagar, como se a força da crença dele reassegurasse a dela.

– E a Dreamscape consegue dar conta de um projeto desses?

Ele bebeu um gole de vinho.

– O conselho acha que é ambicioso demais, mas eu provarei que eles estão errados. Se eu tiver sucesso, a Dreamscape irá direto para o topo.

– É uma questão de dinheiro?

Ele negou com a cabeça.

– Não ligo para o dinheiro. Quero deixar minha marca, e sei exatamente o que fazer. Nada muito urbano. Nada que vá competir com as montanhas. Uma estrutura que se curve aos elementos da natureza, fundindo-se a eles, em vez de combatê-los.

– Parece que você já pensou muito nisso.

Ele molhou o último pedaço de pão no molho que restava e o comeu.

– Sei que a decisão será muito rápida e queria estar preparado. Passei muitos anos pensando em projetos para a área do rio, e agora estou pronto.

– E como você vai conseguir?

Nick fixou o olhar em seu prato. Engraçado, ela parecia saber exatamente quando ele mentia, desde a infância.

– Um de meus sócios já está envolvido no projeto. Richard Drysell está construindo o spa, e temos a mesma visão. Ele vai dar um jantar no próximo sábado, e como os outros dois homens que preciso convencer também estarão lá, quero aproveitar essa oportunidade para causar uma boa impressão.

Ele não mencionou o que esperava de Alexa. Ele via sua nova esposa como uma via para fechar o negócio, mas seria melhor explicar tudo na noite do jantar.

Nick levantou a cabeça e viu que o prato dela estava limpo.

A travessa com a salada estava na mesa entre eles, intocada. A massa, o pão e o vinho haviam sido destroçados. Ela parecia prestes a explodir.

– Bem, a salada está com uma cara ótima. Não vai comer?

Ela forçou um sorriso e espetou uma folha com o garfo.

– Claro. Eu adoro salada.

Ele riu.

– Quer sobremesa?

Alexa resmungou:

– Engraçadinho.

Eles limparam tudo com rapidez, puseram a louça na lavadora e se acomodaram no sofá bege da sala. Nick pensou que ela estava tentando uma forma mais rápida de fazer a digestão.

– Ainda vai trabalhar hoje? – perguntou ela.

– Não, está tarde. E você?

– Não, cansada demais. – O silêncio preencheu a sala. – Então... o que você está a fim de fazer?

A blusa dela subiu alguns preciosos centímetros. A pele suave e bronzeada de seu estômago acabou com a concentração dele. Ele tinha imagens muito claras do que poderiam fazer, algo que começava com ele tirando lentamente a blusa dela, e então lambendo seus mamilos até ficarem intumescidos. O resto consistia em arrancar as *leggings* dela e ver o quão rápido ele conseguiria deixá-la ardendo em seus braços. Como nada disso era possível, ele deu de ombros e disse:

– Sei lá. Quer ver TV? Um filme, talvez?

Ela negou com a cabeça.

– Pôquer.

– Hein?

Os olhos dela se iluminaram.

– Pôquer. Tenho um baralho na mala.

– Você anda com um baralho na bolsa?

– Nunca se sabe quando posso precisar dele.

– Vamos jogar valendo o quê?

Ela saltou do sofá e se encaminhou para a escada.

– Dinheiro, claro. A não ser que você esteja com medinho.

– Ok, mas usaremos as minhas cartas.

Ela parou no meio do caminho e se voltou para ele.

– Tudo bem. Mas eu dou as cartas.

Ele pressionou um botão no controle remoto e os alto-falantes Bose despejaram acordes de *Madame Butterfly* na sala. Ele encheu as taças e se acomodou perto da mesa de centro. Ela se sentou ao lado dele, pernas cruzadas. Nick teve um vislumbre de Alexa em um vestido decotado, sentada no colo de um caubói e distribuindo cartas em um *saloon*. Afastou a imagem e se concentrou na própria mão.

– O *dealer* escolhe. Jogo aberto de cinco cartas. Pingo na mesa, por favor.

Ele franziu o rosto.

– Pingar com o quê? – perguntou ele.

– Já disse que estamos apostando dinheiro.

– Devo pedir ao mordomo que destranque o cofre? Ou talvez a gente possa apostar as joias da família.

– Muito engraçado. Você não tem umas notas de um por aí?

Os lábios se ergueram em um sorriso.

– Desculpe, só tenho de cem.

– Oh.

Ela ficou tão desapontada que ele deu o braço a torcer e riu.

– E se a gente apostasse algo mais interessante?

– Não jogo strip pôquer.

– Estava falando de favores.

Ele observou, com puro prazer, Alexa mordiscar o lábio inferior.

– Que espécie de favor? – perguntou ela.

– O primeiro a ganhar três partidas seguidas ganha um favor do outro. Pode ser usado a qualquer momento, como um *voucher*.

O rosto dela se abriu com interesse.

– Qualquer coisa serve como favor? Sem regras?

– Sem regras.

O desafio a atraiu, como o cheiro de uma jogada improvável atrai um jogador inveterado. Ele pressentiu a própria vitória antes mesmo que ela concordasse e praticamente lambeu os beiços quando ela aceitou os termos. Ele compreendeu que, nos próximos meses, finalmente teria o controle de que precisava sobre o casamento.

Ela deu as cartas. Ele estava se segurando para não rir com o resultado previsível do jogo, mas se recusou a ser misericordioso. Ela descartou uma carta e comprou outra.

Ele desceu seu jogo:

– *Full house*.

– Par de valetes. Você dá as cartas agora.

Nick teve de reconhecer que ela não se dava por vencida, escondendo bem suas emoções. Apostava que fora seu pai que a ensinara a jogar, e se Nick não fosse tão experiente, ela seria uma adversária à altura. Ela revelou um par de ases ao perder graciosamente para a trinca de quatro dele.

– Só mais uma partida.

– Eu sei contar. Eu dou. – Os dedos dela manusearam as cartas com habilidade. – Então, onde você aprendeu a jogar?

Ele analisou a própria mão, indiferente.

– Um camarada organizava um jogo semanal. Era uma boa desculpa para encher a cara e curtir com os amigos.

– Sempre achei que você tinha mais que ver com xadrez.

Ele descartou uma carta e comprou outra.

– Sou bom em xadrez também.

Ela riu de modo indelicado.

– Mostre as cartas.

Ela arriou seu jogo e mostrou, triunfante, o *straight* que tinha nas mãos.

– Uma boa mão. – Nick deu um sorriso convencido. – Mas não boa o bastante. – Jogou na mesa quatro ases, esticou as pernas à frente e se inclinou para trás. – Admito que foi uma boa tentativa.

Ela fitou as cartas dele, incrédula.

– A probabilidade de se conseguir quatro ases no pôquer de cinco cartas... meu Deus, você trapaceou!

Ele sacudiu a cabeça e estalou a língua, fazendo *tsc, tsc*.

– Qual é, Al, achei que você fosse uma adversária melhor. Não me diga que ainda é uma péssima perdedora. Agora, quanto ao meu favor...

Nick teve a impressão de que fumaça de verdade saía dos poros de Alexa.

– Não dá para ter quatro ases, só escondendo uma carta na manga. Não minta para mim, porque eu mesma estava pensando em fazer isso!

– Não me acuse de algo que você não pode provar.

– Você trapaceou. – Seu tom de voz era de desgosto e surpresa. – Mentiu para mim na noite do nosso casamento.

Ele riu com escárnio.

– Se não quer pagar o que deve, é só dizer. Típico de uma mulher ser péssima perdedora.

Ela se retorceu, o sangue queimando em suas veias.

– Você é um trapaceiro, Nick Ryan.

– Prove.

– Vou provar.

Ela se lançou por sobre a mesinha de centro e para cima dele. Todo o ar foi expulso de seus pulmões quando ela o derrubou de costas no tapete e enfiou as mãos por dentro das mangas dele, procurando a suposta carta escondida. Nick grunhiu, cada músculo de seu corpo reagindo ao corpo feminino pressionado contra o dele. Tentou tirá-la de cima dele, mas ela estava determinada em encontrar qualquer evidência de trapaça e voltou sua atenção para os bolsos de sua camisa. Ele riu, uma gargalhada que nasceu no fundo de seu peito, e percebeu que rira mais com Alexa na última semana do que em toda a sua vida adulta. Quando os dedos dela vasculharam os bolsos das calças, ele percebeu que, caso ela continuasse procurando por ali, não sairia de mãos vazias. A gargalhada deu lugar a um impulso que vinha do fundo do seu ser e, com um movimento, ele a virou de costas no chão, seu corpo sobre o dela, e segurou seus braços ao lado de sua cabeça.

O prendedor de cabelo havia caído em algum momento, e cachos pretos como carvão caíam sobre o rosto dela, cobrindo um dos lados. Olhos azuis brilhavam através das mechas, cheios de um desprezo altivo que só ela seria capaz de demonstrar após derrubá-lo no chão e arrastá-lo para uma briga. Os seios dela, erguidos e soltos, estavam marcados contra a blusa, e suas pernas estavam enroscadas nas dele, coxas ligeiramente abertas.

Nick estava muito enrascado.

– Sei que você tem cartas escondidas. Admita e esqueceremos que tudo isso aconteceu.

– Você é louca, sabia? – murmurou ele. – Não pensa nas consequências dos seus atos?

Ela projetou o lábio inferior para a frente e soltou o ar com força, soprando os cachos para longe de seus olhos.

– Eu não trapaceei.

Consternada, ela fez bico. Ele reprimiu um palavrão e apertou os punhos dela com mais força. Maldita fosse ela por fazer com que a desejasse tanto. Maldita ela por não perceber isso.

– Não somos mais crianças, Alexa. Da próxima vez que quiser derrubar um homem no chão, pense antes se aguenta a pressão.

– É mesmo, Clint Eastwood? Qual a sua próxima fala? "Vá em frente, faça o meu dia"?

Nick sentiu o calor se espalhar de seu ventre para a sua cabeça como uma névoa espessa, e só conseguia pensar na calidez úmida da boca de Alexa e no corpo macio embaixo dele. Ele queria estar nu com ela em um emaranhado de lençóis, mas ela o tratava como um irritante irmão mais velho. E essa nem era a pior parte. Ela era sua esposa, e esse pensamento o torturava. Em algum lugar dentro dele, um instinto primitivo havia despertado e o incitava a tomá-la para si. Por lei, ela já lhe pertencia.

E aquela era, afinal, sua noite de núpcias.

Ela o desafiava a transformar raiva em desejo, a sentir seus lábios molhados e trêmulos, cheia de doçura, de entrega e paixão. Nick mandou às favas a lógica de sua lista e a necessidade de um casamento de conveniência.

Decidiu tomar sua esposa para si.

• • •

Alexa sentiu que o homem sobre ela estava tenso, retesando todos os músculos de seu corpo. Estivera tão absorta na discussão que mal percebera que ele a prendia de costas no tapete. Abriu a boca para fazer um comentário espertinho sobre *bondage*, mas se deteve. Fixou os olhos nos dele. E suspirou.

Ah, meu Deus.

Uma energia sexual primitiva os rodeava como um tornado, ganhando força e velocidade. Fogo ardia nos olhos dele, um misto de desejo e raiva, e ela se deu conta de que ele estava deitado entre as pernas abertas dela, seu quadril encaixado sobre o dela, seu peito pressionando os seios de Alexa enquanto seus dedos prendiam os pulsos dela. Aquilo não era mais uma brincadeira entre irmãos. Não era um jogo entre velhos amigos ou sócios. Era um homem e seu desejo bruto por uma mulher. Alexa sentiu que a tempestade a arrastava, percebendo que seu próprio corpo gritava.

– Nick?

A voz dela estava rouca. Hesitante. Seus mamilos pressionavam o tecido macio da blusa. O olhar dele percorreu o rosto, os seios e a barriga exposta de Alexa. A tensão entre eles era quase palpável. Ele abaixou a cabeça, aproximando-se da boca de Alexa, e o ar soprado de seus lábios acariciou os dela quando ele disse:

– Isso não significa nada.

O corpo dele desmentiu suas palavras quando ele dominou a boca dela em um beijo intenso. Com uma única investida rápida, a língua dele abriu caminho através dos lábios dela. A mente de Alexa se turvou, confusa com a dor causada pelas palavras dele e o prazer que pulsava em ondas pelo seu corpo. Ela segurou as mãos dele, deleitando-se com o gosto de seu desejo e do rico chardonnay, pressionando seus quadris contra os dele e esfregando seus seios no peito dele. Nesses poucos momentos, ela perdeu o controle, o vazio sem idade dos anos anteriores preenchido temporariamente com o gosto, o cheiro e a presença dele.

A língua dela correspondia a cada movimento dele, e um gemido baixo e gutural escapou de sua garganta. Ele tirou as mãos das dela, deslizando-as pela barriga e envolvendo seus seios. Os mamilos se endureceram e ele empurrou a blusa ainda mais, e à visão de seus seios nus, o fogo em seus olhos quase a queimou viva. Circulou um mamilo com o polegar e ela gemeu alto. Ele abaixou a cabeça e Alexa percebeu que aquele era o momento da verdade. Se ele a beijasse de novo, ela se renderia. Seu corpo implorava por Nick, e ela não conseguia pensar em um mísero motivo para parar.

A campainha tocou.

O som ricocheteou nas paredes. Nick se empertigou e rolou para o lado, como um político pego no meio de um escândalo sexual, murmurando palavrões que ela nem sabia que existiam.

– Você está bem? – perguntou ele.

Alexa piscou, sem acreditar no comportamento reservado do homem que quase rasgara suas roupas dois segundos atrás. Ele abotoou a camisa com calma e esperou a resposta dela. Fora o volume esticando o zíper de suas calças pretas, parecia que o episódio em nada afetara Nick. Como ocorrera com o beijo na casa dos pais dela.

Alexa sentiu um peso no estômago e tentou combater o enjoo. Inspirou profundamente, usando a técnica de respiração da ioga, e sentou-se, ajeitando a blusa.

– Estou. Vá atender a porta .

Ele a olhou por alguns momentos, como se estivesse verificando se ela dizia a verdade, então assentiu e deixou a sala.

Ela comprimiu os lábios com os dedos e tentou se controlar. Cometera um erro monumental. Estava claro que sua recente abstinência forçada havia deixado seus hormônios loucos, pois bastara que um homem qualquer a tocasse para que ela se acendesse como fogos de artifício. As últimas palavras dele se repetiam em sua cabeça em tom de ultimato.

Isso não significa nada.

Ouviu vozes no corredor, e uma morena alta e com longas pernas entrou na sala, com a segurança de quem conhecia bem a casa. Alexa ficou olhando uma das mulheres mais bonitas que já vira na vida – e que era, obviamente, a ex de Nick.

As pernas de modelo começavam em um par de saltos de plataforma preto e desapareciam sob calças de seda. Um cinto de correntes prateadas adornava os quadris estreitos, e uma blusa justa metálica se moldava a seus seios pequenos; o decote fundo deixava os ombros expostos. Os longos cabelos negros cascateavam pelas suas costas em ondas perfeitas. Não havia sequer um fio arrepiado. Seus olhos tinham uma espantosa cor de esmeralda, cercados por longos cílios negros. Os lábios carnudos destacavam as maçãs do rosto protuberantes e ela irradiava um ar de elegância despreocupada. Analisou a sala à sua volta e então fixou o olhar em Alexa.

Alexa, por sua vez, soube que estava prestes a vomitar.

A deusa se virou para Nick com um ar apologético. Até sua voz aveludada evocava sexo.

– Eu simplesmente tinha de conhecê-la.

Alexa se deu conta, horrorizada, de que Gabriella não estava só dormindo com Nick: ela realmente gostava dele. A mágoa explícita em seus olhos a acusavam, de mulher para mulher, de ter roubado seu homem. Era como um episódio de *Real Housewives of New York City*, em que tudo dera muito errado. Bom, pelo menos não era *Jersey Shore*. A sucessão de pensamentos em sua cabeça havia disparado e ela se agarrou aos últimos fiapos de sua sanidade.

Alexa se levantou e fitou a deusa magra que a olhava de cima. Buscou alguma compostura no fundo de seu ser e fingiu estar usando roupas de verdade, não um traje de academia, e disse formalmente:

– Eu entendo.

– Gabi, como você passou pela segurança?

Gabriella puxou as ondas cuidadosamente modeladas e as acomodou em um dos ombros, esticou o braço e colocou algo na mão de Nick.

– Eu ainda tinha minha chave e o código de segurança. Depois que você avisou que ia se casar, bem, as coisas ficaram um pouco intensas.

As palavras irritaram a pele sensível de Alexa como picadas de vespa. Que fosse tudo para o inferno. Recusava-se a permitir que Nick mantivesse um relacionamento quando tinham assinado um contrato. Por isso, tinha que fingir ser a esposa possessiva. Engoliu seco e forçou um sorriso calmo para a adversária.

– Gabriella, sinto muito que nossa decisão a tenha magoado. Foi muito rápido para nós também, sabe? – Deu uma risada, posicionando-se entre os dois. – Somos velhos conhecidos e, quando nos reencontramos, foi como um redemoinho de emoções. – Olhou para o marido com adoração fingida, mas o que queria mesmo era acertar um belo soco na cara dele. Nick a envolveu com os braços, o calor do corpo dele queimando através do tecido fino de suas calças de ioga. – Sinto muito, mas gostaria que você se retirasse. É nossa noite de núpcias.

Gabriella os estudou com um olhar crítico.

– Estranho vocês não viajarem para algum lugar mais... romântico.

Nick a salvou dessa:

– Tenho compromissos profissionais, então adiamos nossa viagem para uma ilha paradisíaca.

Gabriella falou, de forma contida:

– Está certo. Vou embora. Eu só precisava ver com meus próprios olhos por quem ele me trocou. – A expressão no rosto dela indicava que não entendia a decisão de Nick. – Ficarei fora por uns tempos, pois me comprometi a ajudar em projetos de reconstrução no Haiti.

Deus do céu. Ela era filantropa. A mulher tinha a aparência perfeita, era rica e ainda por cima ajudava pessoas. O coração de Alexa afundou.

Gabriella se virou e seus olhos se detiveram no baralho sobre a mesa:

– Hummm, sempre adorei jogar cartas. Mas acho que não são para uma noite de núpcias.

Gabriella não deu chance para respostas e, com a graça de uma cobra, deslizou até a porta sem nunca olhar para trás.

Ao som do "clique", Alexa se afastou com um salto. Um silêncio desconfortável pairava na sala, e seus pensamentos estavam em turbilhão.

– Sinto muito, Alexa. Jamais imaginei que ela apareceria aqui em casa.

A pergunta surgiu das profundezas de seu ser. Tentou não perguntar, mas a batalha curta e sangrenta estava perdida antes mesmo de começar e as palavras saltaram de seus lábios:

– Por que se casar comigo e não com ela?

Comparada com Gabriella, Alexa deixava a desejar em todos os aspectos. A namorada de Nick era linda, elegante e magra. Falava com inteligência, fazia trabalho voluntário e tinha até se comportado com muita classe para uma mulher rejeitada. Ela também gostava de Nick. Por que ele a machucaria desse jeito?

Nick deu um passo para trás.

– Não importa – disse com frieza.

– Preciso saber.

A determinação no rosto dele foi como gelo escorrendo pelas costas dela. E então as cortinas se fecharam, e ela encarava um homem despido de qualquer emoção ou sentimento.

– Porque ela queria mais do que eu podia dar. Ela queria sossegar, começar uma família.

Alexa recuou.

– O que há de errado nisso?

– Eu fui sincero com Gabriella desde o início. Não me envolvo em caráter permanente. Nunca quis ter filhos e nunca serei o tipo de homem que se compromete a longo prazo. Isso é algo que prometi a mim mesmo muitos anos atrás. – Nick fez uma pausa. – Por isso, casei com você em vez dela.

A sala girou sob seus pés quando ela assimilou o caráter definitivo daquela afirmação. Seu marido podia até ter acessos de paixão. Seu toque podia até ser quente, e seus beijos, ainda mais quentes, mas seu coração era feito de pedra. Jamais se abriria para uma mulher – era problemático demais para assumir um risco daqueles. De alguma maneira, havia sido convencido por seus pais de que o amor não existia. Mesmo que um raio tênue brilhasse em sua superfície, ele acreditava que finais felizes não existiam. Só crianças traumatizadas e uma vida de mágoa.

Como uma mulher poderia combater uma crença tão sombria e arraigada, e nutrir alguma esperança de vencer? De repente, a necessidade dele de ter um casamento de conveniência fazia todo o sentido.

– Você está bem?

Ela resolveu que a noite terminaria em seus termos. Nick Ryan era capaz de partir seu coração. De novo. Precisava fazer o papel de fria e eficiente para proteger seu orgulho. E deveria manter distância dele o tempo todo. Alexa se concentrou em não deixar transparecer qualquer emoção, empurrando a mágoa cada vez mais fundo em si mesma, até que ela virasse uma bola pesada em seu estômago.

– Pare de me perguntar se estou bem. Claro que estou bem. Só não quero que você fique pensando que pode fugir para uma rapidinha com sua ex. Trato é trato.

O rosto dele ficou muito sério.

– Dei minha palavra, lembra?

– Lembro também que você roubou no pôquer.

Lembrar do jogo de pôquer tinha sido um erro, e a vergonha queimou dentro dela. Ele ficou inquieto em seu lugar, deslizou os dedos pelos cabelos e Alexa sabia que estava prestes a fazer o discurso.

– Sobre o que aconteceu...

Ela deu uma risada que lhe valeria o Oscar.

– Ah, meu Deus, não vamos conversar sobre *aquilo*, ou vamos? – Revirou os olhos. – Escute, Nick, tenho de admitir. Claro que nosso casamento é uma mera conveniência, mas usei o vestido o dia todo, e era tecnicamente nossa noite de núpcias... – Ergueu as mãos num gesto de entrega. – Me deixei levar pela ideia. Calhou de você estar... bem....

– Disponível?

– Eu estava pensando em "conveniente". Você estava conveniente. Não significou nada, então vamos esquecer o ocorrido, tá?

Ele perscrutou cada traço do rosto dela com olhos apertados. O relógio ticava; ela esperava. Uma mistura de emoçoes brilhou no rosto de Nick por um instante, e ela podia jurar que ele a olhava com arrependimento.

Devia ter sido a luz.

Por fim, ele assentiu:

– Bem, vamos pôr a culpa da situação no vinho, na lua cheia ou uma baboseira qualquer.

Ela se virou

– Vou dormir. Está tarde.

– Certo. Boa noite.

– Boa noite.

Alexa subiu a escadaria em espiral e se enterrou sob as cobertas. Não quis nem escovar os dentes ou lavar o rosto como fazia todas as noites; nem mesmo colocou seu pijama. Puxou o edredom até o queixo, enterrou o rosto no travesseiro e abraçou o sono, um lugar em que ela não precisava pensar, sentir ou sofrer.

• • •

Nick olhou a escadaria deserta. O vazio pulsava dentro dele, e ele não fazia ideia do porquê. Serviu o restante do vinho em sua taça, ajustou o volume do som e se acomodou no sofá. Deixou-se envolver pela ópera e sentiu os nervos se acalmarem.

Seu quase erro o assombrava. Se Gabby não tivesse aparecido, Alexa estaria em sua cama agora. Adeus, casamento descomplicado.

Estúpido.

Até então, seu desejo por uma mulher jamais havia desestruturado seus planos daquela forma. Mesmo quando ele e Gabriella ainda estavam se tornando íntimos, ele nunca sentira nenhuma forma de apego por ela. Seu objetivo era claro e necessário. Mas nem isso fora o suficiente para contê-lo depois de provar um pouquinho de Alexa McKenzie. Ela embaralhava sua mente, fazia-o rir e o tentava com as delícias de seu corpo, livre de qualquer manipulação sutil. Ela era diferente de qualquer outra mulher que ele havia conhecido, e ele queria que ela permanecesse na categoria de amiga. Amiga de sua irmã. Queria rir do passado deles, viver em harmonia por um ano e então dizer adeus sem maiores incidentes.

E, logo na primeira noite, ele *tinha* de arrancar a porcaria da blusa dela.

Tomou o vinho que restava na taça e desligou o aparelho de som. Consertaria tudo. Ela já admitira que só estava atrás de um corpo quente em sua cama. Era óbvio que ela não se sentia atraída por ele, e certamente havia bebido vinho demais e se deixado levar pelo casamento de faz de conta. Exatamente como ela admitira. Queria o dinheiro e sentia falta de sexo.

Teimosa, a mente dele gritou que não era possível que ela reagisse de forma tão ardente ao toque de qualquer homem, mas ele se manteve firme e resolveu ignorar o aviso. Levantando-se do sofá, subiu para seu quarto.

5

Alexa correu os olhos pelas pessoas que lotavam o salão e desejou estar na BookCrazy, na sessão de leitura de poemas que costumava organizar às sextas-feiras. O jantar de negócios desta noite era o ponto da virada na carreira de Nick. Sabia que aqueles corredores estavam cheios de profissionais ávidos por um passaporte para a glória e que Nick teria que impressionar a multidão para conseguir uma chance.

Ela tirou o casaco e o entregou à anfitriã, deixando que Nick a conduzisse pelo salão apinhado.

– Presumo que você tenha um plano de ataque, certo? – perguntou ela. – Quem são os dois homens em quem você precisa concentrar seus esforços?

Nick apontou para uma nuvem espessa de fumaça de charuto. Um grupo de executivos conservadores circundava um homem de terno cinza e gravata de seda impecáveis.

– Hyoshi Komo está construindo o restaurante japonês. A aprovação dele é essencial para conseguirmos o terceiro sócio para o projeto do rio.

– E por que você não vai até lá e apresenta sua ideia? – Um garçom de smoking passou por Alexa, e ela pescou um canapé de salmão de sua bandeja, pegando a seguir uma taça de champanhe de outra.

– Porque não quero ser só mais um na multidão. Tenho outro plano em mente. – Ela tomou um gole do espumante e suspirou de prazer, ao que ele disse: – Não beba demais.

Ela bufou:

– Não sabia que maridos eram tão controladores. Certo, e quem é o outro cara que você precisa impressionar?

Um lampejo de frieza passou pelo rosto dele.

– O conde Michael Conte, proprietário de uma rede de padarias de sucesso na Itália. Conte resolveu tentar a sorte nos Estados Unidos e planeja abrir a primeira padaria na área do rio.

Alexa tentava prestar atenção em Nick, mas não conseguia tirar os olhos dos apetitosos bolinhos de siri na bandeja que passava à sua esquerda. Nick bufou, pegou dois bolinhos e os pôs no prato, dizendo:

– Coma.

– Certo. – Dessa vez ela não viu motivos para contestar. Pôs o bolinho na boca e gemeu de prazer. Ele franziu o rosto e ela se deu conta de que o estava irritando. De novo.

Ele olhava sua boca como se quisesse o bolinho que ela acabara de comer.

– Alexa, você está me ouvindo?

– Claro. Michael Conte. Padaria. Imagino que você queira que eu circule e socialize enquanto você trata dos negócios.

Ele sorriu, lábios cerrados.

– Vou cuidar de Hyoshi por enquanto, e você fica de olhos abertos à procura do conde. Ele é alto, tem sotaque italiano, olhos e cabelos escuros. Puxe conversa sobre um assunto qualquer, mantenha-o entretido; assim você se mantém ocupada.

Uma leve pontada de alerta brincava nos limites de sua consciência, mas Alexa estava concentrada demais na ampla variedade de petiscos ao seu redor.

– Quer que eu fale com ele?

Ele deu de ombros com indiferença calculada.

– Claro. Seja simpática. Se descobrir algo interessante, me conta.

Alexa sentiu um arrepio na espinha quando a cena se formou, de repente, em sua cabeça.

– Você quer que eu espione para você?

A voz de Nick transmitia impaciência.

– Não seja ridícula. Só aproveite a festa e relaxe.

– Fácil para você dizer isso. Não são os seus peitos que estão pulando para fora do vestido.

Nick pigarreou, inquieto.

– Se não estava confortável, devia ter escolhido outro vestido.

Ela se empertigou.

– Este é de Maggie. Peguei emprestado porque não tenho nada tão chique assim.

– Eu teria te dado o dinheiro para comprar um vestido.

– Não preciso do seu dinheiro.

– Não sei por quê, mas duvido disso. Afinal, você não assinou o contrato por um motivo nobre. Já que está nessa, por que não aproveitar o máximo que puder?

Um breve silêncio pairou entre eles. Alexa emanava frieza ao dizer:

– Está certo. Eu fui muito burra. Da próxima vez, farei a limpa na Macy's e mandarei a conta para você. – Girou nos calcanhares e jogou a cabeça para trás. – Afinal, o único benefício desse casamento é o seu dinheiro.

Afastou-se, dando as costas para ele.

Que babaca.

Alexa bebeu uma segunda taça de champanhe e se acomodou perto da janela alta que dava para a varanda. Nick Ryan pertencia a este mundo – um mundo de dinheiro, supermodelos e diálogo refinado. Nuvens perfumadas de Shalimar e Obsession se misturavam ao odor pesado da fumaça de charuto. Sua visão se perdia em um mar de seda e cetim, a maioria em preto ou tons neutros – cores discretas para realçar os diamantes e pérolas e safiras que ela sabia serem de verdade. Todos tinham a pele bronzeada, e ela apostava que ninguém tinha marcas de biquíni.

Alexa suspirou. Havia se vestido com esmero para a festa e prendera a respiração ao descer as escadas para aguardar a avaliação de Nick. Mesmo sabendo que estava muito bonita com o vestido de Maggie, ficou irritada ao perceber que, no fundo, queria realmente agradá-lo.

Ele a conferiu de alto a baixo e, em vez de um elogio, murmurou algo sobre o vestido que ela escolhera e se afastou. Não a ajudou a colocar o casaco, nem sequer a olhou duas vezes até chegarem à festa. Alexa ficou magoada, mas culpou a si mesma por isso. Sustentou uma aura educada e fingiu que se vestia daquela forma todo sábado.

No entanto, quando Nick falava de seus planos para o projeto às margens do rio, seu rosto irradiava uma emoção tão bruta que o corpo dela se contraía em resposta.

Paixão. Desejo intenso queimava em seus olhos castanho-dourados. Nas fantasias de Alexa, era ela quem incitava esse sentimento. Mais uma vez, lembrou-se de que Nick só tinha emoções profundas por seus projetos. Nunca por mulheres.

E nunca por ela.

Respirou fundo e terminou seu drinque, depois atravessou as portas duplas que levavam à varanda, onde um grupo conversava sobre esculturas. Em instantes ela já havia se inserido na conversa, passado pelas apresentações e mergulhado na conversa fiada social.

• • •

Nick ficou olhando Alexa atravessar irritada a sala e xingou baixinho. Mais uma vez, ele estava de parabéns. Que inferno, deveria ter elogiado a porcaria do vestido, mas nada o preparara para a visão de Alexa, descendo as escadas, arrumada para a festa.

O vestido azul-elétrico tinha um decote generoso, envolvia seus ombros e descia até o chão em magníficas dobras fluidas, cintilando com os fios prateados entremeados no tecido. Alexa calçava sandálias prateadas, e as unhas dos dedos dos pés, pintadas de rosa-choque, apareciam vez por outra por baixo do vestido, brincando de esconde-esconde a cada passo. O cabelo estava preso no alto da cabeça, e cachos cascateavam ao redor de suas orelhas e acariciavam a parte de trás de seu pescoço. Seus lábios estavam pintados de vermelho. Quando ela piscava, a sombra prateada captava a luz e fazia luzir seus cílios. Ele sabia que ela chamaria a atenção de todos os outros homens da festa.

Quase mandou que ela trocasse de roupa. Essa não era uma mulher contida e sofisticada que ele podia controlar. Muito pelo contrário: era Eva, dos pés à cabeça – uma mulher que fazia uma maçã envenenada parecer doce e capaz de levar um homem a descer até o inferno por ela. No entanto, ele balbuciou qualquer coisa e deixou o assunto para lá. Pensou ter visto um lampejo de mágoa nos olhos dela, mas, quando olhou de novo, ela era a mesma mulher sarcástica e problemática com quem se casara.

Nick ficava furioso com a habilidade que ela possuía de fazê-lo se sentir péssimo. Ele não dissera nada de errado. Ela se casara com ele por dinheiro e não via problema algum em admitir isso. Por que tinha de ficar se fazendo de vítima?

Ele expulsou de sua mente os pensamentos sobre sua esposa e se concentrou no grupo de executivos em volta de Hyoshi Komo. Sabia que um fator era importante para conseguir a aceitação do empresário japonês.

Empolgação.

Era só deixar Hyoshi Komo empolgado, e teria conquistado o projeto.

A peça final era Michael Conte, o famoso conde que era conhecido no mundo dos negócios por seu charme, sua riqueza e sua inteligência afiada. Acreditava em paixão e se comportava de uma forma completamente diferente dos outros dois sócios. Nick esperava que uma conversa animada com sua esposa lhe desse certa vantagem sobre Conte, ainda mais considerando sua fama de conquistador. Nick reprimiu uma pontada de culpa ao se aproximar para falar com o grupo de homens.

• • •

Alexa resolveu que estava na hora de encontrar seu marido.

Além do curto período que estivera sentada ao lado dele durante o jantar, passaram a noite inteira separados. Murmurando de boca fechada as notas de "I Get a Kick Out of You", vasculhou o salão e não conseguiu encontrá-lo no meio da multidão. Decidiu atravessar o elaborado corredor. Talvez Nick estivesse no toalete.

Os saltos dela estalavam no mármore polido. Os sons de música foram se perdendo a distância, e ela estudou os quadros na parede com interesse, murmurando para si mesma ao reconhecer uma obra ou outra. Seus passos a levaram à sala vizinha, que mais parecia uma galeria de arte e era cheia de prateleiras com livros antigos de capa dura. Seus dedos estavam inquietos, desejando acariciar as capas e lombadas de couro velho, e ela ansiava por ouvir o barulho crepitante das páginas velhas e impregnadas de história.

– Ah, então eu preciso me transformar em livro para chamar a sua atenção, não é?

Ela se virou. Havia um homem à porta, e seus olhos transbordavam um humor malicioso que ela percebeu fazer parte da própria essência dele. Seus cabelos eram longos e estavam presos em um rabo de cavalo, dando a ele a aparência de um pirata conquistador que encantava mulheres há séculos. Seus lábios eram carnudos e seu nariz, tipicamente italiano, dominava os traços fortes de seu rosto. Trajava calças pretas, camisa de seda preta e luxuosos sapatos de couro, e exalava um ar gracioso e sedutor só de estar parado à porta. Alexa soube de imediato que ele era encantador, amistoso e um perigo para as mulheres. Pensar nisso fez seus lábios se curvassem num sorriso. Ela tinha uma queda por italianos mulherengos, homens que botavam banca de conquistador e que, no fundo, só queriam encontrar a mulher certa que os fizesse andar na linha.

– Ah, mas eu prestei atenção em você. – Ela se virou de costas para ele e continuou a examinar os livros. – Sabia que viria até mim antes que a noite acabasse.

– E estava ansiosa por esse momento, *signorina*?

– Mal podia esperar. Então, prefere procurar um quarto aqui ou seria melhor irmos para a sua casa?

Um silêncio surpreso envolveu os dois.

Alexa olhou por cima do ombro. Um misto de desapontamento e interesse marcava os traços dele. Podia apostar que ele lamentava a ausência da caçada, mas não queria recusar uma oferta tão fácil. Deliciada, deixou que uma gargalhada tomasse seus lábios, rindo do conflito evidente no rosto dele e de sua repentina perda de confiança.

Os olhos dele brilharam quando ele finalmente entendeu:

– Você está brincando, não é?

Ela se virou para encará-lo e disse:

– Acho que estou.

Ele balançou a cabeça, divertindo-se:

– É um tanto indecoroso de sua parte tentar um homem assim.

– É um tanto indecoroso de *sua* parte achar que uma mulher faria algo assim.

– Talvez você esteja certa. Uma mulher como você deveria estar sempre sob o olhar atento de um marido. Um tesouro assim poderia ser roubado a qualquer momento.

– Ah, mas se eu fosse um tesouro de verdade, não seria roubada com tanta facilidade. Certamente não com a primeira cantada que me passassem.

Ele fingiu estar ofendido.

– *Signorina*, jamais a insultaria com a insinuação de que você não seria uma longa caçada ao tesouro. Tenho certeza de que você daria muito trabalho.

– *Signora* – corrigiu ela. – Sou casada.

O rosto dele se contorceu numa expressão de tristeza.

– Uma pena.

– Por algum motivo, tenho a impressão de que você já sabia disso.

– Talvez. Mas permita que me apresente. Sou o conde Michael Conte.

– Alexa McKenz... hã, Alexa Ryan.

Ele não deixou passar o deslize dela, e pareceu fazer uma nota mental.

– Recém-casada?

– Sim.

– No entanto você perambula pelos corredores sozinha e não foi vista na companhia de seu marido a noite toda. – Ele balançou a cabeça. – Esses homens americanos e seus maus modos.

– Meu marido está aqui a negócios.

– Nicholas Ryan, não é?

Ela assentiu.

– Imagino que você o conheça bem. Ele está apresentando uma proposta para o empreendimento às margens do rio.

O rosto de Michael se manteve neutro. Era óbvio que havia um astuto homem de negócios por trás daquele rosto atraente, e algo dizia a Alexa que ele sabia bem quem ela era antes de se aproximar. Se Nick achava que uma mera conversa seria o bastante para amolecê-lo, estava subestimando o italiano. Ficou claro que aquele homem mantinha prazer e negócios em dois mundos separados.

– Ainda não tive o prazer de conhecê-lo. – Ele se inclinou muito sutilmente. Seu perfume penetrante preenchia o ar entre eles. Os olhos de Michael encontraram os de Alexa, e ele sustentou o olhar. Ela esperou uma explosão de energia sexual, uma reação química, uma nota de desejo tomar seu corpo e confirmar que Nick Ryan não era a causa de seus problemas.

E nada. Nem uma fagulha.

Suspirando, ela se resignou a combater sua atração por Nick e admitiu que talvez ainda tivesse uma queda por ele, desde seus tempos de adolescente. Se Michael Conte não era capaz de provocar nela nenhum traço de desejo sexual, ela estava muito encrencada.

– Acho que você vai gostar tanto do meu marido quanto eu – disse ela.

Ele entendeu o recado e aceitou com elegância suas implicações.

– Veremos. Quanto a nós, seremos amigos, não?

Ela sorriu.

– Sim. Amigos.

– Deixe-me acompanhá-la de volta ao salão de jantar para tomarmos um drinque; quero saber tudo sobre você.

Ela aceitou o braço dele e deixou-se conduzir de volta ao salão.

– Sabe, Michael, eu acho que conheço a mulher perfeita para você. Uma grande amiga minha pode ser o seu par ideal.

– Você se subestima, *signora*. – Ele deu uma piscadela marota. – Ainda estou de luto pela sua perda.

Ela riu, entrando no salão com Michael, e então se viu frente a frente com seu marido, que os interceptou. Nick assomava sobre ela com um ar intimidante. Alexa abriu a boca para falar, mas ele a puxou em um abraço e ela precisou de alguns instantes para ser capaz de formular as palavras:

– Olá, querido. Estava aqui conversando com o *signore* Conte. Acho que vocês ainda não foram oficialmente apresentados.

Os homens se avaliaram mutuamente como se estivessem prestes a iniciar uma rinha de galo. Nick foi o primeiro a ceder – seu movimento tinha mais a ver com o bem dos negócios do que com testosterona – e estendeu a mão.

– Como vai, Michael? Vejo que conheceu minha *esposa*.

Michael apertou a mão de Nick, enquanto Alexa estudava, intrigada, a expressão no rosto do marido. Ela estava louca, ou ele havia de fato pedido a ela que entretivesse Conte com sua conversa fascinante? Não havia insinuado que queria o máximo de informação possível? Pois agora parecia irritado, como se ela o tivesse traído.

O cheiro limpo de sabonete e limão se desprendia da pele dele, e seus dedos se espalmaram na cintura dela, acomodando-se na curva de sua barriga. Ela reprimiu um arrepio ao imaginar a mão dele deslizando só mais alguns centímetros para baixo, ao pensar na sensação dos dedos dele penetrando-a fundo, levando-a a lugares que ela ansiava por visitar e temia ao mesmo tempo.

Voltou sua concentração para a conversa.

– Meus parabéns, Nicholas. Alexa contou que vocês são recém-casados. Deve ter sido difícil se convencer a vir a um evento de negócios.

– Em absoluto. – Ele inclinou a cabeça, e ela perdeu o ar quando o nariz dele encostou em sua orelha e seus lábios roçaram o lóbulo. Os mamilos dela ficaram rígidos e sensíveis, e ela torceu para que a estrutura do sutiã fosse capaz de esconder as evidências da traição de seu corpo.

Michael observou o gesto com interesse mal disfarçado.

– Richard parece achar que você é o homem perfeito para o trabalho. Talvez possamos marcar uma reunião para discutir algumas de suas ideias.

– Obrigado. Ligarei para sua secretária para marcarmos uma data. – Ela percebeu a simplicidade evidente no tom dele e sabia que Michael também havia percebido. Nick não gostava de determinados joguinhos corporativos e queria mostrar que não era arrogante demais para pegar o telefone e ligar ele mesmo para marcar um compromisso.

– Muito bem. – Michael plantou um beijo na palma da mão dela. – Foi um prazer conhecê-la, Alexandria. – O sotaque italiano dele parecia acariciar o nome dela. – Vou dar um jantar para um grupo de amigos próximos daqui a duas semanas, e ficaria contente com a sua presença.

Ela notou que o convite fora direcionado a ela, por isso se virou para o marido e disse:

– Querido? Estamos livres?

Desta vez, os movimentos dele não foram sutis. Nick deu um passo para trás e passou ambos os braços pela cintura dela, abraçando-a por trás e puxando seu corpo para junto do dele. A bunda dela ficou pressionada contra a virilha dele. Coxas fortes como ferro prenderam as dela. Ele repousou ambas as mãos logo abaixo dos seios dela e disse:

– Adoraríamos ir.

– Ótimo. Espero vê-los lá. Oito da noite. – Ele cumprimentou Nick com um meneio de cabeça e sorriu para ela. – Tenham uma boa noite.

Michael se foi e, alguns minutos depois, Nick a soltou. O afastamento repentino do calor do corpo dele fez com que um arrepio gelado percorresse a espinha de Alexa. O rosto dele perdeu a expressão de amante e se tornou impessoal.

– Vamos embora.

Sem outra palavra, ele caminhou a passos largos até a porta, pegou os casacos com a anfitriã e se despediu. Ela disse adeus aos poucos amigos que fizera e seguiu o marido até o carro.

A mesma ausência de conversa os acompanhou durante a viagem para casa. Cansada do silêncio, Alexa tomou a iniciativa:

– Você se divertiu?

Ele grunhiu.

Alexa tomou o rosnado como um "sim" e continuou:

– A comida estava ótima, não estava? E eu fiquei surpresa, algumas mulheres foram muito simpáticas. Fui convidada para a estreia de uma exposição de arte de Millie Dryer. Não é legal?

Ele soltou uma risada seca.

– Como se saiu nos negócios? Deu tudo certo?

Ele fez outro barulho esquisito e disse:

– Acho que não tanto quanto para você.

Alexa sentiu a raiva correr em suas veias. Sua voz endureceu com a tensão:

– Como é?

– Deixa para lá.

Ela cerrou os punhos com força e sentiu a raiva esquentar seu sangue.

– Além de babaca, você é um hipócrita. Foi você quem me pediu que procurasse Michael e arrancasse informação dele. Por acaso eu tenho cara de burra? Você me usou, e agora está bravo. Eu fiz tudo o que você pediu, considere isso como um favor.

– Eu só sugeri que talvez você conseguisse descobrir algo que pudesse me ajudar. Pedi que amolecesse o cara, e não que o deixasse com uma ereção que vai durar uns três dias!

Nick jogou o carro na entrada da casa, cantando pneus, e desligou o motor.

Ela inspirou com força e disse:

– Vá pro inferno, Nick Ryan! Ele me tratou com educação e não passou dos limites depois que descobriu que eu era casada. Mas você está perdendo seu tempo, Principezinho. Michael não deixaria que prazer interferisse em seus negócios. Eu podia ter arrancado todas as minhas roupas e implorado para ele te dar o contrato e não teria funcionado. Não posso salvar a sua pele nessa. Você está por sua conta.

Ela saiu do carro e foi, pisando forte, em direção à casa.

Ele xingou e correu atrás dela.

– Ótimo. Então não precisamos ir ao jantar dele. Vou marcar uma reunião e pronto.

Ela abriu a porta e jogou a cabeça para trás, dizendo:

– Ótimo. Não vá. Eu vou.

– O quê?

– Eu vou. Gostei dele e acho que o jantar será divertido.

Nick bateu a porta com força, marchou sala adentro e arrancou a gravata, dizendo:

– Você é minha esposa. Não vai a festa nenhuma sem mim.

Ela tirou o casaco e o pendurou no closet.

– Sou sua parceira de negócios, uma sócia que segue as regras do contrato. Cada um pode ter sua própria vida desde que não transe com ninguém, não é isso?

Ele se aproximou, reduzindo a distância entre eles, e a encarou.

– Eu me preocupo com a minha reputação. Não quero que ele tenha a impressão errada.

Ela ergueu o queixo em um deliberado desafio.

– Vou seguir as regras de nosso acordo, mas vou ao jantar de Michael. Faz muito tempo desde a última vez que desfrutei a companhia de um homem. Um homem que fosse realmente carismático e engraçado e... acolhedor.

A última palavra explodiu no espaço entre eles, e ela ficou olhando, fascinada, o homem plácido que ela conhecia se transformar em alguém diferente. Os olhos claros ficaram turvos, o maxilar travou, o corpo se contraiu. As mãos dele se ergueram devagar até que estavam apertando os braços dela. Ele parecia prestes a sacudi-la ou fazer alguma outra coisa, algo completamente... irracional.

Uma corrente elétrica percorreu todo o corpo dela. Seus lábios se entreabriram e ela inspirou. E esperou.

– Você realmente precisa tanto de alguém, Alexa? – O tom debochado dele era áspero, e ele inclinou o rosto até que sua boca estivesse a centímetros da dela. Suas mãos subiram, com lento propósito, até envolver seu pescoço. Enlaçando sua pele sensível com os dedos, ele pousou os polegares no maxilar dela e ergueu, de leve, seu rosto. O coração dela batia tão rápido que era perceptível nas veias pulsando em seu pescoço. Nick não tirou os olhos do rosto dela enquanto continuava sua tortura, traçando com os dedos a linha de suas clavículas, o contorno de seus ombros. Suas mãos desceram. Ambas as palmas deslizaram para baixo e se acomodaram nos seios dela. As terminações nervosas de Alexa dançavam de excitação. Seus músculos relaxaram, enfraquecidos; seus seios túmidos buscavam o corpo dele. Ele emitiu um murmúrio baixo de satisfação e continuou a carícia provocante. Ela sentiu a ereção dele erguendo-se e pressionando o vale sensível entre suas coxas. Um ardor líquido brotou dentro dela e se espalhou por todo o seu corpo.

– Talvez eu devesse te dar aquilo de que você tanto precisa. – Ele estocou os quadris contra os dela, tentando-a com uma amostra do que podia oferecer, e ela estremeceu em resposta. As mãos dele escorregaram para dentro do vestido, dentro do sutiã, e encontraram a carne quente e trêmula de Alexa. – Se eu te possuísse agora, talvez você não precisasse correr para os braços de Conte. – As entranhas dela se contorceram quando os dedos hábeis dele apertaram seus mamilos e a acariciaram, com movimentos suaves e delicados – ao contrário de suas palavras, que a machucavam.

Ela tremeu, envolta numa massa confusa de emoções e sensações, mas sua mente continuava clara e fria como gelo. A verdade das ações dele a forçavam a manipular as cartas para vencer. Deixá-lo sair vitorioso daquela batalha iria enfraquecê-la. Ele estava prestes a beijá-la. Aqui e agora. Ele mataria Alexa de prazer, a ponto de ela ter de implorar por mais, deixando seu orgulho e sua sanidade em frangalhos. Ele queria beijá-la por um motivo: seu poder e sua masculinidade haviam sido ameaçados, e ele os queria de volta. Ele não queria *Alexa*. Era movido pelo chamado selvagem do acasalamento e da dominação do macho, e ela estava, por acaso, no meio de seu caminho.

Por isso, Alexa reuniu o pouco que restara de seu autocontrole e deu sua cartada final.

Aproximou-se ainda mais de Nick até que sua boca quase tocasse a dele. Ela sentia a respiração dele em seus próprios lábios.

– Obrigada, mas não – sussurrou ela, tirando as mãos dele de seu corpo. – Prefiro manter nossa relação profissional. Boa noite.

Deu-lhe as costas e saiu, na direção da escadaria.

• • •

Nick deixou os braços penderem, débeis, ao lado do corpo. Por um momento, estivera preenchido por ela: suas curvas, seu cheiro, seu calor. Agora estava no meio da sala, sozinho, exatamente como em sua noite de núpcias. Um homem casado, com uma ereção e sem nenhuma perspectiva de alívio. Impressionado com sua situação ridícula, tentou examinar os eventos da noite para descobrir o que havia feito de errado.

No momento em que ele vira Alexa com Conte, um ódio lento e fumegante brotou dentro dele, começando em seus pés, espalhando-se pelo estômago e pelo peito, finalmente se instalando como uma faixa quente ao redor de sua cabeça.

A mão dela estava pousada no braço do conde. Ele devia ser interessante e divertido, porque ela jogou a cabeça para trás e riu, fazendo corar suas bochechas. Seus lábios carnudos brilhavam à luz do candelabro, e eles agiam como se fossem amigos de longa data, não duas pessoas que haviam acabado de se conhecer.

No entanto, o pior foi quando ela sorriu para ele.

Era um sorriso enfeitiçador, fascinante e convidativo que dizia que o homem que o recebesse era tudo o que ela procurava, tudo o que ela queria. Um sorriso capaz de provocar sonhos sensuais em um homem durante a noite e assombrá-lo durante o dia. Nick nunca recebera aquele sorriso, e um sentimento insano explodiu dentro dele.

Seu tiro saíra pela culatra. Ele esperara que o conde fosse achá-la razoavelmente divertida, e que ela fosse conseguir alguns fragmentos de conhecimento capaz de ajudá-lo a fechar o negócio. Não que ela fosse de fato apreciar tanto a companhia dele.

Nick xingou e pegou sua gravata, pronto para ir para a cama. Ao subir as escadas, pensou no que Alexa dissera. Se Conte separava tão bem negócios e prazer, a estratégia de Nick fora equivocada. Quando marcasse uma reunião com o conde, talvez fosse melhor se concentrar na logística racional do projeto em vez de pintar uma paisagem emocional para a venda. Talvez Conte fosse passional apenas em relação a mulheres. Talvez quisesse um executivo tranquilo e ajuizado para liderar a equipe de arquitetos.

Nick se deteve à porta de Alexa. As luzes estavam apagadas. Ficou parado ali por alguns instantes, tentando ouvir a respiração dela. Imaginou o que ela vestiria para dormir. Visões de Alexa vestida em renda preta insinuante torturavam sua mente, mas até mesmo pensar nela de calças de flanela e uma camiseta cortada o deixava louco de uma forma que nenhuma outra mulher havia conseguido. Será que ela estava deitada na cama sem dormir, fantasiando com Conte? Ou será que estava pensando no último beijo dos dois, e querendo mais?

Ele foi até o próprio quarto. Ela o rejeitara. Seu próprio marido, maldição. E ele estava preso àquilo que mais o apavorava.

Uma esposa por quem se sentia atraído.

Fechou a porta do quarto e forçou sua mente a se desfazer desse pensamento.

6

À mesa, Alexa encarava seus pais. Suas mãos tremiam de felicidade e alívio ao empurrar o cheque pelo surrado tampo da mesa da cozinha, coberto de sóis amarelos e felizes na toalha de plástico.

– Nick e eu queremos que vocês aceitem isso para pagar a hipoteca da casa – anunciou ela. – Não aceito discussões ou protestos. Ele e eu conversamos muito sobre isso, e temos sorte de ter tanto dinheiro. Queremos compartilhar com vocês. Significa muito para nós, por isso aceitem o nosso presente, por favor.

A expressão desnorteada no rosto dos dois fez lágrimas brotarem nos olhos dela. Quantas noites maldormidas já não passara, sentindo-se culpada por não poder ajudar seus pais a sair de sua péssima situação financeira? Como filha mais velha, Alexa odiava a impotência que a sufocava por não poder ajudar os pais e decidiu que se livrar desse problema compensava ter que lidar com Nick e com seus próprios sentimentos, que cresciam a cada dia. Fornecer segurança e estabilidade para sua família aliviava uma dor profunda com a qual ela convivia desde a doença de coração de seu pai.

– Mas como é possível? – perguntou Maria, pressionando as mãos trêmulas sobre seus lábios enquanto Jim a abraçava. – Nick não deveria pensar em nós como um fardo. Vocês são um casal jovem, cheio de sonhos: sua livraria, uma família com muitos filhos. Não deveriam estar se preocupando conosco, Alexandria. Nós é que somos os pais.

Jim concordou.

– Já decidi que vou arrumar um segundo emprego. Não precisamos do dinheiro.

Ela suspirou, impaciente com a teimosia inata de seus pais.

– Escutem, está bem? Nick e eu temos bastante dinheiro, e isso é importante para nós. Papai, um segundo emprego não é uma opção viável nas suas condições, você vai acabar se matando. Você ouviu o que o médico falou. – Alexa se inclinou para a frente. – Com a casa livre de dívidas, vocês poderão se concentrar nas outras contas. Poderão economizar para a faculdade de Izzy e Gen. Ajudar Lance a pagar o último ano da faculdade de medicina. Afinal, não estamos bancando vocês até a aposentadoria, só ajudando um pouco para tornar a vida mais fácil.

Os pais de Alexa se entreolharam. A esperança brilhou nos olhos de sua mãe ao pegar o cheque. Alexa deu o empurrãozinho final ao dizer:

– Nick não quis vir comigo hoje. O dinheiro vem com uma única condição: Nick não quer ouvir falar dele nunca mais.

Maria hesitou, dizendo:

– Mas eu preciso agradecer-lhe. Ele precisa saber o quanto nós somos gratos, o quanto ele mudou nossas vidas.

Alexa engoliu o nó que se formava em sua garganta.

– Nick não gosta de demonstrar emoções. Quando conversamos sobre isso, ele insistiu para que nenhum de nós falasse sobre esse dinheiro de novo.

Jim franziu o cenho.

– Ele não pode aceitar nem um simples agradecimento? Afinal, se não fosse por mim, não estaríamos nessa bagunça.

– Qualquer um pode ficar doente, papai – sussurrou ela.

O ressentimento do passado tomou o rosto dele, e ele disse:

– Mas eu que fui embora.

– E voltou. – Maria apertou a mão dele e sorriu. – Você voltou para nós e consertou tudo. Não quero mais ouvir falar nisso. – Maria se empertigou em sua cadeira, olhos marejados de emoção, e disse: – Aceitaremos o cheque, Alexandria. Não falaremos com Nick sobre isso, desde que você prometa que lhe dirá que ele é um anjo em nossas vidas. – A voz dela falhou. – Tenho muito orgulho de você, minha filha.

Alexa a abraçou. Conversaram mais um pouco, até que ela se despediu de seus pais e foi embora. Era noite de poesia na BookCrazy e não podia se atrasar. Girou a ignição de seu Fusca, que já vira dias melhores, e dirigiu até a livraria com um turbilhão de pensamentos passando por sua cabeça.

Mentir aos pais sobre o dinheiro era desagradável, mas necessário. Ela jamais diria para Nick o quanto a situação financeira dos pais tinha ficado ruim. Tinha espasmos só de pensar em Nick atirando um monte de dinheiro na direção dela, como se qualquer problema pudesse ser resolvido assim. O orgulho dela era importante, assim como o de seus pais. Eles eram pessoas que resolviam os próprios problemas. Alexa podia apostar que Nick acreditava que dinheiro era um bom substituto para emoções, uma lição que os pais dele lhe haviam ensinado todos os dias. Ela tremeu só de pensar nisso.

Não. Ela conseguira resolver tudo sozinha.

Acalmou-se e foi para sua livraria.

• • •

Na BookCrazy, Alexa olhou a sua volta, satisfeita. As noites de poesia atraíam um público grande que sempre comprava livros. Toda sexta-feira, ela transformava os fundos da loja em um palco. Música de fundo suave ajudava a compor o clima, pairando entre os corredores com iluminação reduzida para a ocasião. As cadeiras acolchoadas cor de maçã verde e as mesinhas de centro, que durante a semana ficavam guardadas no estoque, eram dispostas num círculo informal. Alexa olhou a livraria movimentada, uma mistura de intelectuais (alguns deles bastante sérios) e outras pessoas em busca de um programa divertido e diferente. Ela levou o microfone para a pequena plataforma que servia de palco e olhou o relógio. Faltavam cinco minutos. Onde estava Maggie?

As pessoas se acomodaram nas cadeiras, falando de métrica e construção de imagem e emoções afloradas, enquanto resmungavam sobre café. Bem na hora, a porta se abriu e Maggie entrou, trazendo consigo uma lufada de ar frio, e disse:

– Quem quer cafeína?

Alexa correu até a amiga e pegou dois copos fumegantes de café mocha.

– Graças a Deus. Se você não tivesse chegado, eles estariam indo embora agora mesmo para ler poema uns pros outros na Starbucks ali da esquina.

Maggie deixou a bandeja de papelão na mesa e arrumou os copos. Ela balançou a cabeça, com os cabelos cor de canela roçando a linha de seu maxilar, e disse:

– Al, você é maluca. Ficar gastando esse dinheiro todo só para esses artistas lerem poemas uns pros outros? Eles que comprem seus próprios cafés!

– Eu preciso da clientela. Até conseguir um empréstimo para expandir a loja e abrir um café aqui, preciso arrumar outras formas de levar cafeína para essas pessoas.

– Pede pro Nick. Ele é seu marido, tecnicamente.

Alexa olhou de cara feia para a amiga.

– Não. Não quero envolvê-lo nisso. Você prometeu que não diria nada.

Maggie estendeu as mãos para o alto.

– Qual o problema? Nick sabe que você devolveria o dinheiro.

– Quero fazer isso sozinha. Nosso trato era ele me dar a quantia que discutimos de cara. Nada mais. Nosso casamento não é como um casamento de verdade.

– Você deu o dinheiro pros seus pais?

Alexa sorriu.

– Quase compensou ter de aturar o seu irmão o tempo todo.

– Eu não entendo, Alexa. Por que não dizer a verdade sobre o dinheiro para Nick? Ele é um saco às vezes, mas tem um bom coração. Para que fazer esse joguinho, amiga?

Ela se virou, com medo de confrontá-la. Sempre fora uma péssima mentirosa. Como ela poderia dizer a Maggie que estava a fim do irmão dela e que precisava de todas as barreiras possíveis para se manter a distância? Era mais provável que ele a deixasse em paz se acreditasse que ela era uma mercenária sem coração.

Maggie examinou o rosto da amiga por um longo tempo, e a surpresa surgiu em seus olhos verdes quando ela entendeu:

– Tem alguma coisa acontecendo entre vocês? Você não está se sentindo atraída por ele, não é?

Alexa forçou uma risada seca e disse:

– Eu odeio o seu irmão.

– Mentira. Eu sempre sei quando você está mentindo. Você quer é dormir com ele, isso sim! Ai, que horror!

Alexa pegou o último copo de café.

– Essa conversa termina por aqui. Não me sinto atraída pelo seu irmão, nem ele por mim.

Maggie continuou perseguindo Alexa.

– Ok, agora que já superei o nojo inicial, vamos falar sobre essa ideia. Ele é seu marido, afinal de contas. Já que é assim, por que não ter *alguém* com quem fazer sexo pelo próximo ano?

Alexa caminhou até a plataforma, e todos os olhos estavam fixados nela. “Nada como a palavra *sexo* para capturar a atenção das pessoas”, pensou ela, ignorando Maggie e fazendo as primeiras apresentações para a noite de poesia.

Enquanto o primeiro poeta se encaminhava para o palco, ela desceu e se acomodou em sua cadeira. Pegou um caderno para o caso de querer tomar nota de algum fragmento repentino de inspiração e limpou a mente para ouvir o poema.

Maggie se ajoelhou e sussurrou:

– Acho que você deveria dormir com ele.

Alexa soltou um suspiro sofrido.

– Me deixa em paz.

– Estou falando sério. Agora que tive uns minutinhos pra pensar nisso, acho que é perfeito. Ambos têm a obrigação de ser fiéis de qualquer maneira, então você sabe que ele não vai transar com mais ninguém. Assim você consegue o sexo de que precisa, e depois de um ano, é só dizer tchau e pronto. Sem ressentimentos. Sem complicação.

Alexa se remexeu em sua cadeira. Não porque estivesse envergonhada com a sugestão de Maggie – muito pelo contrário. A possibilidade a deixava curiosa. Durante a noite, ficava deitada em sua cama, sem dormir, imaginando Nick no quarto no fim do corredor – seu corpo musculoso despido, esticado na cama, esperando por ela. Pensar nisso deixava seus hormônios em polvorosa. Que inferno. Nesse ritmo, ela iria parar num hospício antes de o ano terminar.

Motivo: celibato.

Maggie estalou os dedos na frente dos olhos de Alexa, tirando-a de seus devaneios.

– Oi, você tá me ouvindo? O Nick vem aqui hoje?

– Ah, claro, esse é bem o tipo de evento que seu irmão adoraria. Só não é melhor, para ele, do que fazer exame de próstata e canal nos dentes.

– Como vocês têm lidado um com o outro? Tirando a atração física?

– Está tudo bem.

Maggie revirou os olhos.

– Mentira de novo. Você não vai me contar, né?

Alexa percebeu que sempre confessara tudo a Maggie, exceto um acontecimento. A primeira vez que Nick a beijara. Naquele dia, ela soube que o amava. A amizade havia virado rivalidade, e então uma paixonite de menina. Aquele primeiro beijo fora um misto de emoções vindas de dentro de si, tão puro que ela acreditou que era amor. O coração dela batia forte por ele, feliz com a possibilidade de ficarem juntos, então ela disse aquelas palavras, sua voz ecoando nos troncos das árvores.

– Eu te amo.

E esperou que ele a beijasse de novo. Em vez disso, ele dera um passo para trás e rira dela, chamando-a de pirralha tola, e se afastou.

Naquele momento, ela aprendeu sua primeira lição sobre decepções amorosas. Aos catorze anos. Entre as árvores, com Nicholas Ryan.

Alexa disse a si mesma que aquilo não se repetiria.

Afastou as lembranças e decidiu guardar um segundo segredo de Maggie.

– Não há nada para contar – repetiu Alexa. – Posso ouvir o próximo poema em paz, por favor?

– Gata, acho que paz não é uma opção para você esta noite.

– Como assim?

– Nick está aqui. Seu marido. O cara por quem você não sente atração.

Ela virou a cabeça e viu, surpresa, a figura parada à porta. Era óbvio que ele estava um pouco deslocado naquele ambiente, mas a presença dele era tão confiante, tão máscula, que ela percebeu que ele tinha o poder de estar à vontade em qualquer lugar. E ele nem estava de preto.

A maioria dos homens que usava roupa de grife deixava as peças subir à cabeça. Nick usava seus jeans Calvin Klein como se não estivesse vestindo nada. O tecido se ajustava perfeitamente às suas coxas e ao quadril, como se estivesse se dobrando à sua vontade. Passava a imagem de um homem que sabia quem ele era – e que não dava a mínima para o que os outros pensavam dele.

A malha grossa da blusa de gola alta de cor caramelo tinha uma padronagem trançada que enfatizava o peitoral dele, esticando-se sobre os ombros largos. Certamente era Ralph Lauren. As botas eram Timberland.

Ela aguardou enquanto o olhar dele percorreu a sala, passou direto por ela, parou e então voltou, devagar.

Seus olhos se encontraram.

Alexa odiava clichês, e odiava ainda mais virar um clichê, mas naquele momento seu coração acelerou, suas mãos ficaram molhadas e seu estômago se contorceu como se ela estivesse em uma montanha-russa. Sentiu seu corpo alerta, implorando por ele, prometendo entrega total. Se ele fosse até ela e a mandasse ir para casa, deitar na cama e esperar por ele, Alexa tinha certeza de que obedeceria.

Sua falta de força de vontade a deixava possessa. Sua honestidade a forçava a admitir que faria isso mesmo assim.

– Ah, sim. Definitivamente, não tem atração nenhuma rolando.

As palavras de Maggie quebraram o encanto, permitindo que Alexa recobrasse sua compostura. Ela convidara Nick para a noite de poesia porque ele ainda não conhecia a livraria, e não ficou nada surpresa quando ele recusou educadamente o convite, usando o trabalho como desculpa. Mais uma vez, ela havia se lembrado de que eles vinham de mundos diferentes e que Nick não tinha nenhuma vontade de conhecer o mundo dela. No entanto, ele agora caminhava em sua direção, e ela se perguntou o que o fizera mudar de ideia.

• • •

Nick enveredou pelas estantes de livros. Um cara qualquer vestido de preto declamava um poema ao microfone, tagarelando sobre a correlação entre flores e morte. O cheiro de café mocha invadiu suas narinas, sons de flauta e um uivo suave de lobo chegaram aos seus ouvidos. E todas as suas impressões sobre o local ficaram em segundo plano assim que ele viu sua esposa.

Alexa ignorava o efeito que tinha nos homens, e era justamente isso o que a fazia tão sexy. Nick se inquietou. Estava vivendo em um estado constante de agitação emocional, algo que ele detestava. Costumava ser um homem muito calmo e evitava sentimentos atribulados. Agora, seu dia normal incluía uma variedade de sentimentos que ia da frustração à raiva e ao aborrecimento. Ficava furioso com as discussões esdrúxulas e os discursos inflamados de Alexa. Só que ela também o fazia rir, e a casa ganhara vida com a presença dela.

Ele se aproximou dela:

– Oi.

– Oi.

Nick transferiu sua atenção à irmã:

– E aí, Maggie May, tudo bem?

– Tudo, querido irmão. A que devemos o prazer da sua companhia? Espero que você não tenha resolvido ler aquele poema que escreveu quando tinha oito anos.

Alexa inclinou a cabeça, interessada.

– Que poema?

Ele sentiu o rosto queimar, ruborizado, e percebeu que estava diante das duas únicas mulheres que conseguiam fazê-lo perder a compostura.

– Não dê ouvidos a ela.

– Achei que você tinha de trabalhar – disse Alexa.

E ele tinha. E não sabia por que estava ali. Depois de sair do escritório, sentiu-se incomodado com o silêncio ao chegar em casa e encontrá-la vazia. Pensou nela cercada de gente, na livraria que ela mesma criara, e quis fazer parte de seu mundo, pelo menos por algum tempo. No entanto, não falou nada disso:

– Acabei mais cedo e achei que seria legal conhecer a noite de poesia. Todos os poetas fumam? Porque tem bastante gente do lado de fora, todos fumando como chaminés.

Maggie riu e esticou as pernas, alongando-se. Suas costas estavam retas contra o espaldar da cadeira. Seus olhos verdes deixaram entrever um lampejo da caçula que ainda gostava de torturar o irmão mais velho.

– Ainda sente a velha vontade, Nick? Posso descolar um cigarro pra você, se quiser.

– Obrigado. É sempre bom ter um membro da família me incentivando a cair em tentação.

Alexa engasgou e disse:

– Você fuma?

Nick balançou a cabeça.

– Fumava. Parei já faz uns anos.

– É, mas ele tem recaídas quando fica estressado ou aborrecido. Ele acha que não conta desde que não compre o maço, dá pra acreditar?

Alexa riu.

– Muito instrutivo. Precisamos nos reunir com mais frequência. Mas me diz, Maggs, seu irmão rouba muito quando joga cartas?

– Demais.

Nick se inclinou, pegou a mão de Alexa, levantando-a da cadeira, e disse:

– Por que você não me mostra o resto da livraria enquanto esse cara termina o poema?

Maggie riu e se acomodou na cadeira livre, dizendo:

– Ele está com medo do que eu posso te contar.

– Você está absolutamente certa.

Nick conduziu Alexa para longe do aglomerado de pessoas. Com um movimento instintivo, parou em um canto escuro perto de uma placa que dizia RELACIONAMENTOS, conduzindo-a de forma que ela ficou de costas para uma estante. Largou sua mão, amaldiçoando por dentro a sua própria inquietação. Não havia planejado o que dizer, mas sabia que precisava desfazer a tensão que pairava entre eles antes que enlouquecesse de vez e acabasse levando-a para a cama. Precisava encontrar um modo de levar aquele relacionamento de volta à categoria da amizade. De volta à camaradagem entre irmãos, por mais que isso o irritasse.

– Precisamos conversar.

– Ok.

– Acho que não é uma boa ideia eu e você dormirmos juntos.

Alexa jogou a cabeça para trás e riu. Nick não sabia se ficava irritado com a reação dela ou fascinado com sua beleza sincera. Ela era uma mulher que gostava de aproveitar a vida e não tinha vergonha de deixar escapar uma gargalhada honesta que vinha de dentro. Sorrisos calculados e risadas falsas não eram seu perfil. Mesmo assim, ele odiava quando ela ria dele. Isso o transportava de volta no tempo para uma época em que ele vivia tentando parecer descolado e ela vivia frustrando suas tentativas.

– Engraçado, eu não me lembro de ter me oferecido para você. Eu perdi alguma coisa?

Ele franziu a testa e disse:

– Você sabe do que estou falando. A noite da festa. As coisas saíram dos eixos, e eu assumo toda a responsabilidade pelo ocorrido.

– Mas você é mesmo um cavalheiro, não?

– Não venha bancar a espertinha. Estou tentando te dizer que perdi a linha aquele dia e que isso não vai acontecer de novo. Bebi demais, estava irritado por causa de Conte e descontei em você. Pretendo me ater ao nosso acordo inicial e queria pedir desculpas por ter perdido o controle.

– Desculpas aceitas. E eu sinto muito por ter contribuído com o episódio. Águas passadas, certo?

Nick não gostou que ela chamasse toda aquela energia sexual de "episódio", mas ignorou a sensação. Perguntou-se por que não se sentia aliviado por ela ter concordado tão rapidamente. Pigarreou e disse:

– Temos um longo ano à frente. Por que não tentamos ser amigos? Será melhor para as aparências e para nós dois.

– O que você tem em mente? Mais partidas de pôquer?

A mente de Nick foi invadida pela imagem de Alexa se jogando em seu colo. Seios fartos pressionados contra o seu corpo. Carne macia se contorcendo embaixo dele, derretendo-se em seus braços.

Como se isso não fosse o suficiente, ele olhou para a estante e leu o título do livro que estava exposto bem ao lado de Alexa.

Guia do orgasmo múltiplo: como enlouquecer sua mulher na cama.

Merda.

– Nick?

Ele sacudiu a cabeça e tentou pensar com clareza. Será que ela era do tipo que tinha orgasmos múltiplos? Ela havia tremido em seus braços com um simples beijo, o que seu corpo seria capaz de fazer se ele tivesse a chance de fazer o serviço completo, usando a língua, os lábios e os dentes para levá-la ao clímax? Gritaria, ou seria mais contida? Aceitaria tudo com prazer, devolvendo em dobro?

– *Nick*?

Voltou sua atenção ao mundo real, percebendo que uma fina camada de suor havia se formado em sua testa. Ele era mesmo um idiota. Segundos depois de dizer que eles deveriam ser só amigos, lá estava ele, sonhando acordado com ela.

– Humm, é... Digo, sim, claro que podemos jogar cartas. Qualquer coisa exceto Banco Imobiliário.

– Você sempre foi péssimo nesse jogo. Lembra daquele dia em que Maggie te fez chorar? Você caiu na casa mais cara dela, e até tentou negociar, mas ela queria dinheiro. Ficou sem falar com ela por uma semana.

Ele ficou vermelho.

– Você deve estar confundindo com o Harold, nosso vizinho. Eu jamais choraria por causa de um jogo.

– Claro. – Os braços cruzados e a expressão no rosto de Alexa indicavam que ela não acreditava nele.

Irritado, Nick arrastou a mão no rosto, perguntando-se como ela era capaz de fazê-lo perder a calma por causa de um jogo de Banco Imobiliário que nunca acontecera.

– Enfim. Amigos, então. Posso viver com isso – disse ela.

– Então estamos combinados.

– Foi por isso que você veio à noite de poesia?

Ele olhou nos olhos dela e contou uma mentira deslavada:

– Queria te mostrar que eu também sei ceder.

Nick não estava preparado para receber o sorriso doce e radiante que curvou os lábios dela. Parecia contente de verdade, mesmo que ele tivesse admitido que só fora até lá para garantir uma convivência pacífica.

Ela tocou o braço dele, dizendo:

– Obrigada, Nick.

Perturbado, Nick se retraiu e tentou disfarçar seu constrangimento:

– Não por isso. Você vai ler algum poema hoje?

Ela acenou com a cabeça, assentindo, e disse:

– É melhor eu voltar para lá. Eu costumo ser a última. Dá uma olhada no resto da loja, fica à vontade.

Nick ficou olhando Alexa voltar para o meio da pequena multidão e depois perambulou pelas estantes. Não pôde deixar de ouvir o poeta seguinte, os versos abafados pelos sons de natureza emitidos pelo sistema de som da livraria. Deus, ele odiava poesia. Toda aquela descarga de emoção, confusa e incontida, exposta para qualquer estranho que quisesse ouvir. As analogias intrincadas entre raiva humana e as intempéries da natureza, a sucessão de clichês e o imaginário confuso que testava a inteligência dos ouvintes. Não, Nick preferia uma boa biografia ou um clássico como Hemingway. Preferia a ópera com suas emoções poderosas mantidas sob controle.

Uma voz áspera e familiar falava ao microfone.

– Lugar pequeno e sombrio – disse ela.

Nick se preparou para aturar o drama, já começando a inventar elogios fingidos em sua mente. Afinal, não era culpa dela que ele não gostasse de poesia. Estava determinado a não fazer pouco-caso de algo que era tão importante para ela e se dispunha até mesmo a incentivá-la um pouco.

Pernas dobradas sob o corpo, doloridas,

Escondidas em pelo macio e veludo suave.

Aguardo o fim e o início,

Aguardo a límpida luz que me levará de volta;

De volta ao mundo de cores vívidas e perfumes que invadem meus sentidos;

De volta ao mundo de línguas afiadas, serpenteando entre suaves sorrisos soltos. Ouço o tilintar do gelo no líquido âmbar.

O calor dentro de mim, lembrança de um suicídio do passado; lembrança de uma morte silenciosa.

Segundos... minutos... séculos...

A certeza repentina se contorce dentro de mim; estou em casa. Abro os olhos a tempo de ver o flash *cegante da porta que se abre.*

E me pergunto se irei me lembrar.

Alexa dobrou o papel que estivera lendo e meneou a cabeça para os ouvintes, que assistiam em silêncio. Alguns escreviam rápido em seus cadernos. Maggie deu um gritinho de aprovação. Alexa desceu do palco, rindo, e começou a recolher os copos vazios, conversando com algumas pessoas. A noite estava chegando ao fim.

Sozinho, Nick a observava.

Uma emoção estranha crescia dentro dele. Como jamais sentira nada assim, não sabia exatamente o que era. Poucas coisas na vida ainda tinham a capacidade de comovê-lo, e ele estava satisfeito assim.

No entanto, algo mudou naquela noite.

Alexa havia compartilhado um pedaço de si com um salão cheio de estranhos. Com Maggie. Com o próprio Nick. Passível de críticas, vulnerável aos caprichos alheios, ela levou Nick a sentir o que ela própria sentia. Estava estupefato com sua coragem. E por mais que a admirasse naquele momento, Nick não conseguiu conter a dúvida que emergia dentro dele como um monstro do pântano e se questionou se, por trás de toda a sua fachada racional, ele não seria, na verdade, um covarde.

– O que achou?

Maggie o arrancou de seus devaneios e ele tentou se concentrar.

– Ah, eu gostei. Nunca tinha ouvido nenhum poema de Alexa.

O sorriso de Maggie transbordava orgulho, e ela disse:

– Vivo dizendo que o trabalho dela é bom o bastante para ser publicado em uma antologia, mas ela não parece interessada. Sua verdadeira paixão é a BookCrazy.

– E ela não poderia se dedicar às duas coisas?

Maggie soltou um riso seco.

– Eu e você faríamos isso sem pestanejar, porque nunca perdemos uma boa oportunidade. Al é diferente. Ela se contenta em compartilhar, e isso a faz feliz. Ela não precisa do reconhecimento de ser publicada. Ela já publicou alguns poemas em revistas e frequenta um grupo de discussão literária, mas faz isso mais pelos outros do que por si mesma. Esse é um problema nosso, mano. Sempre foi.

– Qual?

– Somos melhores em receber. Consequência da nossa infância, acho. – Ambos olhavam para Alexa enquanto ela conduzia um grupo até a porta com seu habitual bom humor. – Mas a vocação de Al é justamente o contrário. Não há nada que ela não faria para ajudar alguém.

De repente, Maggie se virou para ele, os olhos brilhando com uma força que ele se lembrava desde sempre, e enfiou o dedo indicador no peito dele.

– Só um aviso, amigo. Eu te amo pra caramba, mas se você a machucar, eu vou quebrar a sua cara. Entendeu?

Em vez de morder a isca, ele riu, e ficou surpreso com a própria reação. Plantou um beijo rápido na testa de Maggie e disse:

– Você é uma boa amiga, Maggie May. Não acho que você é tão ruim em dar quanto você imagina. Espero que o cara certo perceba isso quando chegar a hora.

Ela deu um passo para trás e o olhou, boquiaberta.

– Você bebeu, foi? Quem é você e o que fez com o meu irmão?

– Não abuse da sorte, garota. – Nick fez uma pausa e olhou à sua volta. – Como anda o projeto para a reforma? – Os olhos de Maggie se arregalaram e ele conteve uma risada, dizendo: – Não se preocupe, não é mais segredo. Alexa já admitiu que queria o dinheiro para criar um café aqui. Já dei o cheque a ela, mas pensei que ela me consultaria.

Maggie piscou, ainda em silêncio. Nick franziu a testa e perguntou:

– O gato comeu a sua língua, Maggie May?

– Ah, merda...

Nick ficou sério, e disse:

– Qual o problema?

Maggie sentiu uma necessidade repentina de reunir os copos vazios e limpar a mesa, dizendo:

– Não é nada. Hummm, ela deve estar com vergonha de falar com você, porque já contratou outra pessoa para o trabalho. Ela não quis te incomodar.

– Eu tenho tempo para ajudá-la.

Maggie riu, mas o tom da risada era estranho e um pouco desesperado.

– Eu deixaria esse assunto quieto, maninho. Fui. Até mais.

E foi embora com pressa. Nick balançou a cabeça. Talvez Alexa não quisesse vê-lo envolvido em seu projeto. Afinal, ela mesma dissera muitas vezes que o relacionamento deles era baseado em um contrato.

Exatamente como ele queria.

Fez um lembrete mental de mencionar o assunto depois e foi ajudar Alexa a trancar tudo. Depois disso, acompanhou a esposa até o carro dela.

– Você já jantou? – perguntou. Ela balançou a cabeça e disse:

– Não deu tempo. Quer que eu compre uma pizza no caminho?

– Não, eu preparo algo para o jantar quando chegarmos em casa. – Nick gaguejou de leve na última palavra. Estranho. Estava começando a pensar que seu santuário era dela também. – Algo rápido.

– Tudo bem. Vejo você em casa, então. – Ela girou nos calcanhares, hesitou e se virou de novo para ele: – Ah, Nick, não esquece...

– A salada.

Ela ergueu as sobrancelhas e pareceu perder a habilidade de falar por um instante. A velocidade com que ela se recompôs foi impressionante, e nem pareceu se perguntar como ele sabia o que ela queria.

– Isso. A salada – disse.

Virou-se e caminhou até o carro. Nick assobiou no caminho até seu BMW. Estava realmente aprendendo. Gostou de surpreendê-la. Já era hora de conseguir alguma vantagem, pelo menos uma vez.

Assobiou durante todo o caminho para casa.

7

Nick fechou a porta e se largou na cadeira de couro. Ficou algum tempo encarando a prancheta de desenho, enterrando as unhas nas palmas das mãos para conter o desejo que sentia. Queria criar. Imaginava projetos em calcário e tijolos aparentes, imagens fluidas de vidro e linhas elegantes. As visões dançavam por trás de suas pálpebras fechadas à noite, e aqui estava ele, dono da Dreamscape Enterprises, preso durante a maior parte do dia em reuniões corporativas.

Nick xingou baixo. Ficava exasperado com os membros do conselho, com sua burocracia e sua mentalidade conservadora. A maioria se opunha ao projeto para a margem do rio, por acreditar que a companhia iria à falência se aceitasse o trabalho e não conseguisse entregar. O conselho estava certo, mas Nick tinha uma solução simples para isso.

Não falhar.

O jantar de Conte era no sábado seguinte, e ele ainda não havia marcado uma reunião para discutir os negócios. Hyoshi Komo também não havia ligado. Preso na estaca zero, sabia que só o que podia fazer era esperar que o homem fizesse a sua jogada e contar as horas até o jantar. Talvez Conte quisesse ver como o evento social transcorria antes de marcar uma reunião, mesmo que tivesse dito o contrário a Alexa.

Alexa.

Só de dizer o nome dela, Nick já sentia um soco no estômago. Lembrou-se da forma com que ela balançara a cabeça e saíra pulando pela sala numa dança da vitória após vencer a partida de xadrez na noite anterior. Uma mulher feita agindo como criança. E mais uma vez ele gargalhou de perder o ar. As companhias costumeiras de Nick podiam até ser belas, mas sua falta de personalidade e espírito fazia com que ele não sentisse nada por elas além de uma ligação superficial. Alexandria, por outro lado, levava-o a se conectar com a gargalhada que vivia dentro dele como se fosse um jovem.

A linha direta dele tocou. Ele atendeu.

– Sim?

– Você deu comida pro peixe?

Nick fechou os olhos.

– Alexa, estou trabalhando.

Ela deu uma risada impaciente.

– É, eu também. Só que eu, pelo menos, me preocupo com o pobre Otto. Você deu comida pra ele?

– Otto?

– Você ficava chamando ele de Peixe. Magoava o pobrezinho.

– Peixes não têm sentimentos. E sim, eu dei comida para ele.

– Mas é claro que peixes têm sentimentos. E falando em Otto, queria te dizer que estou preocupada com ele. Ele fica no escritório, e ninguém nunca vai lá. Por que não o levamos para a sala de estar? Assim ele pode ver a gente com mais frequência.

Nick correu a mão pelo rosto, pedindo aos céus paciência.

– Porque eu não quero um aquário arruinando o visual dos cômodos principais da casa. Foi Maggie quem me deu esse bicho, era pra ser uma piada, e eu o odiei logo de cara.

A frieza de Alexa emanou pelo telefone.

– Fazem muita bagunça, os peixes, não é mesmo? Parece que, além de não gostar de humanos, você também não é chegado a animais. Sinto informar, mas até peixes se sentem sozinhos. Por que não arrumamos um amiguinho para fazer companhia ao Otto?

Ele se empertigou na cadeira e resolveu pôr um fim àquela conversa ridícula.

– Não, eu não quero outro peixe, e ele vai ficar onde está. Está claro?

– Como água.

E ela desligou.

Nick xingou, agarrou a pilha mais próxima de papéis da última reunião do conselho e se pôs a trabalhar. A mulher tivera a audácia de incomodá-lo durante seu horário de trabalho para falar do peixe.

Espantou esse pensamento da cabeça e voltou ao trabalho.

• • •

– Ele vai ficar possesso.

Alexa mordeu o lábio inferior e se perguntou por que as palavras de Maggie causaram um arrepio em sua espinha. Afinal, Nick Ryan não era um macho alfa irracional. Por mais que se irritasse com determinadas situações, ele era sempre razoável.

Ela olhou a sala de estar cheia de cães. Muitos cães. Filhotinhos e vira-latas e cachorros com pedigree. Alguns lotavam a cozinha, tropeçando em mesas e cadeiras, atropelando-se para comer e beber água. Outros exploravam sua nova casa em um ritmo furioso, farejando pelos cantos e perambulando entre os cômodos da casa. O terrier de pelo curto mastigava uma almofada. O poodle preto subiu no sofá e se acomodou para tirar uma soneca. O vira-lata ao lado da caixa de som levantou a patinha, prestes a fazer xixi, mas Maggie conseguiu agarrá-lo e levá-lo para o quintal antes que um desastre acontecesse.

A leve preocupação que Alexa sentia foi se transformando em um ataque de pânico com força total.

Maggie estava certa.

Era bem capaz que Nick a matasse.

Alexa se virou para a amiga.

– O que devo fazer?

Maggie deu de ombros.

– Conte a verdade. Que você só vai ficar com os cachorrinhos por uma noite ou duas, até que o canil consiga tomar as providências necessárias. Se os devolver agora, serão todos sacrificados.

Ela estremeceu e disse:

– Mas e se ele quiser que eu me livre deles mesmo assim?

– Aí você leva os bichinhos pro seu apartamento.

– Muito pequeno.

Ao ver o olhar no rosto da amiga, Maggie jogou os braços para cima e disse:

– Ah, não, nem vem que não tem. Eu não vou levar os cachorros pro meu apartamento. Hoje tenho um encontro com um cara que vai me dar muito mais carinho que um filhote. Você está sozinha nessa.

– Mas Maggs...

Maggie acenou.

– Tenho que ir. Nossa, eu adoraria ver a cara do Nick quando ele chegar em casa. Me liga, tá?

A porta se fechou atrás dela.

Alexa examinou a sala, que agora era o paraíso dos cãezinhos, e resolveu que agira de forma impulsiva demais. Poderia ter sido mais razoável e dito ao pessoal do canil que levaria um ou dois cachorros para seu próprio apartamento – mas não, ela estava brava com Nick por ter sido tão insensível com o peixe que decidiu ensinar a ele uma lição. Só que agora ela estava assustada de verdade.

Um cão de caça mordiscava a perna da mesa. Ela se recompôs e preparou seu plano de ação. Levaria todos os cães para o quarto de hóspedes e talvez Nick nem reparasse. Ele nunca ia àquele quarto. Era só deixá-los no quarto com brinquedos e comida, e sair escondida com eles pela porta de trás quando fosse hora de levá-los para passear. Disse a si mesma que tudo daria certo, e conduziu a cachorrada pelos corredores. Atirou uma bolsa cheia de brinquedos para dentro do quarto e a maioria dos cães foi atrás. Fechou a porta e voltou para catar os filhotinhos adormecidos pela sala, e para buscar mais jornal e as tigelas de comida e de água. Foi ao quintal, conseguiu pegar o último desgarrado e logo foi arrumar o quarto para que os cachorros ficassem confortáveis lá.

Alexa ficou olhando, preocupada, para o belo conjunto de poltrona e sofá com estampa em cinza e prateado. Por que o desgraçado do Nick tinha de ser tão rico? Correndo os dedos pelos pontos delicados e precisos na manta que estava sobre a poltrona, pensou que quartos de hospedes nunca eram tão bonitos: o carpete elegante, as mesinhas com tampo de estanho, as almofadas que custavam mais que todo o jogo de cama de Alexa. Precisava de uns cobertores velhos, mas podia apostar que seu marido não tinha nenhum. Decidiu procurá-los mesmo assim, quando ouviu a chave na porta da frente.

Em pânico, largou a manta na poltrona e fechou a porta atrás de si. Disparou pelo corredor e estacou ao dar de cara com ele.

– Oi.

Ele já parecia desconfiado. Mechas loiras caíam na testa e nos olhos cheios de suspeita. Ela sentiu a culpa torcer suas entranhas, mas ignorou o sentimento.

– Olá. – Olhou à sua volta e ela prendeu a respiração. – O que está acontecendo?

– Nada. Eu estava pensando em preparar o jantar. A não ser que você esteja cansado demais e queira ir dormir, tipo, agora mesmo.

Ele ergueu uma sobrancelha e disse:

– São seis da tarde.

– Ah, é mesmo. Bem, aposto que você tem muito trabalho a fazer, não é? Pode ir trabalhar, eu levo o jantar assim que estiver pronto.

Agora ele parecia irritado.

– Já trabalhei demais o dia inteiro. Só quero relaxar com uma taça de vinho e ver o jogo de beisebol.

– Os Mets jogam hoje?

– Não sei. Eles não estão nas eliminatórias de qualquer forma e não conseguiram passar pela repescagem. Os Yankees, por outro lado, ainda têm chance.

Alexa reprimiu a irritação, inquietando-se:

– Eles estão muito atrás, não vão conseguir. Não teremos um time de Nova York nas finais este ano.

Ele bufou, impaciente.

– Por que você não vai ver o jogo dos Mets lá em cima?

– Quero a TV grande.

– Eu também.

Irritada de verdade, Alexa se agarrou a essa emoção, sentindo-se grata por ela ter substituído o medo. Virou-se e seguiu para a cozinha, dizendo:

– Então tá. Então quero gastar meu favor agora.

Ele pendurou o casaco de lã preto no closet e parou à porta. Ela separou os ingredientes de uma salada que sabia que não teria tempo de comer e picou uns legumes para refogar. Nick pegou uma garrafa de vinho na adega e serviu uma taça para ela.

– Como é?

– Estou gastando meu favor. Quero ver o jogo dos Mets aqui embaixo, na TV grande. Quero que você vá ver seu jogo dos Yankees lá em cima e não quero ouvir um pio. Nem um assobio, nem um grito, nem um "Vai, Yankees!", entendeu?

Ela olhou para ele de novo e viu que ele a olhava com incredulidade, como se ela tivesse criado chifres do nada. Tentou ignorar como ele estava bonito com a boca entreaberta e aqueles ombros incrivelmente largos esticando a camisa cinza-clara. Por que o desgraçado tinha que ser tão atraente? O colarinho e as mangas da camisa ainda estavam intactos, mesmo após horas de uso, e o vinco nas calças ainda estava perfeito. Os punhos da camisa estavam dobrados até os cotovelos, como de costume, e a visão dos pelos claros em seu antebraço e dos dedos fortes segurando a delicada taça de cristal fazia com que ela se contorcesse por dentro, pensando em outras coisas que ele poderia segurar com seu toque poderoso. Tentou não ficar secando o marido como uma adolescente e se concentrou no que estava fazendo.

Ele pausou por alguns instantes, como se estivesse tentando recobrar a habilidade da fala, então disse:

– Você é louca. Esses favores são para coisas importantes.

– Meu favor, minha escolha.

Ele se aproximou. O calor do corpo dele testava e torturava a sanidade mental de Alexa, e ela desejou se encostar no peito dele e deixá-lo envolver sua cintura com os braços. Queria sentir toda aquela força masculina contra seu corpo, e fingir que eram um casal de verdade. Se fosse assim, eles se beijariam ardentemente na cozinha e fariam amor sobre a pesada mesa de carvalho, no meio dos vinhos e das massas. Então, jantariam juntos e conversariam e assistiriam ao jogo dos Mets juntos. Alexa engoliu em seco, livrando-se da fantasia,

– Você quer usar o seu favor para assistir a um joguinho de beisebol qualquer?

– Ahã.

Ela juntou alho e pimentão na frigideira e ele se moveu um pouco mais para perto, raspando a fivela do cinto no quadril dela. Mesmo por cima das grossas calças jeans, a ameaça de um contato mais íntimo fez com que a faca tremesse em suas mãos. Sentiu na nuca a respiração morna dele. Ele pôs ambas as mãos na bancada, prendendo-a entre seus braços, e disse:

– Favores são raros. Tem certeza de que quer gastar o seu em um jogo mixuruca que não vale nada?

– Eu me importo com todos os jogos dos Mets. Você, por outro lado, não os leva a sério porque é complacente. Ganhar é muito fácil para você, portanto não dá o devido valor.

Ele grunhiu no ouvido dela:

– Eu não ganho todas.

Ela se ateve à conversa sobre beisebol.

– Nem quando os Yankees perderam o campeonato para os Red Sox você perdeu essa arrogância, ou mostrou algum respeito aos outros times.

– Não sabia que os pobres Yankees incomodavam tanto.

– Mais os fãs do que o time. Nós, torcedores dos Mets, sabemos o que é perder. E cada jogo ganho é uma pequena vitória que sabemos valorizar. Somos mais fiéis também.

– Você está falando dos Mets ou dos torcedores?

– Você está achando engraçado, não é? Se perdesse mais vezes, seria mais humilde, e as vitórias seriam ainda mais doces.

Nick pousou as mãos na curva dos quadris dela e pressionou sua ereção contra o traseiro dela, murmurando:

– Talvez você esteja certa.

A faca fez barulho ao ser largada na tábua. Alexa se virou e se viu encostada contra o peitoral dele. Ele a pegou pelos ombros e ergueu seu queixo. A tensão sexual pairava pesada entre eles. Os lábios dela se entreabriram em um convite espontâneo.

– O que foi?

Um brilho selvagem surgiu nas profundezas de seus olhos castanho-claros, e ele respondeu:

– Talvez eu esteja aprendendo a reconhecer o valor daquilo que não posso ter. – Correu um dedo pelo rosto dela. Traçou o lábio inferior. Pressionou o polegar na pele sensível do pescoço dela. – Talvez eu esteja começando a entender o que é querer.

Alexa sentiu a boca seca, e ao passar a língua nos lábios para aliviar essa sensação, a tensão entre eles se agravou. Sentia que estava se equilibrando na beira de alguma descoberta que mudaria o rumo do relacionamento deles, e tentava combater seus instintos que a diziam para mergulhar e mandar as consequências para o inferno.

Em vez disso, ela se forçou a continuar aquela conversa estranha:

– Então você concorda? Entende por que os Mets são um time melhor?

Nick deu um sorriso largo, zombando da pergunta dela.

– Não. Os Yankees são um time melhor. Eles vencem por um motivo. – Em seguida, sussurrou, seus lábios muito próximos dos dela: – Eles querem mais. Quando você deseja tanto alguma coisa, Alexa, você acaba conseguindo.

Ela empurrou o peito dele e se virou de novo, contendo a vontade de usar a faca não apenas nos vegetais. Típico torcedor arrogante dos Yankees.

– Eu chamo quando o jantar estiver pronto – disse ela. – Até lá, quero que você fique lá em cima.

A gargalhada dele ecoou pela cozinha. Ela voltou a sentir um frio no estômago enquanto ele se afastava, e prendeu a respiração quando ele começou a subir as escadas – mas os cachorros continuaram quietos.

Alexa disparou até a sala, ligou a TV no jogo de beisebol, aumentou o volume e correu ao quarto de hóspedes para ver os bichinhos.

A manta estava completamente destruída.

Ela a arrancou dos dentes do labrador preto e enfiou os restos numa gaveta. O jornal já estava sujo, de modo que ela o trocou e, como medida de segurança, pôs algumas folhas sobre o sofá e a poltrona. Completou as vasilhas com água e pensou que todos teriam que sair para passear mais uma vez antes de irem dormir.

Fechou a porta, correu até a cozinha e terminou de fazer o jantar enquanto gritava com os jogadores dos Mets na TV.

Nick desceu na hora do jantar, mas não se demorou. Exausta com seu jogo duplo, ela prometeu a si mesma que dali em diante seria sincera com o pessoal do canil.

Conseguiu levar os cães para passear, às escondidas, até o fim da noite.

Quando o jogo terminou com vitória dos Mets sobre os Marlins com um placar de 4-3, ela fez uma dancinha da vitória, limpou a cozinha, viu se estava tudo bem com os cachorros e foi para a cama. Os músculos dela estavam doloridos e sua cabeça doía, mas ela se sentia vitoriosa.

Teria que acordar antes das cinco para conseguir passear com todos os cachorros, alimentá-los e limpar tudo antes que Nick saísse para o trabalho.

Alexa torceu o nariz pensando nisso, mas conseguiu tomar um banho rápido e caiu na cama. Nem se preocupou com um pijama, simplesmente se enfiou por entre os cobertores e adormeceu.

• • •

Havia alguém na casa.

Nick se sentou na cama e escutou. Um leve som de algo arranhando ecoava no ar. Como alguém arranhando uma chave na fechadura, tentando abrir a porta.

Com movimentos rápidos e econômicos, ele foi até a porta na ponta dos pés descalços e abriu alguns centímetros. Foi recebido pelo silêncio. E então ouviu um som.

Um murmúrio baixo. Quase um ganido.

Um arrepio percorreu sua espinha e ele considerou suas opções. Quem diabos estaria em sua casa? O alarme não disparou, o que significa que o invasor o havia desarmado. Ele não tinha arma ou spray de pimenta. O que mais eles usavam no jogo Detetive? Revólver, castiçal, faca, corda ou cano.

Melhor ligar para a polícia.

Passou pela porta, pé ante pé, e se deteve na frente do quarto de Alexa. Decidiu que acordá-la seria a coisa errada a fazer – ela poderia entrar em pânico ou dar ao intruso um novo alvo, e Nick não queria isso. Seu objetivo maior era mantê-la a salvo. Pegou um taco de beisebol no armário do corredor, pegou o telefone sem fio e ligou para a polícia para reportar uma invasão.

Começou a descer as escadas para acabar com o filho da puta.

Parou ao chegar ao fim dos degraus e se escondeu nas sombras. O ar continuava parado exceto pelo som constante da geladeira. Ficou imóvel, sozinho, estudando o ambiente às escuras. A porta da frente estava trancada – alarme ativado, corrente no lugar. Estranho. Se o alarme tivesse sido desarmado, a luz vermelha estaria apagada. Talvez a porta dos fundos, mas nesse caso teria ouvido barulho de vidro quebrado, a não ser que...

Ouviu um ruído na porta do quarto de hóspedes. Avançou com cuidado, colado à parede, taco de beisebol a postos, contando os segundos para a chegada da polícia. Ele não era nenhum Clint Eastwood, mas, se conseguisse acertar um golpe bem dado com o taco, poderia se considerar um macho.

Respiração pesada. Quase arfante. Arranhões.

Mas que diabos?

Parou e estendeu a mão para a maçaneta. Seu pulso se acelerou com a dose extra de adrenalina. Combateu o medo e se controlou. Ergueu o taco, virou a maçaneta e abriu a porta com toda a força.

– Aaaaagh!

Um bando de cães passou correndo por ele. Dois, quatro, seis, oito – um exército peludo cercou suas pernas. Cachorros pintados, cachorros grandes, cachorros pequenos – todos latindo, abanando o rabo e com a língua de fora. O taco de beisebol estava em riste, mas eles não sentiram ameaça alguma. Animados por ver um humano no meio da madrugada, todos ficaram muito alertas, querendo brincar.

Por alguns segundos, Nick convenceu-se de que estaria sonhando e acordaria em sua cama a qualquer momento.

Então percebeu que a cena era real.

E que logo um crime aconteceria naquela casa.

Porque ele iria matar sua esposa.

O quarto estava arruinado. Papéis rasgados voavam em todas as direções. O tapete elegante estava manchado com círculos de um líquido que não parecia ser água. Uma das almofadas do sofá tinha um grande pedaço de enchimento para fora. O vaso de planta estava virado e um cachorrinho estava metendo as patas na terra. Uma edição da *Architectural Digest* fora mastigada e depois cuspida.

Nick fechou os olhos. Contou até três. Abriu os olhos.

E berrou o nome da esposa a plenos pulmões.

E assim, logo ela estava correndo escada abaixo, em pânico. Ao ver o problema à sua frente, tentou diminuir a velocidade, mas vinha rápido demais. Seus pés descalços deslizaram no chão e ela trombou nele com toda a força. O ar escapou de seus pulmões, ela se apoiou nos ombros dele para recobrar o equilíbrio e o olhou.

Ela percebeu o perigo em apenas alguns segundos. Os olhos azuis se arregalaram de medo e ela tropeçou para trás com os braços estendidos, como se estivesse tentando se proteger de um agressor. Nick mal registrou o movimento. Ele estava ocupado demais tentando enxergar através da névoa vermelha de raiva que embaçava seus olhos.

Uma pata peluda o acertou direto na virilha. Ele a afastou e conseguiu dizer, num sussurro furioso:

– O que diabos está acontecendo aqui?

Ela se encolheu.

– Nick, me desculpa. Eu não sabia o que fazer porque o canil me ligou e disse que eles estavam completamente lotados e me pediram que tomasse conta de alguns cãezinhos só por hoje, e eu não podia dizer não, Nick, eu não podia; se eu dissesse não, todos eles seriam sacrificados, porque é muito difícil conseguir verba para os canis hoje em dia, mas eu sei que você odeia animais, por isso pensei em deixar que eles passassem só uma noite tranquila aqui em casa e voltassem para o canil pela manhã.

– Você achou que conseguiria esconder de mim um quarto cheio de cachorros? – Ele tentou desesperadamente controlar sua raiva, de verdade, mas percebeu que sua voz ia ficando cada vez mais alta. Foi quando Nick entendeu o motivo pelo qual os homens das cavernas arrastavam as mulheres pelos cabelos.

Ele olhava Alexa, que por sua vez tentava medir a reação dele. Ela mordeu o lábio inferior e ficou transferindo o peso do corpo de um pé para o outro, numa espécie de dancinha estranha, enquanto pensava em como explicaria a situação de uma forma que não o deixasse ainda mais furioso.

Um osso foi parar aos pés de Nick. Ele olhou para baixo e viu uma língua pendurada e um rabinho balançando.

– Ele quer que você jogue o osso.

Nick olhou para ela, irado.

– Eu sei o que o maldito cachorro quer, não sou um idiota. Ao contrário do que você parece pensar. Você usou seu favor para me deixar trancado no andar de cima para que eu não descobrisse. – Ele viu a culpa na expressão dela. – Você é uma ótima mentirosa, Alexa. Muito melhor do que eu poderia imaginar.

Ela saiu da postura defensiva e se empertigou o máximo que podia:

– Eu precisei mentir! Estou morando com um homem que odeia animais e preferiria deixar esses cachorrinhos inocentes irem para a câmara de gás a ver sua casa bagunçada!

Nick trincou os dentes e xingou, dizendo:

– Não tente virar a situação contra mim, mulher! Viu o que eles fizeram com a casa? E cadê aquela manta coral que ficava aqui?

Ela jogou a cabeça para trás e soltou um lamento frustrado.

– Eu deveria ter adivinhado que você se importava mais com as porcarias das suas coisas do que com seres vivos! Você parece aquele cara de *O calhambeque mágico* – aquele que deixava as crianças trancafiadas para que a cidade ficasse sempre limpa e organizada e arrumada, lembra? Que horror se alguma coisa não saísse exatamente como ele queria. Deus o livre! Precisamos deixar a vida sempre em ordem. Precisamos assegurar a integridade da manta coral.

Essa foi a gota d'água para o humor de Nick, e ele perdeu o controle.

Seus punhos se contraíram e ele soltou um urro, e os cachorros devem ter gostado, porque todos começaram a uivar também, e a pular ao redor dele em um redemoinho de pelo e rabos e patas.

– *O calhambeque mágico?* Você está completamente louca, precisa ir direto para o sanatório. Mente para mim, arruína a minha casa, me compara com um vilão de filme infantil – tudo porque é incapaz de se comportar como uma pessoa normal, assumir a responsabilidade por seus atos e se desculpar?

Ela ficou na ponta dos pés para que seu rosto ficasse no nível do dele.

– Eu tentei, mas você estava sendo insensato.

Ele agarrou os braços dela e a sacudiu de leve, seus dedos em contato com um tecido sedoso. Disse:

– Insensato? *Insensato*? Estou no meio de um mundaréu de cachorros, em plena madrugada, falando de um filme idiota!

– Não é idiota. Por que você não é mais como Ralph Kramden da série *The Honeymooners*? Ele podia ser escandaloso e constrangedor, mas salvou todos os cães de um canil ao descobrir que eles seriam sacrificados. Por que você não é mais humano?

– E agora são os malditos *Honeymooners*? Chega, para mim já basta. Você vai pegar cada um desses bichos e levá-los de volta ao canil agora mesmo, ou juro por Deus, Alexa, que eu mesmo me livro deles!

– Não farei isso.

– Fará sim.

– Você vai ter que me obrigar.

– Te obrigar? Te *obrigar*? – Os dedos dele se agarraram ao tecido sedoso e macio enquanto ele tentava reter algum tipo de controle. Quando sua visão finalmente desanuviou, Nick piscou e olhou para baixo.

E percebeu que sua esposa estava nua. Seu roupão verde-limão havia escorregado pelos ombros e estava aberto. Nenhum dos dois havia percebido quando a faixa que o prendia escorregou para o chão. Nick teria esperado vislumbrar por baixo do roupão uma camisola *sexy* de renda, feita para despertar a luxúria em um homem. Mas aquilo era muito melhor.

Meu Deus, ela era perfeita.

As curvas sem fim de sua pele quente e dourada estavam completamente à mostra. Seus seios voluptuosos pareciam feitos para as mãos dele, os mamilos da cor de morangos maduros, implorando para serem lambidos. Os quadris dela davam a seu corpo o formato de violão que inspirara tantos artistas ao longo dos séculos, em lugar dos ossos retos que ditavam a moda vigente. Pernas longuíssimas. A única peça que bloqueava a visão de Nick era uma minúscula calcinha vermelha.

As palavras morreram em sua garganta. Sua respiração ficou presa nos pulmões, e então ele exalou com força, como se tivesse levado um soco no estômago. Ela se preparava para uma segunda rodada de gritos, mas se deteve quando percebeu a mudança na expressão dele. Nick conseguiu determinar o momento exato em que ela notou que seu robe havia se aberto. Percebeu quando a consciência de que estava nua a atingiu com força. Viu seus lábios se abrirem em um círculo horrorizado e soube que estava agora recobrando sua sanidade, prestes a tentar se cobrir novamente com o robe.

Nick usou aqueles dois segundos para tomar uma decisão.

Os dedos de Alexa fizeram menção de puxar o tecido para o lugar quando ele conteve o movimento, inclinou a cabeça para baixo e colou sua boca à dela. A surpresa a deixou imóvel e ele usou isso a seu favor. Uma investida rápida de sua língua fez com que os lábios cheios se abrissem, dando acesso a cada canto úmido e feminino da boca de Alexa. Intoxicado com seu gosto, ele buscou a língua dela com movimentos urgentes e rápidos, implorando que ela retribuísse.

E ela retribuiu.

Intensamente.

Nick quase ouviu o estampido do autocontrole de ambos se estilhaçando, como uma porta trancada se abrindo com a força de um chute certeiro. A boca de Alexa se abriu e ela retribuiu o beijo com ferocidade, fazendo suas próprias exigências e deixando um som gutural escapar de sua garganta. Nick prensou Alexa contra a parede, colando o corpo ao dela. Arqueando as costas, ela passou os braços por trás de seu pescoço. Seus seios altos ofereciam-se a ele, que estava entorpecido com o gosto dela e sentia a cabeça girar. Nick tocou os seios volumosos, esfregando os mamilos com o polegar. Estava inebriado com o gosto, a pele e a visão de Alexa. Os cães estavam agitados ao redor deles, e o som intenso dos latidos não era nada se comparado com o som do próprio sangue pulsando em seus ouvidos.

Afastando a boca dos lábios de Alexa, Nick enterrou os dentes na linha de seu pescoço delicado. O corpo dela estremeceu por completo e ele emitiu um murmúrio baixo de satisfação ao descer o rosto e se banquetear em seus seios. Alternava lambidas delicadas e mordidinhas de leve, enquanto Alexa arquejava contra a parede e pedia mais. Sua boca se abriu e ele sugou os mamilos com força, enquanto suas mãos deslizaram pelas costas dela e se acomodaram na curva da bunda de Alexa. Nick forçou os quadris dela para cima, acomodando entre as pernas dela seu membro rijo que implorava para entrar.

– Nick, eu...

– Não me peça para parar.

Ele levantou a cabeça. Os seios dela estavam úmidos com a saliva dele, os mamilos intumescidos e corados. Seus lábios voluptuosos estavam entreabertos, deixando escapar a respiração ofegante. Os olhos dela assumiram um tom mais escuro e profundo de azul, e ela não quebrou o contato com os olhos de Nick, que aguardou a resposta dela por um segundo. Um momento. Um século.

– Não pare.

Alexa puxou a cabeça de Nick para baixo e o beijou. Nick se perdeu em seus lábios como se estivesse preso e ela fosse seu último gole de liberdade, e sentiu-se afundar nas profundezas do corpo dela, até que...

– Polícia!

O som de sirenes forçou caminho para dentro do mundo sensual que eles haviam criado. Houve uma batida autoritária na porta, e as luzes do carro de polícia entravam pela janela e se projetavam pela sala. Os cachorros latiram ainda mais alto com toda aquela comoção.

Nick cambaleou para trás, afastando-se dela, como se estivesse saindo de um longo estupor. Alexa piscou, e puxou o roupão para cima com movimentos quase mecânicos. Ele se dirigiu à porta, desativou o alarme e pousou a mão na maçaneta, perguntando:

– Tudo bem?

Ela tremia, mas conseguiu responder:

– Sim.

Ele abriu a porta e deu de cara com um policial uniformizado. Os olhos atordoados de Nick e sua agitação óbvia devem ter despertado suspeita no policial, porque ele espiou pela porta em direção à mulher de roupão com um bando de cães ao seu redor. Ele guardou a arma no coldre.

– Foi o senhor que denunciou uma invasão, não?

Nick se perguntou se aquele momento destronaria o atual detentor do título de mais constrangedor de sua vida. Passou a mão nos cabelos e tentou se agarrar à lógica habitual de seus pensamentos.

– Ah, sim. Desculpe-me, mas acho que houve um engano. Por favor, entre.

Sabia que seria muito estranho se não convidasse o policial a entrar. Ele olhou à sua volta e percebeu que a mulher não estava sendo mantida contra a sua vontade e que os cães não estavam tentando protegê-la de nenhum maníaco. Cumprimentou-a com um meneio de cabeça:

– Boa noite, senhora.

Ela engoliu em seco.

– Boa noite, senhor policial. Sinto muito por isso. – Como se tivesse percebido que Nick ainda estava um pouco aéreo, Alexa tentou explicar: – Meu marido achou que havia um intruso na casa, mas a culpa é toda minha. Escondi esses cachorros todos em nosso quarto de hóspedes, torcendo pra que ele não descobrisse, mas eles devem ter feito barulho durante a noite, fazendo-o pensar que havia um bandido aqui.

Nick fechou os olhos.

Era um momento realmente constrangedor.

Tentou interromper:

– Alexa, por que nós não...

– Não, Nick, me deixe falar. Sabe, moço, faço trabalho voluntário no canil municipal e às vezes preciso trazer alguns cães para casa, e como meu marido não gosta de animais, dessa vez eu trouxe os cachorros e os escondi no quarto de hóspedes porque não queria que ele percebesse que estavam aqui.

O policial virou-se para Nick e perguntou, com educação:

– O senhor não percebeu um quarto cheio de cachorros em sua casa?

Nick rangeu os dentes irritado:

– Ela me fez passar a noite toda no andar de cima.

– Entendo.

– Enfim, meu marido ouviu os cães e ligou para vocês, mas quando tentou averiguar a situação por si mesmo, encontrou os bichinhos e começou a gritar, e aí eu desci para ver o que estava acontecendo, nós discutimos e o senhor chegou.

O policial olhou o taco de beisebol no chão.

– O senhor pretendia confrontar o ladrão apenas com um taco de beisebol?

Nick sentiu como se ele próprio estivesse sendo acusado e deu de ombros.

– Chamei a polícia, mas achei que conseguiria pegar o safado sozinho.

– E o senhor não possui uma arma?

– Não.

– Da próxima vez que achar que há um bandido em sua casa, recomendo que você ligue para a polícia e se tranque num quarto com sua esposa enquanto a ajuda não chega.

Nick sentiu a raiva fervilhar dentro de si, mas forçou um aceno de cabeça.

– Claro.

O policial fez algumas anotações em seu caderno.

– Imagino que os cachorros ficarão com a senhora por hoje. Vocês ficarão bem?

– Sim, obrigada.

– Então já vou indo. Vou só anotar algumas coisas para o meu relatório. – Escreveu um resumo da situação e, ao se encaminhar para a saída, parou para fazer carinho no labrador preto. Um sorriso se abriu em seus lábios, e disse:

– Eles são muito bonitinhos. É muito bonito o que a senhora está fazendo, sra. Ryan. Odeio pensar que todos esses animais seriam sacrificados se não fosse pela senhora.

Alexa ficou radiante, mesmo descabelada e com seu roupão verde-limão.

– Obrigada, senhor.

– Boa noite – disse o policial com um aceno educado de cabeça, e foi embora.

Nick fechou a porta atrás de si e se virou para encarar sua esposa.

• • •

Alexa se recusava a ouvir a explicação ordeira de Nick. Apostava que ele já tinha uma lista de desculpas na ponta da língua. Diria que ficara irritado e por isso perdera o controle. A falta de sono o levara a não pensar nas consequências. Agora que o policial o chamara de volta à realidade, pensara bem e decidira que era melhor para os dois se eles não dormissem juntos. Afinal, estava no contrato. Afinal, aquele era um casamento de conveniência.

Afinal, não era um casamento de verdade.

Agora que a tensão sexual se dissipara, ela não estava se sentindo muito bem. Viu a chegada do policial como obra do destino – a Mãe Terra vindo em seu auxílio.

– Alexa...

– Não. – Ela ergueu a mão, e Nick ficou quieto. Alexa soube, naquele momento, que seus sentimentos por Nicholas Ryan eram muito perigosos. Confusos e muito reais. Aceitou a verdade como se estivesse engolindo um remédio amargo e encarou o fato com sensatez. Se dormisse com ele, tudo mudaria para ela, mas não para ele. Ela se apaixonaria, ele se divertiria e isso era tudo. No fim daquele ano, ela estaria de coração partido e ele iria embora sem sequer olhar para trás. E mais um fato a acertou com força, como um direto na cabeça.

Se ele pedisse, ela dormiria com ele.

Alexa tremia de vergonha. Não tinha controle algum sobre seus hormônios quando ele a tocava e não poderia sequer prometer que não consideraria a possibilidade no futuro. Mas de uma coisa ela sabia: só iria para a cama com seu marido quando ele implorasse. Quando ele estivesse louco por ela, tão excitado e alucinado, com tanto tesão que um mero toque fosse capaz de fazê-lo perder o controle. Como acontecera naquela noite. No entanto, ela não queria mais nenhuma desculpa esfarrapada – irritação, falta de sono, álcool, nada disso. Queria sexo honesto, fantástico, apaixonado e que ele estivesse de cabeça fria e com olhos só para ela. Sem pensar em Gabriella. E sem pensar naquilo apenas como o fim da abstinência.

Alexa queria que ele desejasse apenas ela.

E essa foi a gota d'água para ela, porque mesmo naquela noite ela não estava convencida de que ele realmente queria sua esposa em sua cama.

Apática, ela congratulou a si mesma por ser tão lógica quanto Nick. Se não podia transar com ele, viveria tendo que afastá-lo, andando na linha tênue que separava amizade e desejo. Estava cansada de lutar. De modo que ela escolheu o caminho da honestidade.

– Nick, me desculpe. – Ela endireitou as costas e se envolveu em uma nuvem invisível de dignidade. – Foi errado esconder os cães de você. Vou limpar tudo e levá-los de volta ao canil pela manhã. Se precisarem da minha ajuda de novo, direi a eles que terão de se virar sem mim.

– Alexa...

Ela continuou, num fluxo ininterrupto de palavras.

– E quanto ao que aconteceu entre nós. Tudo bem. Assim como você, eu me deixei levar pelo momento. Já ouvi dizer que é muito fácil raiva virar paixão, e temos que admitir que ambos estamos sexualmente frustrados. Episódios assim estão fadados a acontecer, e eu não quero falar sobre isso. Estou cansada de falar sobre a natureza contratual desse relacionamento. É só pelo dinheiro, então é melhor a gente seguir o contrato e pronto. Ok?

• • •

Nick se esforçou para se recompor. Uma comichão em seu peito dizia que ela estava escondendo algo, e ele soube que poderia transformar aquele momento em algo bom – só precisava se afastar um pouco do curso que havia traçado com tanta lógica.

Tentou afastar esses pensamentos irritantes e olhou para ela. Com o passar dos dias, ele percebeu que ela ficava cada vez mais bela aos seus olhos. Havia uma luz particular que emanava de seu olhar, de seu sorriso e mesmo de seu coração. Conversar com ela abria portas dentro dele que Nick julgava estarem trancadas, mas o resultado disso era um fluxo estranho de emoções com as quais se sentia desconfortável – e ele sabia que seria sempre assim. Alexa precisava de um relacionamento seguro – mais do que isso, ela merecia um relacionamento seguro. Ele só poderia lhe oferecer sexo e amizade. Nunca amor.

Ele decidira anos e anos atrás. O preço era alto demais.

Assim, mais uma vez, Nick ficou olhando enquanto o fio tênue que os ligava se partia, sentindo um misto de emoções confusas e aquele maldito arrependimento.

Forçou-se a sorrir e concordar:

– Aceito suas desculpas e sua justificativa. Chega de analisar tudo.

Ela sorriu, mas seus olhos pareciam distantes.

– Ótimo. Então, pode voltar lá pra cima, vou limpar tudo aqui.

– Posso ajudar.

– Prefiro fazer isso sozinha.

Nick se dirigiu às escadas e ficou observando o cão de caça agachado num canto. Pelo amarelo, corpo comprido. Cara feia. Olhos caninos que ecoavam seu próprio passado – muita dor e ninguém com quem contar. O pelo sem brilho combinava com o rabo, jogado para o lado, cansado. Soube na hora que o cachorro era um solitário, como uma criança mais velha em um orfanato, rodeada de bebês fofinhos. Provavelmente fora apanhado roubando comida. Provavelmente não tinha uma família, nem amigos, nem lugar para onde voltar. O cão ficou parado perto da comida e ficou olhando Nick subir as escadas.

Nick lembrou-se do verão em que encontrara um velho vira-lata entre as árvores perto de casa. O cão estava morrendo de fome. Seu pelo estava embaraçado e não havia nenhum traço de esperança em seus olhos. Nick o carregara até a casa e o fizera comer e beber água. Aos poucos, conseguiu restaurar a saúde do cachorro e fez um amigo.

Conseguiu escondê-lo de sua mãe por algum tempo, porque a casa era muito grande e a empregada concordara em manter segredo – mas um dia ele chegou em casa da escola e, ao procurar o cão, descobriu que o pai voltara das Ilhas Cayman antes do esperado. Foi então que soube que o cachorro não estava mais lá. Ao confrontar seu pai, Jed Ryan riu e lhe deu um empurrão grosseiro, dizendo:

– Não quero perdedores nesta casa, amigão. Se você quiser, podemos arrumar um cachorro de verdade, como um pastor-alemão. Aquele vira-lata não servia para nada e ainda cagou dentro de casa. Eu me livrei dele.

Jed Ryan se afastou, e Nick se lembrou mais uma vez da lição. Nunca se apegue. Nick havia pensado naquele cachorro todos os dias por anos e anos, até que finalmente trancou aquela memória em um lugar de onde ela não o incomodaria mais.

Até agora.

Pela segunda vez naquela noite, a resolução de Nick vacilou e ele sentiu tentado a arriscar, mas se acovardou diante das possíveis consequências. Seu coração ardia de desejo, inquietude e confusão. E então ele virou as costas para sua esposa e o cachorro feioso e fechou a porta atrás de si.

8

Nick estava no deque, observando a fileira de barcos balançar ao sabor da correnteza. Ondas temperamentais fustigavam as margens como um prenúncio do inverno. Os raios do sol poente, cor de laranja queimado, brilhavam através da escuridão que assomava, iluminando a estrutura da ponte Newburgh-Beacon. Enfiou as mãos por dentro de seu terno Marani e respirou o ar limpo e fresco. Senti uma calma penetrar seu corpo ao admirar as montanhas que tanto amava e, mais uma vez, soube que pertencia àquele lugar.

Dez anos atrás, toda aquela área vivia infestada de traficantes de drogas e viciados em crack, as belas linhas do rio estavam sempre cheias de lixo e os elegantes edifícios de tijolos aparentes viviam vazios, as janelas quebradas emitindo um silencioso pedido de socorro. Por fim, investidores perceberam o potencial da área e começaram o projeto de restauração.

Cautelosos, Nick e seu tio acompanharam o projeto de longe e esperaram sua chance. De alguma forma, ambos suspeitavam que a oportunidade da Dreamscape estava por vir. O primeiro empresário corajoso a abrir um bar naquela área começou a atrair um grupo novo de pessoas que queriam tomar uma cerveja e comer uns petiscos vendo as gaivotas. A polícia intensificou o trabalho no local e surgiram ONGs com projetos de limpeza. Os últimos cinco anos provaram que o projeto era digno da atenção que tinha recebido dos investidores. Os restaurantes e o spa que Nick queria construir mudariam para sempre a cara do vale do rio Hudson. E ele sabia que esse projeto estava em seu destino.

Sua mente se perdeu, lembrando-se de sua reunião com Hyoshi Komo. Nick conseguira fechar o negócio, finalmente. Agora havia apenas um homem entre Nick e seu grande sonho.

Michael Conte.

Nick praguejou baixinho, observando o sol se por no horizonte. Hyoshi concordara em dar o contrato a Nick, desde que Conte o apoiasse. Se Nick não conseguisse convencer Conte de que era o homem certo para o trabalho, Hyoshi escolheria outro arquiteto e a Dreamscape não teria chance.

Nick não podia deixar isso acontecer.

Viajara o mundo todo em busca da melhor educação arquitetônica. Já observara os domos dourados de Florença e as elegantes torres altas de Paris. Já vira ilhas exóticas intocadas, a majestade dos Alpes suíços, as pedras brutas do Grand Canyon.

Nada se equiparava àquelas montanhas em seus olhos, sua mente e seu coração.

Um sorriso zombeteiro surgiu em seus lábios, provocado por aquele pensamento sentimental que surgira em sua cabeça e se recusava a deixá-lo.

Passou um bom tempo analisando a paisagem enquanto sua mente tentava resolver os problemas com sua esposa, o contrato e Conte, sem sucesso. Seu celular tocou, interrompendo sua cadeia de pensamentos.

Nick atendeu sem nem checar o identificador de chamadas.

– Alô.

– Nicky?

Conseguiu reprimir um palavrão.

– Gabriella. O que você quer?

Houve uma pausa, e ela respondeu:

– Preciso ver você. Tenho um assunto importante para discutir e não pode ser pelo telefone.

– Estou perto do rio. Por que não dá uma passada no escritório amanhã?

– Na marina?

– Sim, mas...

– Ok, estou saindo. Te encontro aí em dez minutos?

E desligou.

– Droga – murmurou ele. Fez uma rápida avaliação de suas opções e lembrou a si mesmo de que tinha todo o direito de não aparecer, mas a culpa o incomodou. Gabriella ainda podia estar chateada com o fim abrupto do relacionamento. Talvez estivesse precisando gritar um pouco mais com ele. Sabia que as mulheres acreditavam em encerrar as coisas e eram muito competitivas. Gabriella devia estar ficando louca com a ideia de ter "perdido" Nick para Alexa.

Por isso, resolveu esperar e ouvir as reclamações dela, desculpar-se mais uma vez e seguir com a vida.

Quinze minutos depois, Gabriella chegou.

Sob o olhar de Nick, ela desceu de seu Mercedes conversível. Tinha uma confiança lânguida em seu caminhar que funcionava como um convite tácito aos olhares masculinos. Nick admirou, de modo imparcial, sua camiseta preta curta que exibia a barriga definida e deixava ver seu piercing no umbigo. Vestia calças jeans *skinny* de cintura baixa, complementadas com um estreito cinto preto. Suas botas pretas sem salto amassavam o cascalho, e logo ela estava à sua frente. Seus lábios pintados de vinho estavam contraídos numa expressão contrariada.

– Nick. – Havia intensidade em seus olhos, mas seu tom de voz era indiferente. – É bom te ver.

Ele assentiu.

– Então, o que posso fazer por você?

– Preciso de um conselho. Recebi uma oferta de contrato para a Lace Cosméticos.

– Parabéns, Gabi. É uma conta muito importante. Qual é o problema?

Ela se inclinou para a frente, e o cheiro rico de Chanel preencheu o ar entre eles.

– É um contrato de dois anos, mas eu teria que me mudar para a Califórnia. – Seus olhos cor de esmeralda se abriram um pouco, com quantidades perfeitas de inocência e desejo. – Meu lar é aqui, e eu detesto aquela mentalidade praiana. Sou uma nova-iorquina inveterada, assim como você.

Em algum lugar dentro do cérebro de Nick, um alarme soou, e ele disse:

– Você precisa tomar essa decisão sozinha. Eu e você não temos mais nada. Estou casado agora.

– O que tivemos foi real. Eu acho que você se assustou e se agarrou à primeira mulher que apareceu na sua frente e que você podia controlar.

Nick balançou a cabeça de um lado para o outro, sentindo uma pontada de tristeza.

– Sinto muito, mas isso não é verdade. Eu preciso ir.

– Espera!

Num momento, ela estava a meio metro de distância; no segundo seguinte, estava colada ao peito dele, braços envolvendo seu pescoço, esfregando o ventre contra o dele.

Jesus...

– Sinto saudade disso – murmurou ela. – Somos excelentes juntos, e você sabe disso. Casado ou não, ainda te quero. E você ainda me quer...

– Gabriella...

– ... e eu vou provar. – Ela puxou a cabeça dele para baixo, em direção à dela, e ele só teve um segundo para tomar uma decisão. Afastá-la e obedecer o contrato? Ou aproveitar a oportunidade de testar até que ponto sua esposa tinha poder sobre ele?

Ao pensar em Alexa, ele endireitou os ombros e fez menção de se afastar, mas o diabinho em seu ombro sussurrou um aviso. Sua esposa não era real, não passava de uma ilusão efêmera que logo se desvaneceria e o lembraria, em meio à dor e ao luto, de que nada era feito para durar. Gabriella o faria esquecer. Gabriella o faria lembrar. Gabriella o forçaria a encarar a verdade de seu casamento.

A verdade de que não *havia* um casamento.

Assim, ele agarrou a oportunidade e tomou os lábios de Gabriella, mergulhando neles como havia feito tantas vezes antes. O gosto dela invadiu sua boca, e as mãos dela subiam e desciam pelas costas dele, convidando-o a levá-la para o carro e possuí-la ali mesmo. Ainda que por pouco tempo, ele estaria livre de sua frustração por desejar outra pessoa.

Nick quase cedeu à vontade dela, mas então uma outra percepção o dominou.

Ele estava em modo automático. Algum tempo atrás, ele desejara aquela mulher; agora só sentia uma vibração morna dentro de si, que perdia ainda mais intensidade se comparada com a reação avassaladora que um mero toque de Alexa causava nele. O gosto de Gabi não o satisfazia, e os seios dela não se derramavam sob seus dedos, e os quadris dela eram pontudos de uma forma que chegava a ser desconfortável.

E ele entendeu que ela não era Alexa, jamais seria Alexa, e que ele não queria se contentar com menos do que Alexa.

Nick se afastou.

Ela demorou para aceitar a rejeição, e o ódio brilhou intenso em seu rosto por um momento, até que ela conseguiu se recompor. Ele tentou murmurar um pedido canhestro de desculpas, mas ela o interrompeu:

– Tem algo acontecendo, Nick. As peças desse quebra-cabeça não estão se encaixando. – Suas costas se esticaram com dignidade austera. Nick sabia que todas as reações dela eram calculadas para causarem o máximo de efeito dramático, e esse era outro ponto em que Alexa era completamente diferente dela. – Deixa eu te dizer o que eu acho. Acho que você precisou se casar às pressas por algum motivo, e ela cumpria seus requisitos.

Gabriella riu com a expressão surpresa no rosto de Nick, e continuou:

– Ela está te usando, Nick. Você não vai sair desse casamento sem um bebê ou sem ter de desembolsar uma grana violenta, independentemente do que ela tenha dito. Seu pior pesadelo vai se realizar. – Os lábios dela se torceram com desgosto. – Você vai lembrar dessa conversa quando ela vier com aquele papinho de "Ops, acho que nós fomos descuidados" e te avisar que está grávida.

Gabriella se afastou e se deteve com a mão na maçaneta. Virando-se, disse:

– Boa sorte pra você. Vou aceitar o contrato na Califórnia, mas se precisar de mim, me liga.

Entrou em seu carro e foi embora. Nick sentiu um arrepio gelado percorrer sua espinha. Sentia que podia pôr a mão no fogo por Alexa e que ela jamais tentaria arrancar dinheiro dele – afinal, quem se casa com um bilionário e pede apenas cento e cinquenta mil? Gabriella estava irritada porque não tinha conseguido seduzi-lo, só isso.

Nick estremeceu ao lembrar do beijo. Seu primeiro instinto seria ignorar todo aquele episódio, mas devia honestidade à esposa. Explicaria que ele e Gabriella haviam se encontrado perto do rio, em lugar público, que ela o havia beijado e que agora estava de mudança para a Califórnia. Fim de papo. Ele se comportaria de forma calma e racional. Alexa não tinha motivos para sentir ciúmes. Talvez ficasse um pouco irritada, mas um beijo não significava muita coisa.

Pelo menos, *aquele* beijo não significara muita coisa.

Já outros... outros eram mais difíceis de esquecer.

Pensando nisso, Nick voltou ao seu carro e dirigiu para casa.

• • •

Alexa fechou os olhos e tentou conter o profundo desespero.

Estava em seu velho Fusca amarelo, com as janelas fechadas, e ouvia Prince no último volume. Os cinco minutos que ficaria no estacionamento do banco se transformaram em uma hora, e conforme o lugar esvaziava, o tempo continuava passando. Com o olhar perdido, tentava combater o sabor amargo de fracasso e desapontamento que queimavam como ácido em seu estômago.

Empréstimo negado.

Mais uma vez.

A BookCrazy estava indo bem, sim, e ela tivera lucro no último período. Mas o banco não se entusiasmara com a ideia de despejar dinheiro em seu negócio agora, já que ela havia acabado de reaver seu investimento inicial e não tinha economias, nem nada que servisse de garantia. Pensou em seu episódio preferido de *Sex and the City* e em vender seus pares de sapatos – mas percebeu que quase não tinha sapatos, de qualquer jeito.

É claro que, no caso dela, Mr. Big era seu marido, e com uma adição mínima aos papéis de pedido de empréstimo, ela teria conseguido. Ela se perguntou se tinha sido burra e orgulhosa demais por não usar essa conexão, e quase saiu do carro.

Quase.

Deu um suspiro longo e pesaroso. Trato era trato, e ela já recebera seu pagamento. Agora estava de volta à estaca zero, presa durante um ano a um marido que não gostava dela – mas que ocasionalmente tinha vontade de fazer sexo com ela, quando estava de cabeça cheia.

Além de tudo, estava falida.

Tirara mesmo a sorte grande.

Praguejando, ela ligou o carro e enfiou a carta formal de recusa no porta-luvas. A situação não ia mudar. Ela não usaria o dinheiro de Nick para progredir na carreira, uma vez que o relacionamento deles era um arranjo temporário. Conseguiria o empréstimo, mas por mérito próprio. Se tivesse ajuda de Nick, o café não seria dela de verdade. Não. Melhor esperar mais um ano, aumentar seus lucros e tentar de novo. Aquilo era só um pequeno revés, não era motivo para tanto drama e depressão.

A culpa dilacerava seu estômago. As mentiras se acumulavam numa pilha impressionante. Primeiro para seus pais, depois para Nick. Como iria explicar a ausência da expansão na livraria, agora que já tinha pegado o cheque de Nick? E seus pais agora achavam que ela estava cheia da grana. E perguntariam a Nick quando ele começaria a pensar no projeto arquitetônico para a expansão da livraria – afinal, por que ele não ajudaria a própria esposa?

O elaborado castelo de cartas estava balançando e ameaçava desmoronar a qualquer momento.

Dirigiu de volta para casa, taciturna, e estacionou ao lado do carro de Nick. Ela torceu para que ele tivesse feito algo para jantar, e então percebeu que só poderia comer salada porque já saíra da dieta no almoço comendo um delicioso e engordativo cheeseburger com batata grande.

Seu humor piorou ainda mais.

Encontrou a casa inundada com o cheiro de alho e ervas e tomates. Jogou a bolsa no sofá, chutou os sapatos para longe e subiu a saia para arrancar a meia-calça antes de ir até a cozinha.

– O que você está fazendo? – disse ela.

– Preparando o jantar.

Ela fez uma careta.

– Quero só uma salada.

– Já está pronta, na geladeira. Como foi seu dia?

A simpatia na voz dele só a deixou mais irritadiça.

– Uma beleza.

– Tão bom assim?

Ela o ignorou e serviu-se de um copo d'água. Água e alface eram a combinação perfeita.

– Você pôs comida pro peixe?

Ele mexeu a panela de molho fumegante, e o cheiro era de dar água na boca. Alexa não fazia ideia de como ele aprendera a cozinhar como uma *nonna* italiana, mas aquilo já estava ficando irritante. Pelo amor de Deus, que marido chega em casa do trabalho e prepara um maldito banquete? Não era *normal*.

Nick despejou o espaguete no molho.

– Engraçado você falar de peixe, assim, no singular. Porque imagine qual não foi minha surpresa ao entrar no escritório hoje e encontrar não um peixe em um potinho d'água, e sim um aquário imenso e bem habitado.

A vontade de comprar briga vibrou dentro dela.

– Otto estava muito solitário e você estava cometendo crueldade com os animais. Ele estava muito isolado. Agora ele tem amigos e um lugar confortável para nadar.

– Ah sim, muito bonitinhos os túneis e as rochas e as algas, assim ele pode brincar de esconde-esconde com os amiguinhos.

– Você está sendo sarcástico.

– E você está sendo rabugenta.

Ela pôs o copo na mesa com força, fazendo com que o líquido transbordasse pela borda. Girando nos calcanhares com desafio, ela jogou a água fora, foi até o armário de bebidas e se serviu de dois dedos de uísque escocês. O líquido escorreu-lhe garganta abaixo e acalmou seus nervos. Alexa pensou ter visto os ombros dele chacoalharem um pouco, mas quando olhou para ele, desconfiada, Nick não parecia estar rindo dela.

– Tive um dia péssimo.

– Quer conversar?

– Não. E não vou comer macarrão.

– Ok.

Ele a deixou em paz, e ela começou a se acalmar depois de uma segunda dose de uísque. Sentou-se à mesa, confortável e grata pelo silêncio na cozinha, que era quebrado apenas pelos sons da comida sendo preparada. Nick vestira um avental por cima de seus jeans desbotados e da camiseta. Ele estava tão à vontade naquele ambiente doméstico que ela sentiu a própria respiração se alterar um pouquinho.

Ele pôs a mesa, trouxe a comida dele e a salada dela e começou a comer. Alexa não conseguiu conter a curiosidade sobre o dia dele e perguntou:

– Como vai o contrato para o projeto do rio?

Ele enrolou o espaguete no garfo com habilidade e comeu uma garfada.

– Hoje me encontrei com Hyoshi e ele me deu sua aprovação.

A névoa de seus próprios problemas se dissipou um pouco e Alexa sentiu grande contentamento com a notícia.

– Que maravilha, Nick! Agora só falta Michael.

Ele franziu o cenho.

– Pois é, mas Conte pode ser um problema.

– Você pode conversar com ele no sábado à noite.

Nick fechou ainda mais o rosto e disse:

– Acho que prefiro não ir à festa.

– Ah. Tudo bem, posso ir sozinha, então.

– Esquece. Eu vou.

– A gente vai se divertir. Você vai ter outra chance de conversar com ele em um ambiente mais informal. – Ela ignorou a salada à sua frente e ficou de olho grande na travessa de espaguete. Não haveria problema em pegar uma garfada, afinal ela tinha que experimentar o molho.

– Se Conte não topar, está tudo acabado.

– Ele vai topar.

– Como você sabe?

– Porque você é o melhor.

Ela estava concentrada na massa em seu prato, e quando finalmente olhou para cima, deparou com uma expressão peculiar no rosto de Nick, que parecia desconcertado.

– Como você sabe disso?

Alexa sorriu.

– Conheço seu trabalho. Quando éramos adolescentes, eu gostava de olhar você trabalhar na garagem, construindo coisas.

Sempre achei que você seria carpinteiro, mas quando vi o restaurante Mt. Vesuvius, soube que a arquitetura era a sua verdadeira vocação. Aquele lugar me deixou muito impressionada, Nick. A fonte, as flores, o bambu, o visual de uma antiga casinha japonesa nas montanhas, tudo é fantástico. Você é brilhante.

Ele parecia pasmo e encantado com o comentário dela. Será que ele não sabia que ela sempre admirara o seu talento, mesmo quando eles implicavam um com o outro? Mesmo depois de tantos anos separados...

– Por que essa cara de surpresa?

Isso pareceu quebrar o feitiço, e ele disse:

– Não sei. Acho que nenhuma mulher até agora se interessou pela minha carreira. Nenhuma delas parecia entender.

– Então eram todas umas idiotas. Posso comer esse restinho, ou você quer mais?

Os lábios dele se torceram num sorriso, e ele passou a travessa para ela, dizendo:

– Por favor, fique à vontade.

Ela tentou conter um suspiro de prazer ao sentir o gosto do molho de tomate bem condimentado.

– Alexa, como vai a expansão da loja?

Ela se engasgou com um fio de espaguete e começou a tossir. Ele se levantou de um salto e começou a bater nas costas dela, tentando ajudar, mas ela acenou com o braço, dispensando-o, e tomou longos goles d'água para limpar a garganta. O poema de *Sir* Walter Scott dançou de modo zombeteiro em sua mente. *Quão intricada a trama que tecemos, quando enganamos com nossas mentiras!*

– Você está bem?

– Estou. Só engasguei um pouco. – Alexa tentou mudar de assunto: – Então, temos que passar o Dia de Ação de Graças com os meus pais.

– Não, eu odeio essas festas. Mas você não me respondeu. Eu te dei o dinheiro e achei que você precisava começar logo a obra para o café. Tive algumas ideias, queria ouvir sua opinião.

O coração dela batia tão forte que ela quase ouvia o sangue correr em suas veias. Isso era ruim. Muito, muito ruim.

– Humm... Nick, eu realmente não espero que me ajude com o café. Você anda tão atarefado com seu novo projeto e com o conselho sempre no seu pé. Além do mais, eu meio que já contratei outra pessoa.

– Quem?

Merda.

Alexa acenou casualmente com a mão.

– Ah, eu esqueci o nome dele. Foi recomendação de um cliente. Ele está fazendo uns rascunhos e logo começaremos a obra. Talvez eu espere até a primavera.

Ele fechou o rosto.

– Não há por que esperar. Eu já não confio nesse cara. Me passa o telefone dele, quero conversar com ele.

– Não.

– Por que não?

– Porque não quero que você se envolva. – As palavras o acertaram como um gancho dado de surpresa. Ele se retraiu, mas logo se recuperou. Ela odiava ver suas mentiras se proliferando como uma infecção, mas disse a si mesma que deveria tratar tudo como negócios, mesmo que soubesse que, de certa forma, havia magoado Nick.

O rosto dele expressava desinteresse.

– Pois bem. Como queira.

A voz dela ficou mais suave ao dizer:

– É só que eu prefiro que nossa relação seja profissional. Envolver você no projeto do meu café não é uma boa ideia. Não acha?

– Claro. Faça como achar melhor.

Um silêncio desconfortável surgiu entre os dois, e ela pigarreou.

– Sobre o Dia de Ação de Graças. Você precisa ir, não é uma opção.

– Diga a eles que eu preciso trabalhar.

– Não, você vai comigo. É importante para a minha família, e eles ficarão desconfiados se você não for.

– Eu odeio o Dia de Ação de Graças.

– Você já falou, mas eu não ligo.

– Feriados em família não estavam no contrato.

– Nem sempre dá para seguir o contrato ao pé da letra.

Ele ergueu a cabeça, de repente, totalmente alerta.

– Acho que você está certa. Precisamos ser flexíveis e considerar que alguns erros acontecerão ao longo deste ano.

Ela assentiu com a cabeça e comeu a última garfada.

– Exatamente. Então você virá?

– Claro.

A mudança de atitude a fez hesitar, mas no momento ela estava mais concentrada no próprio prato vazio. Porcaria, por que comera tanto?

– Engraçado você mencionar o contrato – disse ele. Apareceu um probleminha hoje, mas já está tudo resolvido.

Talvez fosse melhor correr um pouco mais na esteira. E malhar um pouco. Talvez até voltar às aulas de ioga.

– Eu não ia dizer nada, mas queria ser honesto. Imagino que você não vá nem se importar.

Era melhor ligar para Maggie amanhã para ver se ela queria ir à aula de *kickboxing*. A atividade queimava muitas calorias e, afinal, era sempre bom saber um pouco sobre defesa pessoal.

– Gabriella me beijou.

Ela levantou a cabeça como um raio.

– O que você disse?

Ele deu de ombros.

– Ela me ligou, dizendo que queria me ver. Contou que está de mudança para a Califórnia. Foi ela quem começou, não eu, então acho que ela só queria um beijo de despedida. E é isso.

Os olhos dela se estreitaram. A atitude casual dele mascarava uma verdade mais profunda e ela sabia que a melhor maneira de descobrir tudo era manter a calma, agindo como se aquilo não fosse nada de mais.

– Um beijo de despedida, é? Bem, não parece muito ameaçador. – Ela percebeu o corpo dele relaxar de alívio e fingiu estar muito interessada no que restava das folhas de sua salada, para não pressioná-lo. – Foi no rosto ou na boca?

– Na boca. Mas foi rápido.

– Então não teve língua?

A cadeira dele rangeu, e ela tinha certeza de que ele tinha se contorcido um pouco. "Peguei o filho da mãe", pensou ela.

Ele respondeu:

– Não exatamente.

– É mesmo?

– Talvez um pouco. Foi tudo tão rápido que eu não me lembro.

Desde crianças, ele sempre fora um péssimo mentiroso. Nick se dava mal toda vez que fazia algo errado, enquanto Maggie sempre conseguia escapar porque ela era uma ótima mentirosa. Ele, pelo contrário, só seria mais óbvio se seu nariz começasse a crescer.

– Certo. Bom, o mais importante é você ter me contado a verdade. Onde foi isso?

– À margem do rio.

– Depois da sua reunião?

– Isso.

– Ela ligou no seu celular.

– Eu pedi que ela não fosse lá, mas como ela disse que era importante, resolvi esperar para ver o que era. Disse a ela que não queria mais nada com ela.

– E então ela te beijou e você a afastou.

– Isso mesmo.

– Onde estavam as mãos dela?

Nick aparentou estar confuso, e pareceu pensar que a pergunta era uma espécie de pegadinha.

– Como assim?

– As mãos. Estavam no seu pescoço, nas suas costas, onde?

– Em volta do meu pescoço.

– E onde estavam as suas mãos?

– Antes ou depois de eu a afastar?

Bingo.

– Antes.

– Em volta da cintura dela.

– Certo. Então parece que você levou algum tempo para afastá-la, e teve língua, e o corpo dela ficou colado no seu... por quanto tempo?

Ele lançou um olhar desejoso para o copo de uísque vazio, mas respondeu:

– Não muito tempo.

– Um minuto? Um segundo?

– Alguns minutos. E então eu a afastei.

– É, isso você já disse.

Ela se levantou da mesa e tirou os pratos. Nick hesitou, sem saber muito bem o que fazer, mas permaneceu sentado. Os dois ficaram em um silêncio desconfortável. Alexa continuou a cuidar da louça sem dizer uma palavra e deixou a tensão aumentar. Ela quase ouviu um barulho físico quando ele cedeu:

– Você não tem motivo para ficar chateada.

Alexa pôs a louça na máquina de lavar e voltou sua atenção para a geladeira. Com movimentos metódicos, pegou sorvete, calda de chocolate, chantili e cerejas.

– Por que eu estaria chateada? O beijo não significou nada, mesmo que você tenha quebrado o contrato.

– Mas acabamos de admitir que às vezes o contrato não pode ser seguido à risca. O que você está fazendo?

– Sobremesa. Então, o que Gabriella fez quando você a afastou?

Alexa se concentrou em fazer um *sundae* perfeito e deixou que ele sofresse com o próprio desconforto.

– Ela ficou aborrecida porque eu a rejeitei.

– E por que você a rejeitou, Nick?

Ele estava completamente sem graça.

– Porque nós nos comprometemos um com o outro. Mesmo que não estejamos dormindo juntos, prometemos que não trairíamos.

– Muito lógico. Fico surpresa que você tenha conseguido pensar com tanta clareza depois de um beijo daqueles. Quando é comigo, eu até entendo, mas Gabriella parece causar uma reação mais apaixonada.

Nick ficou boquiaberto. Ela adicionou o chantili com cuidado e jogou algumas cerejas por cima, e então deu um passo atrás para admirar melhor sua criação.

– Você acha que eu reajo de forma mais apaixonada a Gabriella?

Ela deu de ombros.

– Na noite em que eu a conheci, ficou muito claro que havia uma química absurda entre vocês. Nós dois não temos esse problema. Nas vezes em que você beijou, estava irritado ou entediado.

– Entediado? – Nick esfregou o rosto com as mãos e depois deslizou os dedos pelo cabelo. Uma risada sem alma escapou de seus lábios. – Não acredito que estou ouvindo isso. Você não tem ideia do que eu estava sentindo quando Gabriella me beijou.

Alexa sentiu seu coração ser perfurado por uma fina faca de gelo, precisa como o bisturi de um cirurgião. Não sangrou desta vez, e ela só sentiu uma aceitação anestesiada de que o homem com quem se casara sempre desejaria uma supermodelo, nunca ela. Sempre seria fraco o suficiente para aproveitar o que pudesse para tirar uma casquinha, antes de voltar a ouvir a voz de sua maldita ética. Ele poderia até ser fiel legalmente, mas sempre seria infiel em pensamentos.

Ela era um estepe para Nick, e ele nunca a desejaria da forma completa com que parecia desejar a ex.

A raiva se apossou dela, um sentimento poderoso e pleno, e ela admirou seu perfeito *sundae* de chocolate. Nicholas Ryan idolatrava a lógica e a razão, de modo que havia pensado com cuidado em como ela reagiria. Foi honesto, porque era um homem justo. O que a deixava possessa era sua incapacidade de vê-la como uma mulher com todo o direito de ficar furiosa ao descobrir que seu marido beijara a ex. Ele esperava que ela reagisse de maneira calma e civilizada, que perdoasse a indiscrição dele de maneira educada e seguisse a vida.

Ele que se dane.

Com um movimento gracioso, ela ergueu a taça pesada de sorvete e a virou direto na cabeça de Nick.

Ele soltou um berro e pulou da cadeira, derrubando-a, e a mais pura incredulidade dançava em seu rosto enquanto o sorvete, a calda de chocolate e o chantili escorriam pelo seu rosto e entravam em seus ouvidos.

– Que merda é essa? – Seu rugido estava cheio de confusão e irritação, e ambas emoções eram tão honestas que ela se sentiu melhor imediatamente.

Satisfeita, ela limpou as mãos sujas em um pano de prato e se afastou. Ela até conseguiu lançar um sorriso agradável dizendo:

– Já que você é um homem tão sensato e racional, não deveria ter deixado Gabriella beijar você, honrando nosso contrato. Em vez disso, você deu uns pegas nela em público, na beira do rio, com direito a língua e a passadas de mão. Essa é a minha resposta sensata e racional à sua traição, seu filho da puta. Aproveite a sua sobremesa.

Girou nos calcanhares e subiu as escadas.

• • •

Uma semana depois, Nick olhava sua esposa andar pelo salão como se a festa fosse dela e admitiu que tinha cometido um erro.

Dos grandes.

Se fosse um homem fraco, desejaria voltar no tempo e viver novamente a cena do beijo com Gabriella; ele a afastaria, contaria o episódio à esposa, orgulhoso, e colheria resultados diferentes. Mas como ele desprezava tais desejos mundanos dos fracos de caráter e coração, Nick só podia fazer uma coisa:

Sofrer.

Alexa caminhava por entre os convidados como um pavão cintilante, vestida de vermelho forte em vez do preto sofisticado que as elites costumavam preferir. O cabelo dela estava preso num coque alto, com alguns cachos soltos em volta de seu pescoço e ombros.

Quando, mais cedo, ela apareceu no alto da escada, praticamente o desafiara a fazer algum comentário, mas dessa vez ele manteve a boca fechada, fez um elogio educado à aparência dela e a conduziu até o carro. O episódio foi acompanhado pelo mesmo silêncio frio que já durava uma semana.

Nick sentiu a irritação crescer. Ela virara uma taça de sorvete nele. Mas ela pediu desculpas? Não. Só passou a semana tratando-o com aquela cordialidade neutra que o deixava louco. Ficava fora de seu caminho, passava a maior parte do tempo em seu quarto e quase não falava durante o jantar.

Nick tentava não pensar em como isso o fazia querer agarrá-la pelos braços e forçá-la a demonstrar algum tipo de emoção. Não queria analisar a solidão que o corroía por dentro, a saudade que sentia de seus jogos de xadrez ou de suas brigas por motivos absurdos ou simplesmente de estar com ela à noite. Sentia falta dos telefonemas irritantes dela enquanto ele estava no trabalho para falar de Otto ou para implorar que eles adotassem um cachorro do canil.

Em vez disso, tinha agora o que desejara desde o início: uma esposa apenas no nome. Uma companheira de negócios que cuidava da própria vida e o deixava em paz.

E estava odiando cada minuto.

Imagens de seu último beijo passaram rapidamente por sua cabeça. No entanto, ficara confuso com o que ela dissera na noite da discussão. Será que ela não percebia o quanto ele a desejava?

Nick achou que seu interesse havia ficado muito claro na noite em que o policial apareceu. No entanto, Alexa disse que ele jamais a desejaria com a mesma intensidade com que desejava Gabriella. Por Deus, ele nunca havia desejado Gabriella como desejava sua esposa. Nunca havia sonhado com Gabriella, nunca havia sentido a necessidade intensa de tocá-la ou de rir com ela. Nunca havia desejado discutir, ou jogar jogos idiotas, ou ter uma vida com Gabriella.

O que estava acontecendo com ele?

Virou garganta abaixo o que restava em seu copo e andou pelo salão.

Talvez fosse hora de descobrir.

• • •

– Alerta de marido se aproximando.

Alexa olhou para a frente e viu que Nick se afastava dos demais convidados. Ela o ignorou e concentrou sua atenção em Michael, que, pelo brilho em seus olhos, parecia estar se divertindo. Ela apontou o dedo para seu novo amigo e disse, em tom de brincadeira:

– Comporte-se.

– E eu não me comporto sempre, *cara mia*?

– Esta já é a segunda vez que você me afasta de meu marido esta noite.

Ele a conduziu em direção ao seu escritório, os saltos dela emitindo um leve clique ao entrar em contato com o chão de tábua polida. A casa de Michael era decorada em tons ricos de terracota e vermelho-escuro, e a elegância fluida do rico assoalho que permeava os quartos era contrabalançada por espelhos com molduras em dourado, tapeçarias e esculturas delicadas em mármore. O sistema central de som tocava uma ópera. Alexa gostava da sensualidade tácita na decoração de Michael.

– Então estou fazendo a coisa certa, *signora*. Você está triste esta noite, e eu percebo que é por causa dele.

Ela se deteve e olhou para ele. Pela primeira vez, ela deixou suas emoções virem à tona. Tinha sido difícil fingir que não ligava para ele na semana anterior.

– Nós tivemos uma briga.

– Quer falar sobre isso?

– Os homens são uns idiotas.

Ele assentiu com um floreio de cabeça.

– Às vezes, sim. Às vezes somos ótimos, quando decidimos deixar nossos sentimentos virem à tona. Mas na maior parte do tempo morremos de medo de nos abrir para outra pessoa.

– Alguns homens nunca se abrem.

– Exato. Alguns nunca se abrem. Nesses casos, você deve continuar insistindo.

Ela sorriu para ele.

– Preciso te dar o número da minha amiga, Maggie. Promete que vai ligar para ela?

Ele deu um longo suspiro.

– Se isso fizer você feliz, eu ligarei para ela e a convidarei para jantar.

– *Grazie*. Meus instintos estão me dizendo algo sobre vocês dois, e eu não consigo me livrar dessa sensação.

– Você é uma casamenteira de coração, *cara*.

Com o transcorrer das horas, ela bebeu mais champanhe, suas palavras ficaram mais ousadas e ela dançou com mais homens, mas sempre preocupada em se manter na linha tênue que separava a conduta apropriada de festa e a diversão verdadeira. Nick logo desistiu de tentar conversar com ela e se contentou em esperar perto do bar, bebendo uísque escocês, observando-a a distância. Mesmo do outro lado da sala, o olhar dele queimava em sua pele, até quando ela tentava evitá-lo, colocando entre eles uma barreira de pessoas. Era como se ele estivesse marcando seu território, sem tocá-la ou trocar uma palavra sequer. Pensar nisso a fazia se arrepiar de antecipação – até que ela percebeu que estava, na verdade, se rendendo a uma fantasia em que Nick faria uma cena e a arrastaria para longe dali, seduzindo-a. Como nos romances tórridos que ela gostava de ler.

Claro que ele faria isso... O Sr. Lógica em pessoa. Era melhor ler ficção científica e esperar que os alienígenas dominassem a Terra, porque isso era mais provável.

• • •

Nick estava farto.

Estava cansado de vê-la desfilar pela festa com vários outros homens. É claro que ela não fazia nada além de dançar com eles, mas quase nunca deixava a companhia de Conte, e sua interação com ele transmitia um grau de empatia e conforto que deixava Nick possesso.

O casamento deles deveria ser de aparências. E se as más línguas começassem a fofocar sobre Alexa e o conde italiano? Conseguir o contrato seria ainda mais difícil já que, ao negociar com Conte, ele ficaria sonhando em enfiar um soco na carinha bonita daquele desgraçado.

Ah, sim, ele estava sendo *muito* lógico e racional.

Nick terminou seu último drinque e deixou o copo no bar, percebendo o que o álcool que agora aquecia seu sangue também o enchia com uma determinação renovada, eliminando suas barreiras conscientes à verdade.

Queria fazer amor com sua esposa.

Queria possuir Alexa de verdade, mesmo que por pouco tempo.

E as consequências que se danassem.

Nick ignorou o homem racional dentro dele que gritava para que ele se afastasse, esperasse até a manhã seguinte e passasse os meses seguintes vivendo com Alexa em um clima civilizado e educado.

Cruzou a sala e cutucou a esposa, que estava de costas.

Ela se virou. Nick pegou sua mão deliberadamente e viu um lampejo efêmero de surpresa em seu rosto.

– Está pronto para ir embora?

– Sim. Estou pronto para muitas coisas, acho.

Ela mordiscou o lábio inferior; provavelmente se perguntando se ele estava bêbado. Nick tomou o controle da situação para afastá-la de Michael o mais rápido possível.

– Michael, você poderia fazer a gentileza de chamar um táxi para nós? Acho que não estou em condições de dirigir. Mandarei alguém vir buscar o carro amanhã.

O conde assentiu com graça e disse:

– Claro. Volto logo.

Nick manteve a mão de Alexa presa na sua quando foram buscar seus casacos, determinado a não perdê-la de vista. Em algumas horas, ela estaria no único lugar do mundo em que não seria capaz de causar problemas.

Na cama dele.

Ela pareceu não notar que algo havia mudado entre eles. Nick a observou enquanto ela vestia seu casaco e se despedia de alguns amigos novos. Ele estava impressionado por ela ainda não ter percebido que seu casamento seria consumado naquela noite. Saber desse segredo o deixava ainda mais impaciente para chegar em casa e seduzi-la, finalmente. Fora um idiota por esperar tanto tempo. Devia saber que sexo era a maneira mais eficiente de consolidar um relacionamento.

O táxi chegou e eles foram para casa. Ela ficou em silêncio todo o caminho, olhando pela janela e ignorando Nick.

Ele pagou a corrida e a seguiu. Ela pendurou seu casaco com cuidado no closet e seguiu para seu quarto, dizendo:

– Boa noite.

Ele sabia que a raiva era a maneira mais rápida de obter sua atenção, e a chamou:

– Alexa?

– Sim?

– Você transou com ele?

Ela virou a cabeça, fazendo-o pensar na menininha de O *Exorcista*. O queixo dela caiu e o ar engasgou em sua garganta. Nick estava satisfeito com a intensidade da reação, e sentiu a conexão entre eles pegar fogo.

– O que foi que você disse?

Ele tirou o paletó, jogando-o no sofá. Ficou frente a frente com ela, pôs as mãos nos quadris e concentrou todas as suas forças em deixá-la enfurecida. Porque ele sabia que, pela raiva, ele encontraria a verdadeira Alexa – a mulher enérgica e apaixonada que ela escondera dele, em sua crença ridícula de que ele não a queria.

– Você me ouviu muito bem. Quero saber se vocês tiveram tempo de ir até o quarto, ou se ele só te prensou contra a parede e vocês deram uma rapidinha antes da sobremesa.

A respiração dela estava alterada, e seus punhos estavam cerrados ao lado do corpo.

– Eu não transo com outros homens e não saio beijando outras pessoas em público porque eu tenho muito mais respeito pelo nosso casamento do que você. O próprio Michael tem mais respeito pelo nosso casamento do que você.

O estômago de Nick se contorceu de ódio ao ouvi-la defender Conte, como se houvesse um ninho de cobras venenosas dentro dele.

– Você deixou que ele metesse as patas em você na frente dos meus contatos de negócios.

– Você está delirando! Ele foi um perfeito cavalheiro o tempo inteiro. Você, por outro lado, meteu suas patas em Gabriella num estacionamento público.

– Foi diferente, e eu a afastei.

– É, mas não antes de enfiar a língua na boca dela. Pra mim, chega.

Os olhos dele se estreitaram.

– Ainda não.

Ela piscou e se virou. E olhou fundo nos olhos dele. E desferiu seu golpe final:

– Vou para a cama. Você até pode controlar com quem eu deixo de dormir, mas não tem poder algum sobre as minhas fantasias.

Seu tom de voz gelado contradizia a zombaria em suas palavras.

Ele não suportou.

Nick foi até ela devagar, e para cada passo que ele dava em sua direção, ela dava um passo para trás – até que ele a encurralou contra a parede. Com lentidão deliberada, ele espalmou as mãos na parede atrás dela, prendendo-a entre seus braços.

Ele se inclinou e, com os lábios muito próximos dos dela, disse:

– Se você quer sexo tanto assim, é só me pedir.

O corpo dela se retesou.

– Não estou interessada em você – disse ela, mas a pulsação acelerada visível em sua garganta a contradizia.

– Boa tentativa.

– Guarde os seus joguinhos para Gabriella.

– Você me deseja. Por que não admite logo?

A fúria de Alexa pulsava em ondas.

– Eu não quero você. Só quero seu dinheiro.

A mentira dela funcionara bem até agora, mas Nick percebeu que não funcionaria essa noite.

Diminuiu ainda mais a distância entre eles. Os seios dela estavam pressionados contra o peito dele, e seus mamilos despontavam no tecido vermelho, implorando por liberdade. A respiração dela estava ofegante e seu perfume inebriava os sentidos dele. Ele ficou duro e os olhos dela se arregalaram quando ele pressionou seu membro ereto contra a coxa dela.

– Você está blefando, meu amor, e eu sei disso.

Nick viu o espanto no rosto de Alexa quando ele tirou uma das mãos da parede para desabotoar a camisa, tirar a gravata e tomar o queixo dela com uma pegada firme.

– Prove.

Nick colou a boca na dela, que não teve a menor chance de pensar ou tentar afastá-lo. Ele invadiu a boca de Alexa, sua língua se infiltrando naquela caverna úmida e aveludada, e então tomou a língua dela entre seus lábios e a sugou com força.

Ela se agarrou aos ombros dele e emitiu um gemido suave no fundo da garganta.

E então explodiu.

• • •

Alexa agarrou os cabelos de Nick, segurando a cabeça dele enquanto retribuía seu beijo. Os lábios dela buscavam os dele, seu gosto e seu cheiro entorpecendo-a como uma droga.

A pele dela queimava enquanto todo o desejo que ela ocultara dentro de si finalmente se espalhava por seu corpo em uma onda de calor. Ela tinha fome dele, ansiava para que ele arrancasse suas roupas e a possuísse ali mesmo, contra a parede, e delirava com as reações selvagens de Nick, tão contrárias ao rígido controle que ele sempre demonstrava.

Controle.

Um alarme soou na cabeça de Alexa, atravessando a bruma de seu desejo. Nick havia bebido. Se fossem interrompidos, ele iria se afastar com calma e dar uma explicação razoável, dizendo que fazer sexo não era uma boa ideia.

A consciência de que ele já havia feito aquilo duas vezes acabou dominando a mente de Alexa e, por fim, ela conseguiu arrancar sua boca da dele e agarrar-lhe os cabelos, afastando sua cabeça.

Ele olhou para ela, piscando como se estivesse saindo de um sono profundo, e Alexa viu a interrogação evidente em seus olhos. Forçou-se a dizer a única coisa que não queria dizer:

– Acho que isso não é uma boa ideia.

Prendendo a respiração, Alexa esperou que ele se afastasse, esperou que a confusão deixasse a mente dele, esperou que ele concordasse com ela. E se espantou pela segunda vez naquela noite, porque ele sorriu para ela – um sorriso másculo e perigoso que prometia prazeres indizíveis e sexo selvagem e apaixonado – e disse:

– Não importa.

Ele a levantou e a atirou sobre os ombros com facilidade, como se ela fosse uma boneca de porcelana, e não uma amazona. Subiu as escadas sem nenhuma dificuldade e a levou direto para o quarto dela. Os seios dela se esfregavam nas costas de Nick e sua barriga estava esmagada contra os ombros duros dele, mas ela não se sentia capaz de reunir as palavras para informá-lo de que aquele comportamento de homem das cavernas era completamente inaceitável.

Porque Alexa estava amando cada momento.

Nick a jogou na cama e terminou seu *striptease*. Desabotoou a camisa e a jogou no chão. Abriu o cinto e desceu o zíper. Livrou-se das calças com um movimento rápido. Enquanto isso, sentada no meio da cama, ela o olhava como se ele fosse seu dançarino de Clube das Mulheres particular.

Não. Ele era ainda melhor.

Nick parecia ser todo músculos poderosos e pelos dourados. Quadris estreitos, coxas fortes e uma ereção que despontava com orgulho entre suas pernas, escondida apenas pela cueca preta. Os dedos dela se enterraram em suas palmas quando o homem com quem ela tanto fantasiara se juntou a ela na cama.

– Sua vez. – A voz dele era, ao mesmo tempo, áspera e suave. Ele estendeu a mão e puxou o zíper do vestido dela. Os músculos dela tremiam ao toque dele, e Nick se deteve nas alças finas de seu vestido. A respiração dela se acelerou conforme os segundos se passaram, e ela sentiu o peso das mãos de Nick espalmadas em seu peito. O coração dela batia tão alto que ela sabia que ele conseguia ouvir. A tensão ardia entre eles, e quando ela achou que não aguentava mais, ele passou os indicadores pelas alças do vestido e o puxou para baixo.

Ah, meu Deus.

O ar frio refrescou sua pele, mas ela sentia o corpo queimar sob o olhar ardente de Nick enquanto ele se detinha, deliciado com a visão da pele revelada. Os mamilos dela estavam rígidos, e a seda se deteve ali por um breve instante, mas logo ela estava nua da cintura para cima. Com delicadeza, ele livrou seus braços das alças e desceu ainda mais o tecido, expondo sua barriga e seus quadris. Nick parou e estudou cada centímetro das formas de Alexa com uma intensidade silenciosa que a deixava cada vez mais inquieta, até que ela tentou dizer algo, mas as palavras morreram em sua garganta.

Nick pôs as mãos nos quadris dela, segurando o tecido delicado e puxando-o dos dois lados, revelando suas coxas e panturrilhas, e enfim o soltou das sandálias e o jogou no chão.

Alexa e Nick respiravam no mesmo ritmo entrecortado e irregular. Ela sentia um calor líquido pulsar com intensidade entre suas pernas, contido apenas pela calcinha vermelha que decidira vestir para agradar apenas a si mesma. Nick agora concentrava toda a sua atenção na peça minúscula, ainda sem dizer nada, estudando a área entre as suas pernas e esfregando o polegar suavemente na borda da calcinha, enquanto ela prendia a respiração e aguardava. Como se tivesse todo o tempo do mundo, ele começou a brincar com o elástico como se estivesse testando sua resistência. Alexa não conseguia se concentrar em nada além daqueles cinco dedos e a tortura que eles impunham. Nick explorou com os olhos o espaço entre suas coxas e traçou uma linha invisível até o centro de seu corpo. Observava em silêncio as reações de Alexa, como se ela fosse sua escrava e ele fosse um rei, acostumado a receber a mais cega obediência.

Incapaz de se conter, ela explodiu:

– Vai ficar sentado aí me olhando a noite toda, ou vai *fazer* alguma coisa?

Ele riu baixo, seus lábios cheios abertos em um sorriso. Passou uma perna ao redor dela e a puxou para si em um movimento rápido. Colou seu corpo ao dela, cada músculo pressionado contra o corpo dela. Cada centímetro daquela deliciosa ereção aninhado entre as pernas dela. Com calma, tirou os grampos que prendiam o cabelo de Alexa e os cachos negros caíram, soltos, sobre seus ombros. Então, desceu a boca e mordeu o lóbulo, provocando-a com lambidinhas suaves nos contornos de sua orelha e soprou com suavidade em seu ouvido.

Alexa pulou.

Ele riu e sussurrou em seu ouvido:

– Ah, eu vou fazer alguma coisa, sim. Passei tanto tempo desejando ver você nua que pretendia me esbaldar, admirando seu corpo mais um pouco. Mas parece que você também é geniosa na cama, então vamos em frente.

– Nick...

– Agora não, Alexa, estou ocupado.

Tomou os lábios dela nos seus, e sua língua mergulhou junto à dela. Tomado por uma energia quase elétrica, o corpo de Alexa se dobrou para trás como um arco. Seus dedos se agarraram em Nick, e ela retribuiu o beijo, afogando-se no gosto de uísque e no calor másculo que emanava dele. Afastando suas pernas, Nick a torturou com a promessa explícita de seu corpo, até que seu próprio desejo a deixasse louca, até que não existisse mais lógica ou orgulho – só a necessidade de tê-lo dentro de si.

A boca de Nick encontrou os seios dela, sugando seus mamilos, mordiscando-os de leve. Seus dedos acariciavam sua barriga e seus quadris, e então se engancharam na renda da calcinha, afastando-a; um longo dedo indicador testou a abertura entre suas pernas, quente e encharcada, enquanto Alexa implorava por mais, sempre mais.

Ele arrancou a calcinha e enfiou um dedo dentro dela, bem fundo, e então outro, massageando com suavidade o botão intumescido e escondido por trás de pelos finos, dando a ela apenas uma pequena amostra até que...

Ela gemeu alto e seus quadris se contorceram quando a intensidade do orgasmo a dominou. Seu corpo ainda se contorcia de prazer quando ele se desfez da cueca e colocou um preservativo.

Deslizou novamente pelo corpo longilíneo de Alexa, entrelaçou os dedos nos dela e enterrou suas mãos unidas no travesseiro.

Alexa piscou, fascinada com a imensidão sem fim dos olhos castanhos dele, um tom escuro e profundo que escondia um mundo de segredos e brilhava com uma ternura que ela jamais vira antes.

Nick pressionou o quadril contra o dela, buscando entrada. Alexa ergueu o corpo num convite, e o líquido morno que vinha dela facilitou a penetração, lentamente, abrindo caminho centímetro por centímetro. O corpo dela se retesou sob o dele, e ela sentiu o pânico de saber que agora finalmente pertenceria a ele, e que ele jamais a desejaria da maneira que ela precisava.

Ele se deteve, como se tivesse sentido o conflito dentro dela.

– Muito rápido? Fala comigo.

Ela tremeu ao sentir que ele retrocedia alguns preciosos centímetros e disse:

– Não... é só que, é que eu preciso...

– Pode me dizer, Alexa.

Os olhos dela se turvaram sob uma fina cortina de lágrimas, suas emoções cruas e completamente expostas.

– Eu preciso que você me queira. Só a mim. Não...

– Ah, meu Deus... – Ele fechou os olhos, e Alexa viu a agonia torcer o rosto dele. Nick se deteve à entrada e se inclinou para beijá-la.

Cobriu os lábios dela com carinho, dando pequenas estocadas com a língua, traçando o contorno de seus lábios carnudos, e seus movimentos transpiravam pura humildade. E quando ele abriu os olhos e olhou fundo nos olhos dela, Alexa perdeu o ar: ele finalmente a deixou entrar, revelando-se por inteiro, e deu a ela o que ela mais precisava.

A verdade.

– Sempre foi você, Alexa. Não quero mais ninguém; não sonho com mais ninguém. Sempre foi só você.

Ela gemeu alto quando ele se enterrou dentro dela. Seu corpo se abriu, aceitando toda a sua extensão enrijecida, envolvendo-o e exigindo cada vez mais. Os dedos dele apertavam os dela com força, e ele enterrou ainda mais as mãos unidas nos travesseiros quando começou a se mover dentro dela, primeiro devagar, depois obedecendo ao ritmo que ela ditava. Alexa sentiu o desejo crescer dentro de si mais uma vez, uma espiral ascendente que contraía seus músculos, acelerava sua respiração e a incitava cada vez mais conforme ela se aproximava do orgasmo.

Foi uma combinação selvagem de desejo, cru e primitivo, e ela se deliciou com a honestidade que havia no sexo entre eles, o suor escorrendo da testa dele, suas unhas se enterrando nas costas dele até que ela chegou ao clímax. O prazer vindo em ondas intensas, e ela ouviu Nick gritar, juntando-se a ela no êxtase. Naquele momento, eles eram um só.

Ele rolou para o lado, de modo que ela ficasse esparramada sobre ele, sua bochecha repousando no peitoral definido de Nick, seus cabelos espalhados sobre seu rosto, seus braços envolvendo a cintura dele. Com a mente livre de qualquer pensamento, Alexa entregou-se ao momento, arrebatada pela profunda paz que sentia. Sentindo-se segura nos braços de Nick, ela se deixou levar pelo sono.

• • •

Nick levantou-se da cama, tomando cuidado para não acordar sua esposa. Estava nu e saiu do quarto dela para procurar umas roupas. Pegou uma camiseta dos Yankees, mas lembrou do trato que fizera com ela e trocou por uma camiseta preta simples e calças de moletom. Seus lábios se abriram num sorriso ao lembrar da alegria de Alexa quando os Yankees foram eliminados no campeonato daquele ano. Desceu as escadas para fazer café, detendo-se para ver o sol nascer por cima das montanhas, banhando a manhã com os primeiros raios do dia.

Considerava o casamento oficialmente consumado.

Massageou a parte de trás do pescoço com uma das mãos e tentou pensar racionalmente – algo que ele não fez nem de longe na noite anterior. No entanto, ele não se arrependia, o que o surpreendeu. Fazia muito tempo que ele desejava Alexa, e a noite passada deixou muito claro o porquê. Tudo era diferente com ela. A maneira com que seu corpo parecia se encaixar no dele com perfeição, a satisfação que ele sentia ao lhe dar prazer. Nick amava o jeito com que ela olhava dentro de seus olhos e arranhava suas costas enquanto tinha orgasmos múltiplos. Amava o modo como ela gritava o nome dele. Nick e Alexa procuraram um ao outro incontáveis vezes durante a madrugada, insaciáveis. Não foi só a interação física que fez o encontro ser fora do comum – na verdade, a conexão que sentira com Alexa em mente e espírito fora o ponto mais extraordinário da noite. Não houvera palavras nem promessas, e mesmo assim Alexa se entregara a ele por completo, em toda a sua vulnerabilidade.

E ele estava morrendo de medo.

Serviu uma caneca de café recém-passado e aproveitou a solidão da cozinha para tentar organizar seus pensamentos. Eles precisavam conversar. O relacionamento deles havia chegado a uma bifurcação, e depois das últimas horas que passara com ela, ele sentia que era um caminho sem volta. Sua intenção original de evitar sexo a todo custo era, na verdade, uma maneira de evitar emoções.

Agora era tarde demais para isso. Ele sentia algo por Alexa: parte desejo, parte amizade. E outros elementos que ele não era capaz de nomear.

Ele ainda pretendia se afastar no fim daquele ano. Não havia outra opção. Nick sabia que seu futuro não envolvia casamento e filhos. No entanto, por ora, não havia motivo para eles não aproveitarem a companhia um do outro, em vez de insistir em combater a atração que sentiam. Sentia que Alexa saberia lidar com a situação. Ela o conhecia, sabia que ele não era capaz de fazer planos para o futuro e agora entendia que os sentimentos dele iam muito além do sexo.

Ele balançou a cabeça, contente com o resultado. Sim. Teriam alguns meses para explorar a intensa atração que os unia. Seriam loucos se não aproveitassem uma oportunidade daquelas.

Satisfeito com seu pensamento lógico, serviu uma caneca de café para sua esposa e se dirigiu às escadas.

• • •

Alexa enterrou a cabeça no travesseiro com força quando a realidade de sua nova situação a acertou como o impacto de um trem de carga.

Ela havia transado com seu marido.

Não uma vez. Não duas. Mas três vezes, no mínimo. Vezes suficientes para caracterizar a noite como um erro e uma insanidade – e tão intensas que seria impossível diminuir sua importância e dizer que tudo não passara de um episódio de sexo casual que não se repetiria.

Ai, meu Deus. Ela não seria capaz de manter as mãos longe dele agora.

Ela gemeu, e se forçou a ver a situação com neutralidade – mas era difícil fazer isso com os músculos das coxas doloridos e o cheiro de sexo ainda impregnando os lençóis. Ela ainda sentia o gosto dele em sua boca, ainda sentia o toque dos dedos dele em seu corpo. Como conseguiria seguir em frente e fingir que a noite anterior não significara nada?

Não conseguiria. Assim sendo, precisava de um novo plano.

Por que não deixar tudo do jeito que estava?

Soltou um longo suspiro e tentou analisar suas emoções com a frieza de um cirurgião. Sim, o trato deles era muito claro no que dizia respeito à abstinência de sexo, mas aquilo fora para impedir que ambos encontrassem outros parceiros. E se continuassem assim? Será que ela seria capaz de lidar com a situação?

Era óbvio que sentiam atração um pelo outro. Agora Alexa acreditava no desejo de Nick – o corpo dele havia confirmado o que a mente dela se recusava a aceitar. A noite anterior fora muito mais do que sexo, e sim uma comunhão peculiar entre amizade e respeito e desejo. E...

Alexa ergueu uma barreira entre ela e *aquele* pensamento assustador e seguiu em frente.

Certo. E se ela sugerisse que eles continuassem transando até que o ano terminasse? Manteriam a amizade, poriam fim à tensão sexual insuportável que existia entre eles e aproveitariam a companhia um do outro por alguns meses. Sim, ela estava apavorada ao pensar que seus sentimentos por Nick podiam estar ficando mais profundos. Sim, ela corria o risco de acabar com o coração partido no fim daquele ano, quando ele fosse embora. No entanto, agora que ela o conhecia, entendia que Nick era tão traumatizado com sua própria infância que mulher nenhuma seria capaz de conquistar sua confiança.

Não acalentava falsas esperanças.

Alexa queria correr o risco. Queria tê-lo em sua cama, queria aproveitar o que pudesse durante o tempo que ainda tinham – pelo menos teria boas lembranças. Sentia-se segura por não ter ilusões.

Suas entranhas se contorceram com o último pensamento, mas ela ignorou o alerta.

A porta se abriu.

Nick entrou, hesitante, trazendo uma caneca de café. Ela corou de leve sob o olhar intenso dele e, deslizando uma perna nua de volta para baixo dos lençóis, rolou para o lado.

– Oi.

– Oi – repetiu Alexa. Um silêncio desconfortável os envolveu, como era comum em manhãs após uma primeira noite de sexo. Alexa olhou o café, dizendo: – É para mim?

– Ah, sim. Claro. – Ele se aproximou, sentando-se na beirada da cama. O colchão afundou com o peso de seu corpo, e Nick entregou a caneca a Alexa, que inspirou com satisfação o aroma do café colombiano e soltou um suspiro de prazer ao provar a bebida.

– Está bom?

– Perfeito. Odeio café fraco.

O lábio inferior dele se torceu num sorriso e ele disse:

– Imaginei.

Enquanto ela bebia, ele ficou em silêncio. Parecia estar procurando o que dizer, mas se o objetivo era quebrar o gelo, pensou Alexa, ele não poderia perguntar se ela dormira bem, já que eles mal haviam fechado os olhos.

O cheiro masculino de Nick invadiu seus sentidos. Ele não havia tomado banho. A regata surrada deixava à mostra seus braços e seus ombros, e a calça, um pouco mais baixa do que o usual, permitia alguns vislumbres da pele macia e do abdômen definido. Alexa se remexeu na cama, sentindo um calor selvagem crescer entre suas coxas. Esse homem a estava transformando em uma ninfomaníaca. Mais uma sessão de sexo e ela teria de usar uma bengala para conseguir chegar a sua livraria, mas seu corpo não parecia se importar muito com isso.

– Como está se sentindo? – perguntou ele.

Ela piscou, erguendo a cabeça para olhá-lo. Uma mecha de cabelo havia caído na testa dele, e seu maxilar estava coberto pela leve sombra da barba por fazer. Ela percebeu que o olhar dele não se desviava do rosto dela, nem mesmo para espiar o lençol que ficava escorregando e ameaçava deixar à mostra parte de seus seios. Alexa costumava ser tímida, mas a pontada de malícia que surgia dentro dela a incitava a testar o autocontrole dele. Ela se esticou para deixar a caneca no criado-mudo e deixou que o lençol escorregasse, expondo sua pele nua. O ar frio tocou seus seios, enrijecendo seus mamilos. Ela fingiu não perceber e respondeu:

– Estou bem, mas meus músculos estão um pouco doloridos. Preciso de um bom banho quente.

– Banho. Sim.

– Que tal um café da manhã?

– Café da manhã?

– Posso preparar alguma coisa assim que me vestir. Você não tem de ir trabalhar hoje, né?

– Acho que não.

– Ótimo. O que você quer?

– O que eu quero?

– É, pro café da manhã.

Ela apoiou a cabeça em uma das mãos e estudou o rosto dele. Nick engoliu em seco e trincou os dentes, como se fosse um esforço físico prestar atenção em suas palavras em vez de no seu corpo seminu.

Alexa reprimiu uma risada e resolveu aumentar a aposta. Sua perna escorregou para fora dos lençóis e ela se espreguiçou, esticando e flexionando no ar os dedos dos pés. Depois deixou seu joelho prender casualmente o lençol e dobrou a perna, revelando ainda mais de seu corpo.

Nick pigarreou.

– Não estou com fome. Tenho de ir trabalhar.

– Você acabou de dizer que não iria trabalhar hoje.

– Ah, é.

A pele dela formigava sob o olhar lascivo de Nick, e o tesão correu em suas veias ao pensar nele voltando para a cama e fazendo amor com ela de novo, mas não tinha ideia do que deveria fazer para conseguir que isso acontecesse.

Reuniu todas as suas forças e golpeou bem na jugular.

– Então, a gente vai conversar sobre o que aconteceu na noite passada?

Ele estremeceu, mas concordou com a cabeça. Ela ficou quieta, forçando-o a responder alguma coisa – qualquer coisa.

– A noite passada foi boa.

Ela ergueu mais o corpo. Os lençóis escorregaram mais e se acomodaram ao redor de sua cintura. Com os seios expostos, ela se apoiou em um cotovelo e, com a outra mão, jogou os cabelos sobre o ombro, afastando os cachos de seus olhos. Ignorou o som estranho que veio do fundo da garganta de Nick e continuou a conversa.

– Boa? Só isso?

– Não, não, foi ótima. – Ele pausou e depois disse: – Realmente ótima.

Ela estava quase quebrando o homem, por isso continuou insistindo.

– Que bom. Estive pensando nessa situação e no que fazer a partir deste ponto. Podemos superar o ocorrido e concordar em jamais dormir juntos novamente. Manter as coisas mais descomplicadas, não é?

A cabeça dele balançava para cima e para baixo acompanhando o movimento de seus olhos, cuja atenção estava dividida entre o rosto de Alexa e seus seios.

– É – respondeu ele.

– Ou podemos continuar.

– Continuar?

– É. Continuar fazendo sexo.

– Hummmm.

– O que acha?

– Sobre o quê?

Alexa se perguntou se a cabeça dele havia entrado em curto-circuito, ou se todo o sangue era mesmo capaz de deixar o cérebro de um homem e se transferir para outra parte do corpo. Um rápido olhar para a referida parte do corpo confirmou suas suspeitas. Seu plano estava funcionando muito bem. Ela só precisava fazê-lo admitir que queria continuar dormindo com ela, e o resto seria consequência natural.

– Nick?

– Oi.

– Você vai responder a minha pergunta ou não vai?

– Qual era a pergunta?

– A gente vai continuar fazendo sexo até o fim do casamento ou voltamos a ser só amigos?

– Alexa?

– Sim?

– Eu voto pelo sexo.

Num momento, Alexa se divertia com sua lenta tortura, e no outro estava sob o peso do corpo de Nick, que agora a prendia na cama e beijava sua boca.

Os lábios de Nick devoraram os de Alexa, a língua se enfiando em sua boca para atiçá-la e provocá-la, e ele bebeu de seus lábios com uma sede impressionante. A barba matinal de Nick arranhava a pele sensível de Alexa, e as mãos dele puxaram os lençóis que ainda a cobriam, abrindo caminho para que ele pudesse tocar e estimular seu corpo. Ele se concentrou em excitá-la com movimentos rápidos e eficientes, até que um gemido de prazer escapou dos lábios de Alexa, que afastou as coxas num gesto convidativo.

Ele fez menção de pegar um preservativo na mesa de cabeceira, mas ela o conteve, dizendo:

– Eu tomo pílula – murmurou ela – pra regular o ciclo.

Era tudo o que ele queria ouvir. Arrancou as calças de moletom de seu corpo, espalmou as mãos na parte interior das coxas de Alexa e a penetrou.

Ela arfou, enterrando as unhas em seus ombros, segurando-se nele.

Ele resolveu punir Alexa por tê-lo torturado momentos antes. Levava a esposa muito perto do orgasmo, e então reduzia o ritmo e a intensidade, deixando-a louca. Descia a cabeça para provar de seus seios e lamber seus mamilos, e sentia o corpo dela se retesar sob o seu, a tensão aumentando com a proximidade do clímax – e então se continha, satisfeito com a frustração dela. Alexa atirou a cabeça para trás, depois esticou os braços, tomou o rosto dele nas mãos e o forçou a olhar para ela, sua barba por fazer arranhando a pele sensível dela.

– Agora – disse ela.

Nick detinha o controle de uma forma que ela ao mesmo tempo admirava e odiava. Um sorriso sensual curvou os lábios dele quando ele disse:

– Pede “por favor”.

Ela suprimiu um palavrão ao chegar muito perto do orgasmo mais uma vez. Seu desejo parecia prestes a partir seu corpo em dois, e ela decidiu que jamais faria jogos de poder com o marido, já que sua vingança podia ser tão brutal. Ela arqueou os quadris, exigente:

– Por favor.

Ele se lançou com voracidade no corpo de Alexa e ela gozou. Seu corpo se contraiu em espasmos de cima a baixo, e ela o segurou com força durante o orgasmo dele, logo depois. Ainda dentro dela, Nick desabou sobre seu corpo e descansou a cabeça no travesseiro ao seu lado. Os sons de sua respiração entrecortada preenchiam o ar.

Ela fechou os olhos por um breve momento, o cheiro almiscarado de sexo e café invadindo suas narinas. Deitada nos braços de Nick, ela sentiu uma pequena fagulha de medo surgir dentro de si. Haviam passado apenas uma noite juntos e o corpo dela já reconhecia o dele como sua outra metade. Alexa não era chegada a sexo casual; era do tipo que se apaixonava e sonhava com o felizes-para-sempre.

Só que ela sabia que sua história com Nick Ryan não teria um final feliz. Ele deixara bem claro, desde o início, e ela precisava se forçar a lembrar das limitações dele todos os dias, principalmente depois do sexo. Separar o físico e o emocional. Deixar seu coração guardado numa torre tão alta que nem mesmo Rapunzel conseguiria escapar dali. Curtir seus orgasmos e um pouco de amizade, e seguir seu caminho no fim do ano.

Claro, sem problemas.

Seu coração gritava “mentirosa!”, mas ela o ignorou.

– Acho que isso sela o trato.

Ele riu e envolveu o corpo dela com seus braços, e ela se aninhou em seu peito. Ele disse:

– Acho que fizemos uma escolha muito lógica. Agora temos uma atividade mais interessante que xadrez ou pôquer.

Ela mordiscou o ombro dele e disse:

– Não pense que vai escapar dos nossos campeonatos, parceiro. Isso só vai tornar tudo mais interessante.

– Como assim?

– Já jogou *strip poker*?

– Você é uma mulher fascinante, Alexa.

– Eu sei.

9

– Eu não quero ir.

– Eu já ouvi da primeira vez. E da segunda. E da terceira. Agora fica quieto e estaciona devagar, ou as garrafas de vinho vão se quebrar.

– Odeio eventos de família.

Alexa pediu paciência aos céus. Ele parecia uma criança, arrastando os pés e insistindo para ficar em casa com seus brinquedos em vez de visitar os parentes.

As duas semanas anteriores haviam sido relativamente tranquilas, exceto pelas reclamações rabugentas de Nick em relação à data festiva que se aproximava. Maggie explicou que passar o Dia de Ação de Graças na casa dos Ryan era uma experiência que se assemelhava mais a um pesadelo de Dia das Bruxas e por isso Alexa deixou Nick reclamar à vontade – mas não o liberou de ir com ela à casa de sua família.

– Não temos escolha – disse ela. – Já que somos casados, as pessoas esperam que a gente apareça para jantar. Em todo caso, não vai haver muita gente lá.

Nick deu uma risada sarcástica.

– Vou ficar entediado.

– Encha a cara, então.

Ele fez uma careta e jogou o carro na entrada da casa. No banco de trás, a pilha de bolos e tortas e garrafas de vinho fez barulho, mas continuou intacta. Ela abriu a porta e saiu do carro, esticando as pernas. O frio de novembro, característico de Nova York, subiu pelas pernas de Alexa, atravessando as grossas meias-calças que ela vestia por baixo da minissaia. Ela estremeceu olhando os carros já estacionados perto da casa de seus pais e disse:

– Sabia que a gente ia acabar se atrasando.

A expressão de Nick mudou, ficando mais suave e íntima. Seus profundos olhos castanhos brilhavam, evocando as memórias recentes daquela manhã, do calor entre o emaranhado de lençóis, dos gemidos e longos beijos molhados. O corpo dela reagiu de imediato: seus mamilos sensíveis despontaram no suéter roxo, e um ardor faminto cresceu entre suas coxas.

Nick correu um dedo pela maçã do rosto dela e traçou de leve o contorno de seu lábio inferior.

– Eu fui bem claro esta manhã ao perguntar se você queria continuar.

Alexa corou, dizendo:

– Você nem devia ter começado. Sabia que a gente ia chegar tarde.

– Eu acho que a gente podia dar uma desculpa e passar o dia inteiro na cama hoje. – O murmúrio grave de Nick provocou um arrepio em Alexa. – O que acha?

– Acho que você está tentando me subornar.

– Está funcionando?

– Não. Agora vamos. – Alexa o ouviu rindo atrás dela. Ele sabia que era mentira. Ele nunca deixava de ser uma tentação para ela. Mesmo após duas semanas de sexo regular, Alexa nunca se fartava de seu marido, e um dia inteiro na cama com ele seria o paraíso.

Ela pegou as tortas e ele levou o vinho. Ao passar pela porta, que estava aberta, eles foram imediatamente engolidos pelo caos familiar: após uma sucessão de cumprimentos entusiásticos, alguém enfiou bebidas em suas mãos e logo havia mil conversas acontecendo ao mesmo tempo.

– Oi, mamãe – disse Alexa, beijando Maria. Foi envolvida pela nuvem úmida e cheirosa de calor que preenchia a cozinha. Ela inspirou, apreciando o aroma do peru recheado, e disse: – O cheiro está ótimo. E você está muito bonita.

– Obrigada. É incrível como pagar a hipoteca alivia o estresse.

O medo percorreu todo o corpo de Alexa, e ela se inclinou, dizendo:

– Mãe, por favor, nem toca no assunto. Lembra do nosso trato?

Maria suspirou e disse:

– Claro que lembro, minha filha. É só que eu fiquei tão agradecida que é estranho não dizer nada.

– Mãe!

– Ai, tá bem. Minha boca é um túmulo. – Maria deu um beijo rápido na filha e foi arrumar a bandeja de antepasto.

Alexa pescou uma azeitona verde entre os petiscos e disse:

– Pode deixar que eu levo lá para fora.

– Vê se não come tudo no caminho. Onde está o Nick?

– Conversando com o papai na sala.

– Que Deus nos ajude.

Alexa sorriu e foi se juntar ao marido. Ele pegou uma azeitona preta; "Típico", pensou ela. Nick gostava de azeitona preta, e ela, de verde. Eram opostos em muitos aspectos, e em outros, viviam em perfeita sintonia.

A sobrinha de Alexa entrou correndo na sala. Seus cabelos loiros batiam nos ombros, e as pernas e os pés, sem as meias-calças e os sapatos, estavam à mostra em seu vestidinho verde de festa, de veludo, com uma saia com babados delicados que a deixava parecida com uma princesa-fada. Taylor se atirou nos braços de Alexa, que pegou a sobrinha com facilidade e a acomodou na lateral do corpo, segurando-a junto ao quadril.

– E aí, fedelha?

– Tia Al, eu quero sorvete!

– Agora não pode, só depois do jantar.

– Tá. Então eu quero uma azeitona.

– Verde ou preta?

Ela fez uma careta, terrível como só uma criança pequena é capaz de fazer, e disse:

– Ai, verde não, eca!

Alexa rolou os olhos ao ver a expressão de triunfo no rosto do marido. Nick pegou uma grande azeitona preta com a ponta dos dedos e disse:

– Essa menina tem um bom gosto extraordinário. Aqui está. – Ofereceu-a a Taylor, e a menina comeu com gosto. – Está boa?

– Hummmm – disse Taylor. – Já posso tomar o sorvete agora?

Alexa riu e disse:

– Só depois do jantar, tá? Agora vai lá, fala para a sua mamãe acabar de pôr a sua roupinha.

– Tá.

Taylor saiu correndo e os adultos continuaram a rir, beber e comer juntos.

Alexa notou que seu marido acatou sua sugestão e começou a beber cedo. Não repousava o copo de uísque com soda em momento algum, trazendo-o sempre nas mãos. Assentia com educação quando conversavam com ele, mas o ar distante em seu rosto a fez sentir um aperto no coração. E então os olhos dele encontraram os dela.

Fogo.

O ar em volta deles ficou carregado e ele ergueu uma sobrancelha, apontando com um movimento de cabeça para um dos quartos.

Ela balançou a cabeça e riu. E então, girando nos calcanhares, foi procurar seus primos.

• • •

Nick ficou observando a esposa em sua interação próxima com sua família. Lembrou-se das datas festivas em sua própria casa: a mãe bebia enquanto o pai dava em cima de todas as outras beldades presentes. Lembrou de conseguir beber e fumar escondido porque, no fundo, ninguém se importava. Lembrava-se do peru preparado pela empregada, presente apenas para cumprir as aparências, e dos presentes de Natal que seus pais nunca faziam questão de vê-los abrir.

Os McKenzie eram diferentes. Por baixo do caos reinante havia um carinho genuíno. Até Jim parecia pertencer àquele ambiente novamente, apesar do tempo que a irmã de Maria devia ter levado para perdoar o cunhado. A família de Alexa fora separada, mas haviam enfrentado a tormenta juntos e agora pareciam ainda mais unidos.

Nick tinha de se esforçar para representar bem o papel de marido recém-casado e não ser engolido pela mentira que ele e Alexa haviam criado. Aquela não era sua família e ele não podia esquecer que todos só o estavam tolerando por causa de Alexa. Uma dor incômoda pressionava seu peito, mas ele a ignorou. Claro, todos pareciam aceitá-lo, mas era apenas porque acreditavam que o casamento era real. Como todo o resto, a aprovação deles também terminaria.

Se era inevitável, então melhor que Nick se acostumasse à ideia de uma vez.

Jim deu dois tapinhas em suas costas e chamou o irmão:

– Charlie, você ouviu falar do projeto que Nick está fazendo para a margem do rio?

Tio Charlie concordou com a cabeça.

– A firma dele é uma das poucas que permanecem no leilão para renovar todos os prédios da área. Coisa grande. – Jim estufou o peito, orgulhoso, e disse: – Agora posso me gabar de ter um filho médico e um filho arquiteto. Nada mau, não?

Tio Charlie concordou e eles se puseram a fazer várias perguntas a Nick a respeito de sua carreira. Dentro dele, uma inquietação crescia. Dava suas respostas, mas o alto muro que ele usava para esconder suas emoções vibrava em alerta. Jim falava dele como se fosse seu filho de verdade, como Lance, e não apenas seu genro. Maria havia reparado quais eram suas comidas preferidas e as apontava para Nick, sorrindo ao ver que o genro corava com esse ato de carinho. Tio Eddie convidou-o a ir à sua casa ver o jogo dos Giants em sua TV de tela plana nova, parecendo encantado por ter mais um homem na família.

Nick precisava arejar a cabeça, por isso pediu licença e percorreu o corredor à procura de um banheiro. Ao passar por um dos quartos, entreviu um grupo de mulheres conversando e rindo. Alexa estava entre elas com um bebê nos braços (filho de uma das primas, presumiu ele) e ninava o pequeno de um lado para o outro, com uma graça feminina natural. As mulheres conversavam em sussurros, e ele entreouviu o fim de uma frase, que terminava em "sexo fantástico" quando chegou à porta e se deteve.

O grupo parou de falar e o encarou, em silêncio.

Nick se remexeu, desconfortável, constrangido pelo olhar atento das primas de Alexa.

– Ah, oi. Eu só estava procurando um banheiro.

As mulheres assentiram com a cabeça, mas não aliviaram a vigilância. Por fim, Alexa disse:

– Pode usar o banheiro da suíte no fim do corredor. E feche a porta ao sair, tá, amor?

– Claro. – Nick fechou a porta, mas isso não o impediu de ouvir mais risadinhas vindo de dentro do quarto, e, de repente, todas explodiram em gargalhadas histéricas. Nick sacudiu a cabeça e continuou seu caminho.

Foi interrompido por Taylor no meio do corredor.

– Oi.

– Oi – respondeu ele. Os grandes olhos dela estavam sérios, e ele engoliu em seco, pensando se passar direto pela menina seria de bom tom, ou se deveria dizer algo a ela.

– Humm, estava só procurando o banheiro.

– Eu também quero fazer xixi – anunciou ela.

– Oh. Ah, tudo bem, por que você não vai procurar a mamãe?

– Ela não está aqui. Eu quero muito fazer xixi. Me leva.

Taylor segurou a mão de Nick com sua mãozinha e ele entrou em pânico. Estava fora de cogitação levar uma criança pequena ao banheiro. De jeito nenhum. Ele não saberia o que fazer. E se algo desse errado? Ele deu alguns passos para trás e balançou a cabeça, dizendo:

– Aah, Taylor, melhor pedir para a tia Alexa te levar.

O rostinho dela se contorceu, e ela disse:

– Mas eu preciso muito ir. Agora.

– Espere aqui, tá?

Ele se virou e bateu à porta onde estavam as mulheres. Mais uma vez, pôde ouvir através da porta que o quarto ficou em silêncio.

– Quem é?

– É o Nick. Ah, Alexa, sua sobrinha precisa fazer xixi.

Pausa.

– Estou ocupada agora, amor. Vai com ela, tá? Vai ser rapidinho. – Nick ouviu um murmúrio baixo e risinhos abafados. Nick recuou, recusando-se a admitir para o bando de mulheres julgando cada um de seus movimentos que não era capaz de resolver a situação. Voltou-se para a menininha e disse:

– Dá para segurar só um pouquinho? Vou chamar a vovó.

Taylor balançou a cabeça, sacudindo os cachos loiros, ficou dando pulinhos no mesmo lugar.

– Eu preciso ir agora, por favor, por favor, me leva!

– Só um minuto. – Nick correu pelo corredor e entrou na cozinha, onde Maria estava brigando para rechear o peru. Ele chamou: – Maria?

– Sim, Nicholas?

– Hã, a Taylor precisa ir ao banheiro e está pedindo para você ir com ela.

Ela limpou o suor da testa com as costas da mão e voltou ao trabalho, dizendo:

– Agora eu não posso ir. Você pode levá-la? Vai ser rapidinho.

Nick se perguntou o que aconteceria se ele começasse a chorar. O horror da situação estava bem claro agora, e ele percebeu que não teria escolha: teria de levar Taylor ao banheiro ou ela faria nas calças e então diria a todos que ele não ajudara e aí, sim, ele estaria encrencado.

Voltou correndo e encontrou-a pulando num pé só.

– Tá bom, vamos. Segura mais um pouquinho. Só um pouquinho. Só um pouquinho. – Nick ficou repetindo a mesma frase como um mantra ao abrir a porta e levantar a tampa da privada. Ela levantou o vestidinho e aguardou, e ele entendeu que ela precisava de ajuda com a roupa de baixo. Fechou os olhos e puxou as calcinhas para baixo, e então pegou Taylor pelos braços e a pôs sentada no vaso. Ela suspirou de alívio e o som estável do líquido atingindo a água indicou que estava tudo certo. Nick ficou confiante de novo. Conseguira lidar com a menina pequena. Não havia o que temer agora.

– Quero sorvete.

Ah, merda.

– Você pode comer sorvete depois do jantar. – Nick recitou as palavras de Alexa que haviam funcionado tão bem.

– Mas eu quero agora.

Ele respirou fundo e tentou de novo:

– Você vai tomar o sorvete, vai mesmo. Só tem de esperar mais um pouquinho, tá?

O lábio inferior dela tremeu, e ela choramingou:

– Eu quero agora. Eu já esperei e esperei, e juro que vou comer tudinho no jantar se você me der sorvete agora. Por favor, vai?

Nick ficou boquiaberto com o pedido tão sincero. O que deveria fazer? Lembrou-se de que era um empresário de sucesso. Não seria difícil lidar com uma menininha. Com a voz firme, disse:

– Primeiro, o jantar. Depois, o sorvete. Você tem de obedecer a mamãe e a tia Alexa.

O beicinho de Taylor tremelicou mais ainda, e lágrimas encheram seus olhos azuis de boneca.

– Mas mamãe e tia Al e vovó nunca me escutam. Eu juro, juro, juro que vou comer tudo, mas eu quero sorvete agora. Você pode pegar um pouco escondido e eu como aqui mesmo e prometo que não vou contar pra ninguém. Você vai ser o meu melhor amigo em todo o mundo e para sempre. Por favor!

Ele se revirou com o desespero da situação e se agarrou às suas armas:

– Não posso.

Taylor começou a chorar.

A princípio, Nick achou que conseguiria aguentar. Ela choraria, ele acalmaria a menina e a levaria de volta para a mãe, mostrando que era o adulto e em controle da situação. Mas ela abriu a boca e chorou de soluçar, lágrimas escorrendo por suas bochechas lisas e rosadas. Os lábios dela se contorceram, e ela parecia tão infeliz que Nick não conseguiu mais aguentar. Implorou para que ela parasse, e quando isso não adiantou, ele fez a única coisa que podia fazer:

– Tá bom, eu pego sorvete para você.

Ela fungou, graciosa, e pequenas lágrimas se equilibravam em seus longos cílios loiros e marcavam suas bochechas.

– Eu espero aqui.

Ele a deixou sentadinha no vaso e voltou ao corredor. Achou que encontraria algum outro adulto que pudesse impedi-lo, mas conseguiu chegar até a cozinha, onde reinava o caos. Abriu o *freezer* e achou um picolé. Parou e esperou que alguém o contivesse.

Nada.

Então, ele tirou a embalagem do picolé, pegou um guardanapo e voltou ao banheiro.

Taylor ainda estava no vaso.

Ela esticou as mãozinhas para pegar o sorvete e abriu o sorriso mais doce que Nick já vira na vida. Seu coração se derreteu quando ela olhou fundo em seus olhos e prometeu seu mundo inteiro a ele:

– Obrigada. Você é meu mais melhor amigo novo!

Nick sentiu-se orgulhoso enquanto ela saboreava o sorvete. Crianças estavam sempre com fome de qualquer jeito, então ele tinha certeza de que ela não deixaria de jantar, mas achou melhor deixar tudo às claras e disse:

– Ah, Taylor?

– Que foi?

– Não esquece que o sorvete é nosso segredinho, tá? Fica entre você e eu.

Ela concordou, muito séria.

– Emily e eu temos uma porção de segredos. Mas não posso contar para ninguém.

Ele concordou, satisfeito.

– Isso mesmo. Não pode contar os segredos a ninguém.

Houve uma batida na porta:

– Nick, você está aí?

– Pode ir embora, Alexa, está tudo bem. Já estamos saindo.

Taylor gritou:

– Adivinha, tia Al? Estou comendo sorvete!

Nick fechou os olhos. Ninguém consegue partir um coração melhor do que as mulheres.

A porta se abriu, e Nick imaginou a cena aos olhos de Alexa. Taylor no vaso, comendo um picolé, enquanto ele estava abaixado no banquinho ao lado dela, segurando um bolo de papel higiênico.

– Ah, que merda.

– Merda, merda, merda, merda – repetiu Taylor, animadamente. – Olha o meu sorvete, tia Al! Foi ele que me deu! Ele é meu novo melhor amigo.

Nick esperou uma explosão. Uma gargalhada. Qualquer coisa que não fosse o silêncio. Quando ele criou coragem e olhou para cima, viu que Alexa o olhava com incredulidade, choque e alguma outra emoção que ele não conseguia discernir. Algo parecido com ternura.

Ela pigarreou e voltou à realidade.

– Desta vez você passou dos limites, fedelha. Dá mais uma mordida e me passa isso aqui.

– Tá.

Nick se perguntou por que ela não discutiu com Alexa, mas achou melhor dar graças aos céus. Sua esposa embrulhou o resto do picolé em papel higiênico e pôs tudo no fundo da lixeira. Empurrou Nick para o lado e pegou o papel higiênico das mãos dele para limpar Taylor, depois pôs a calcinha no lugar, acertou o vestido, lavou as mãos de ambas e limpou o resto de evidência do sorvete que havia ao redor da boca da menina.

E então Alexa saiu do banheiro com uma menininha muito feliz e um adulto muito confuso. Abaixou-se e disse algo no ouvido de Taylor. A menina assentiu e foi procurar os outros convidados da festa.

– O que você disse? – perguntou Nick.

Alexa sorriu como quem já tinha prática em situações como aquela e disse:

– Eu falei que, se ela pensasse em contar para alguém sobre o sorvete, eu nunca mais traria nada de gostoso para ela comer. Pode acreditar, estamos a salvo.

– Você não está brava?

Ela se virou, encarando-o.

– Por que estaria? Você não faz ideia de quanta comida eu já contrabandeei para essa menina. Ela chorou, né?

O queixo dele caiu.

– Chorou. Como você sabia?

– Acontece comigo o tempo todo. Você não tinha a menor chance contra ela. Ah, e mais uma coisa.

– O quê?

– Eu estou absurdamente excitada agora, e você vai descobrir o quanto assim que chegarmos em casa.

Pasmo, Nick disse:

– Você está de sacanagem.

Ela o puxou e deu um beijo, daqueles bem íntimos, de fazer ouvir sinos, com bastante língua, de fazer os dedos dos pés se contraírem. Afastou-se com um sorriso e disse:

– Sacanagem é o que eu vou fazer com você mais tarde.

Desfilou para fora do quarto, deixando-o sozinho com uma ereção e uma expressão perplexa no rosto.

Mulheres.

• • •

Duas semanas depois, Nick se perguntava se todos os poderes de um homem simplesmente desapareciam depois de fazer sexo com uma mulher.

Sua última reunião com Conte o deixara seguro de que uma decisão final seria tomada até o primeiro dia do ano seguinte, daqui a apenas alguns dias. Ele tivera de se conter durante toda a conversa, já que o homem imediatamente perguntara por Alexa, mas achava que havia lidado bem com a situação. Os investidores haviam informado que o páreo estava entre Nick e StarPrises, uma grande companhia com sede em Manhattan. Drysell, graças a Deus, decidira apoiá-lo com entusiasmo, e agora eles chegavam à batalha final. Infelizmente, Nick não fazia ideia para que lado a balança pendia, e isso o deixava muito nervoso.

Ansiava por chegar em casa e ter um jantar calmo e acolhedor, ver o jogo dos Giants e ir para a cama com sua esposa. Sem nenhuma intenção de dormir. Ao abrir a porta, Nick pisou forte para sacudir a neve grudada em seus sapatos e entrou em casa. Estava se perguntando quanto tempo levaria para jantar e descobrir o placar final do jogo para, então, passar à parte realmente importante da noite, quando pisou em uma pilha de cocô de cachorro.

Soltou um urro exasperado e levantou o sapato. Couro italiano costurado à mão, agora com uma mancha num tom marrom diferente do que deveria. Seu belo assoalho de madeira, todo sujo. Em vez do aroma de comida cozinhando, Nick só sentia o fedor. Ele queria matá-la.

– Alexa!

Ela veio correndo da cozinha, ruborizada por culpa ou vergonha, e então se deteve. Uma sombra comprida e magricela vinha em seu encalço. Os olhos de Nick se estreitaram à visão daquele pulguento que agora assombrava seus sonhos. E decidiu que, com ou sem sexo, aquela mulher não estaria mais no controle.

– Ele vai embora. Agora.

– Mas...

– Estou falando sério, Alexa. Pelo amor de Deus, quero esse cachorro fora da minha casa. Olha o que ele fez.

Ela desapareceu por um instante, e logo estava limpando a bagunça com uma sacola de lixo e um bolo de papel-toalha. Ele tirou o sapato com cuidado e se afastou, observando a esposa empregar energia igual tanto à tarefa quanto às suas justificativas:

– Só me escute, por favor. Sei que não podemos ficar com ele, não vou nem tentar te convencer disso, mas o canil me ligou hoje, avisando que o tempo dele acabou. Ele seria sacrificado hoje. Não sei por que ninguém o quis, ele é um amorzinho e, se ele puder ficar aqui por um ou dois dias, prometo encontrar uma casa para ele.

A sombra estava parada à porta da cozinha, observando tudo com olhos amarelos que não refletiam qualquer emoção enquanto o cão aguardava seu veredito. Nick rosnou com escárnio.

– Ninguém o quis porque ele é o cachorro mais feio que eu já vi. E ele pode ser perigoso.

Ela ofegou e disse:

– Ele é um docinho, mal sabe rosnar. O pessoal do abrigo o encontrou em uma estrada deserta com a patinha quebrada. Acham que ele foi atirado de um carro em movimento.

Merda.

– Eu sei que ele é meio bagunceiro, mas acho que ele é inteligente e que ninguém nunca o adestrou. Ele vai ficar no quarto dos fundos e vou manter tudo limpo e prometo que ele vai estar fora daqui em alguns dias. Por favor, Nick, por favor, me dê só mais alguns dias.

Irritado com o pedido da esposa e com sua própria reação, Nick descalçou o outro sapato e foi até o cachorro. Como se estivesse desafiando o bicho, postou-se à frente dele e esperou ver algum traço de violência ou mau comportamento que lhe desse uma desculpa para expulsá-lo.

Em vez disso, nada aconteceu. A cauda não abanou, a cabeça não se abaixou, nada de rosnado. Só... *nada*... vindo de um par de olhos amarelos e vazios.

Um arrepio percorreu a espinha dele, e ele se afastou do cachorro, dizendo a si mesmo que aquilo não o afetaria.

– Só alguns dias. E estou falando sério.

Ela pareceu tão aliviada e agradecida que Nick ficou se perguntando se ele, afinal, não teria algum poder sobre ela. Decidiu aumentar um pouco sua vantagem, dizendo:

– Você fez algo para o jantar?

– Sim, está quase pronto. Filé de salmão com vegetais e arroz pilaf. O vinho está refrescando na geladeira. A salada está pronta. Pode assistir ao jogo dos Giants e relaxar.

Nick inclinou a cabeça, impressionado por ela saber exatamente o que um homem gosta de receber de sua mulher cada vez que ele cede a um de seus caprichos. Decidiu abusar um pouco mais:

– Acho que vou tomar um banho antes do jantar.

– Pode ir, eu levo uma taça de vinho para você daqui a pouco. Você pode até comer na frente da TV, se quiser.

– Talvez eu faça isso.

Prestativa, Alexa pegou o paletó dele e o conduziu até as escadas. Nick decidiu que a gratidão dela valia o incômodo de passar alguns dias com o cachorro. Com esse pensamento agradável, entrou em seu quarto e se despiu.

• • •

Alexa levou seu novo cachorro temporário para o quarto dos fundos, que ela cobrira com lençóis velhos e rasgados que trouxera de seu apartamento. Deixou comida e água fresca, e plantou um beijo no topo de sua cabeça. Sentiu um aperto no coração ao perceber que ele nunca abanava a cauda. Nem uma vez sequer. Havia algo naquele cão que a afetava mais do que de costume, mas por ora ela estava contente por ter mais tempo para encontrar um lar feliz para ele.

Agora era hora de bajular seu marido.

Serviu uma taça de vinho e subiu. O som do chuveiro ecoava no corredor, e a deliciosa antecipação aqueceu Alexa por dentro. Ela mal pensou em fazer amor com Nick e já sentia um calor úmido crescer entre suas coxas. O bico de seus seios estava rígido e sensível quando ela abriu a porta do banheiro e entrou na nuvem de vapor. Deixou a taça na pia e se despiu.

– Amor, seu vinho está aqui na pia.

Ouviu a voz dele abafada:

– Obrigado.

Ela abriu a cortina do banheiro, entrou no amplo box de mármore e sorriu:

– De nada.

O pobre homem ficou desnorteado, como se tivesse levado uma pancada na cabeça.

Alexa aproveitou a chance e envolveu o pescoço dele com os braços. Os músculos dele, molhados e escorregadios, se apertaram contra as curvas dela; seus contornos bem desenhados e sua pele coberta de pelos deixaram Alexa fora de si. Ela nunca se fartava do corpo dele. Percebeu que nunca haviam entrado no chuveiro juntos, nunca haviam chegado àquele grau de intimidade antes, mas ele parecia perfeitamente contente com a situação.

Contente até demais.

Em questão de segundos, Nick já ostentava uma ereção latejante. Soltou um grunhido gutural do fundo da garganta e a puxou para si, tomando a boca de Alexa na sua, provando, exigindo e instigando.

Dominada pelo desejo, a língua dele entrava e saía da boca dela sem muita elegância, e Alexa enterrou as unhas na pele molhada das costas dele, agarrando-se como podia ao corpo escorregadio. A água do chuveiro caía sobre eles como uma cachoeira, e o cabelo dela pingava em seu rosto. Ela corria as mãos pelo corpo dele, retribuindo o beijo, e então se afastou e se ajoelhou na frente dele.

– Alexa...

– Fica quieto.

Ela abriu os lábios e o pôs inteiro na boca. A água banhava sua cabeça e suas costas, e ela correu a língua pelas linhas bem definidas do pênis de Nick, deliciando-se com seu gosto, sua textura e seu prazer, evidenciado pelas palavras indecentes que ele murmurava.

Nick a puxou de volta em um movimento desesperado, afastou as pernas buscando melhor apoio e a ergueu, puxando-a para junto de seu peito. Parou por um instante para olhar fundo em seus olhos e então desceu o corpo dela com força, penetrando-a com sofreguidão.

Ela ofegou. Ele pulsava dentro dela, e seus músculos se contraíam de maneira convidativa. Um desejo intenso a dominou por dentro, enquanto ele a segurava pelos quadris, movendo-a energicamente para cima e para baixo. Ele se movia com intensidade crescente e Alexa gemeu alto e mordeu o ombro dele; jogou a cabeça para trás e sacudiu o cabelo molhado, gritando e gozando com Nick dentro dela.

Ele a seguiu no êxtase até que Alexa desabou sobre ele, joelhos e pernas trêmulos. Ela se acomodou contra o peito dele, cobrindo-o de beijos e ronronando de satisfação. Nick a abraçou e a manteve ali durante um longo tempo, ambos banhados pela água morna do chuveiro. Quando ela finalmente levantou a cabeça, ele arrumou seus cabelos negros.

– Pode ficar com o cachorro por uma semana.

Ela riu e traçou os contornos do rosto dele com os dedos. Alexa adorava a expressão no rosto de Nick quando ele relaxava e se divertia com ela, adorava cada pedacinho teimoso daquele homem que era seu sócio e seu marido e muito mais.

– Não foi pelo cachorro que eu fiz isso. Minhas razões eram puramente egoístas.

– Meu tipo de mulher.

– Trouxe vinho para você e o jantar está pronto.

Ele não disse nada, ficou apenas olhando para ela. Ela não pôde acreditar quando sentiu seu coração se acelerar e seus mamilos se endurecerem mais uma vez, e sentiu-se quase envergonhada. Fez menção de se afastar dele, mas ele a impediu, um sorriso lascivo crescendo em seu rosto. Ele escorregou a mão até o baixo ventre de Alexa e pressionou um dedo em sua abertura.

Logo Alexa estava sem fôlego enquanto ele acariciava seu clitóris, que pulsava entre seus dedos. Ela se agarrava aos ombros dele e balançava a cabeça, como se negasse silenciosamente o poder que ele tinha sobre ela.

– Não, eu não posso...

– Pode, sim, Alexa. Mais uma vez.

Nick mergulhou o dedo bem fundo dentro dela, moveu-o para a frente e para trás entre os lábios intumescidos, e os quadris de Alexa se ergueram, convidando-o a possuí-la, Nick afastou as pernas dela e a preencheu com seu membro ereto. Ela o cavalgou com uma entrega que jamais havia concedido a nenhum outro amante, e depois, enquanto seu corpo ainda se contorcia em espasmos de prazer, ele a abraçou, fechou a torneira e a secou com delicadeza. Seus gestos eram carinhosos, mas seus olhos pareciam esconder algum tipo de emoção. Ela compreendia sua necessidade de manter seus segredos e aceitou o que ele podia lhe dar naquele momento com uma avidez tão intensa que a surpreendeu. No entanto, era melhor que ele não soubesse. Era melhor que ele nem desconfiasse da intensidade de seus sentimentos por ele, do segredo que ela sempre suspeitara ser verdade e que agora finalmente admitia para si mesma.

Ela o amava.

Amava-o por inteiro. Cada pedacinho dele, as partes boas e as ruins, seu amigo e seu amante, seu parceiro e seu rival. Queria passar o resto da vida com ele e se entregar por completo, mesmo que soubesse que ele não correspondia a seus sentimentos. Ela relegou essa certeza a um lugar secreto dentro de si e percebeu que aceitaria aquilo que ele resolvesse dar, mesmo que nunca fosse o suficiente.

Ela o beijou, sorriu e deixou a tristeza longe de seu rosto.

– Pronto para o jantar?

Uma expressão intrigada surgiu no rosto dele, como se soubesse que ela escondia algo importante, mas ele retribuiu o sorriso e disse que sim, estava pronto para jantar.

Pegou a mão dela e a levou para fora do banheiro.

• • •

– Cai fora.

O cachorro só olhou para ele, sem expressão. Nick via a neve cair através da janela e consultou seu relógio mais uma vez. A BookCrazy havia fechado horas atrás e Alexa ainda não estava em casa. A neve piorava as condições das estradas cada vez mais, e a previsão meteorológica indicava que uma nevasca estava se aproximando. Todos estavam empolgados com a possibilidade de um clássico Natal branco, com a neve caindo lá fora. Nick não fazia a menor questão disso; só queria que as estradas fossem limpas e que o fornecimento de energia não fosse afetado.

Fez uma careta ao lembrar de Alexa chamando-o de Scrooge, de *Um conto de Natal*. Ela o deixava louco com seu espírito festivo, decorando a casa, insistindo em arrumar uma árvore de verdade e até fazendo biscoitos natalinos. Biscoitos que tinham uma aparência melhor do que o gosto; quando ele disse isso, ela atirou um biscoito nele. Pelo menos o cão limpara todas as migalhas do chão.

Nick olhou a porta de entrada mais uma vez. O cachorro magrelo espreitava a um canto, olhando-o com aqueles olhos amarelos. A semana estava quase acabando e o pulguento finalmente iria embora. Nick não gostava da forma com que o cachorro o seguia pela casa toda e observava, atento, cada um de seus movimentos. Não agia como um cachorro normal que latia e abanava o rabo e se babava todo ao beber água. Em vez disso, parecia um fantasma. Alexa o forçava a comer e a beber, e o ensinara a sair para passear. O cão aceitava tudo, mas seus olhos continuavam sempre distantes, como se aguardasse que a realidade verdadeira se revelasse. Como se esperasse ser jogado de novo de um carro em movimento na estrada. Sozinho.

Nick sacudiu a cabeça, perturbado pelo arrepio que percorreu sua espinha. Nos últimos dias, andava sonhando com o cachorro que Jed tirara dele, pesadelos que o atormentavam até o momento em que ele buscava a esposa no meio da madrugada e a proximidade dela exorcizava as imagens persistentes. Percebeu que vinha fazendo muito isso: perdendo-se no corpo dela, até que o frio que ele carregava dentro de si fosse sobrepujado pelo calor de seu corpo e de sua presença.

Nick ouviu o Fusca amarelo parar na frente da casa e foi banhado pelo alívio. Ela escancarou a porta da frente e bateu os pés à entrada para tirar a neve das botas, rindo e se divertindo com os flocos de neve que caíam de seus cabelos.

– Não é ótimo? Vai ter outra nevasca na semana que vem, então talvez a gente tenha um Natal branco.

– Por que chegou tão tarde?

Tirou o casaco, fez uma cara provocante e disse:

– Você estava preocupado?

– Não. Mas semana passada eu te avisei que você precisa trocar os pneus do seu carro. Você já fez isso?

– Ainda não.

– Não pode dirigir na neve com pneus ruins. Já te disse para deixar seu carro na oficina e usar o BMW por um tempo.

Ela franziu o nariz e disse:

– Odeio o BMW, me deixa nervosa. Além do mais, já dirigi em condições piores com carros piores. Oooh, que quentinho gostoso. – Ela foi aquecer as mãos perto da lareira e espirrou. – Droga de resfriado que nunca passa. Temos algum vinho festivo para hoje? Acho que vai passar A *felicidade não se compra* às nove.

Ele desdenhou de sua tentativa óbvia de ignorar seu conselho e disse:

– Esse filme é muito cafona. E você está doente há dias. Precisa ir ao médico.

– Não tenho tempo. Essa época de festas é o período mais cheio da loja.

– Eu te levo amanhã. Depois deixo você na loja e troco os pneus do carro. Na verdade, você devia era se livrar daquela lata velha e comprar um carro novo.

– Fácil para você falar, Riquinho. Não tenho dinheiro para comprar um carro novo agora e, no fundo, eu gosto do meu Fusca.

– Eu compro para você.

– Obrigada, mas não quero.

Seus nervos se crisparam de frustração. Ela sempre dizia em alto e bom som que o motivo para ter se casado com ele fora o dinheiro. Então por que não aproveitar o que ele oferecia? Ele havia oferecido sua consultoria para o café. Um carro novo. Uma droga de um guarda-roupa novinho, embora, para ele, ela ficasse perfeita até vestindo um saco de batatas. Todas as outras pessoas em sua vida se agarravam ao dinheiro dele e, para Nick, essa era mesmo a coisa mais fácil de oferecer. Mas não Alexa. Recusava-se a aceitar até mesmo um centavo além do que fora especificado no contrato e, ainda por cima, fazia-o sentir-se culpado por oferecer. Ele ficava maluco com ela.

– Você é minha esposa, e eu tenho o direito de te dar um carro.

– Um carro não está no contrato.

– Sexo também não.

Ele esperou que ela se irritasse, mas ela só riu e espirrou mais uma vez.

– Ok, você está certo. Ainda assim, eu aceito o sexo, mas não o carro.

Ele foi até ela, pisando forte, e o cachorro se encolheu num canto.

– Então aceite o carro como um presente.

– Se quiser me dar um presente, pode me dar flores, mas eu não vou trocar de carro. Que bicho te mordeu hoje? Quanto mau humor...

– Não estou de mau humor – respondeu Nick, ficando ainda mais mal-humorado. Negar a acusação só serviu para confirmá-la. – Eu só quero fazer um agrado. Por que você não aceita?

Ela se agachou perto da lareira, tirando os sapatos, olhou para Nick e disse:

– Deixa ele ficar.

Ele se fez de desentendido.

– Quem?

– O cachorro.

– Alexa, eu te dei o tempo que pediu. Você prometeu que ele estaria fora daqui na sexta-feira. Eu não quero um cachorro, e eu não quero *esse* cachorro.

Nick esperou o contra-ataque e preparou a razão e a lógica para ganhar a discussão que começaria a qualquer momento.

Em vez disso, ela assentiu com olhos tristes e conformados e disse:

– Tudo bem. Ele vai embora amanhã.

A culpa corroeu o estômago de Nick. Queria agarrar aquele cachorro e levá-lo de volta ao canil agora mesmo, mas, em vez disso, ficou olhando a esposa, que esticou os braços para fazer carinho no vira-lata. O feio cão amarelo foi se aproximando dela aos poucos até estar à sua frente. Com movimentos lentos, ela pôs a mão sob a mandíbula dele, acariciando seu pescoço enquanto murmurava palavras sem muito nexo. Depois de alguns instantes, os músculos trêmulos do cachorro relaxaram e suas orelhas caíram. Em pouco tempo, o cão estava deitado no colo dela, e ela acariciava seu pelo, que agora estava mais macio (graças ao banho que Alexa havia dado) e mais cheio (graças aos esforços dela para alimentá-lo).

Nick ficou olhando, estupefato, enquanto aquela cena se desenvolvia, uma mistura de passado e presente, uma disputa entre solidão e o medo da dor. E, pela primeira vez em semanas, o cachorro pareceu se render por um breve momento, deixando-se levar pelo carinho de alguém que dizia amá-lo.

E Nick viu o cão balançar o rabo.

O pequeno gesto passou despercebido por sua esposa, que se aproveitava do calor da lareira na companhia de duas almas feridas e perdidas. Ela se dava sem esperar qualquer benefício em troca, sem qualquer objetivo. Amor não era uma recompensa, e sim algo que ela trazia dentro de si e compartilhava com generosidade. Todas as noites ela se entregava a ele por completo, deixando-o possuí-la. A mulher com quem se casara era uma pessoa intensa e digna que o fazia se sentir ao mesmo tempo humilde e confuso, e ele percebeu naquele momento que a amava.

Nick estava apaixonado por sua esposa.

Ao compreender esse fato, Nick sentiu como se tivesse sido apanhado por uma onda na maré alta, revirado e arrastado para o fundo, para então voltar à tona, assustado e tossindo, sacudindo a cabeça e se perguntando que diabos havia acontecido. Alexa parecia alheia à situação de Nick, que, parado no meio da sala, via sua vida se desviar da rodovia principal e se enfiar em uma pequena estrada de terra, cheia de pedras e buracos e poeira. Desnorteado pela emoção, ele cambaleou para trás, como se pudesse se afastar de sua própria confusão.

Puta merda.

Havia se apaixonado por sua esposa.

– Nick?

Ele abriu a boca para responder, mas nada saiu. Ele engoliu e tentou de novo:

– Sim?

– Já que você não quer ver o filme, aceito sugestões. Pensei que a gente podia se encher de vinho na frente da lareira e ficar olhando a nevasca, mas se você está de mau humor, estou aberta a outras opções.

Ele acabara de passar pela maior crise de sua vida, e ela estava ali, falando de filmes. Nick fechou os olhos e tentou conter as emoções que incineravam sua última muralha, agora em escombros dentro dele. Como simpatizando com um companheiro ferido de guerra, o cão levantou a cabeça e observou.

E então Nick soube o que fazer.

Ele era inexperiente demais em emoções para conseguir expressá-las em palavras, confuso demais para entender o que fazer; esses sentimentos tão intensos se agitaram dentro dele até Nick sentir que explodiria caso não os revelasse, e só havia uma maneira de fazer isso.

Atravessou o quarto e se ajoelhou à frente dela. O cachorro grunhiu baixinho e saiu do colo dela, desaparecendo pela porta da cozinha. Alexa tinha uma expressão confusa quando ele tomou seu rosto nas mãos e observou-o, absorvendo cada detalhe e cada traço como se a estivesse olhando pela primeira vez. Deixou, então, que o abismo o engolisse, dizendo:

– Quero fazer amor com você.

• • •

Alexa ouviu as palavras do marido e sentiu o coração parar dentro do peito, e então retomar as batidas em um ritmo descontrolado. Sentiu que algo havia mudado, embora não conseguisse determinar o quê. Percebeu que eles haviam chegado a uma bifurcação e que ele estava escolhendo o caminho ainda desconhecido.

Desde o jantar na casa de Michael, haviam feito amor todas as noites. O sexo era às vezes lânguido, às vezes quente e selvagem. Ele sussurrava elogios e palavras lascivas em seu ouvido, dizia que ela era linda e que ele a desejava.

No entanto, Nick jamais havia olhado tão fundo em seus olhos, como se conhecesse quem ela era de verdade. Alexa se sentiu exposta aos olhos dele, como se suas camadas mais superficiais tivessem sido despidas uma a uma, revelando sua essência escondida por baixo delas. Mal conseguia respirar e esperou que ele recuasse.

Em vez disso, ele envolveu com as mãos as maçãs do rosto dela e disse, os lábios quase colados aos dela:

– Você é minha esposa e eu quero fazer amor com você.

E então beijou Alexa. Um beijo quente e delicado que aqueceu seu sangue, como mel sendo entornado sobre panquecas muito quentes, até que seu corpo se rendeu a ele e seus lábios se abriram e suas línguas se buscaram no ritmo mais antigo, dançado por homens e mulheres havia séculos.

Lentamente, Nick a deitou no tapete e tirou suas roupas, detendo-se para provar e tocar cada centímetro de pele revelada com uma reverência que a lisonjeava e excitava, fazendo-a querer cada vez mais.

Com autoridade silenciosa, ele afastou as pernas dela e se abaixou, abrindo com dedos delicados as dobras que escondiam seu sexo. E então ele a beijou, usando a língua e os lábios para conduzi-la perto de seu limite, ignorando os movimentos de Alexa que tentavam puxá-lo de volta para cima, até que ela chegou ao clímax, sôfrega com a intensidade do orgasmo, arqueando as costas sob o corpo dele. Ele segurou os quadris dela com firmeza e continuou beijando-a até ela engasgar nos próprios gemidos e implorar, implorar...

Nick se ergueu novamente e se posicionou à entrada de Alexa.

– Olha para mim, Alexa.

Ainda meio entorpecida, ela abriu os olhos e admirou o homem que ela amava com cada pedaço do seu ser, esperando que ele a possuísse, esperando aceitar tudo o que ele escolhesse dividir com ela.

– Sempre foi você. – Parou, certificando-se de que ela havia ouvido e entendido suas palavras. Seus olhos brilhavam com uma intensidade profunda e ele apertou os dedos dela, como se estivesse tentando falar além das palavras.

– E sempre será você. – E então ele se lançou dentro dela e ela gritou de prazer. Nick não tirou os olhos dos dela por um momento sequer, os dedos de ambos entrelaçados, e a penetrou com toda a sua extensão. Deixou-se dominar pelo movimento, e a cada vez que entrava em seu corpo, parecia exigir mais e mais de Alexa. Havia muito mais em jogo agora e ele estava determinado a conquistar o seu coração, dando tudo o que havia dentro de si, penetrando-a com movimentos lentos e regulares até ela se equilibrar, alucinada, na beira do precipício. Desta vez, quando ela chegou ao clímax, ele se entregou junto com ela, as mãos entrelaçadas o tempo todo. E quando eles voltaram a si, deitados perto da lareira, ele a tomou nos braços, beijou suas têmporas e eles apreciaram juntos o silêncio delicioso que se espalhava ao redor deles como a neve que caía preguiçosamente lá fora. Alexa entendeu que algo havia mudado entre eles, algo que ele ainda não era capaz de pôr em palavras. Agarrou-se com força às suas esperanças, apesar de amaldiçoar a si mesma por cogitar que ele poderia pertencer a ela algum dia.

Algum tempo depois, meio adormecida no calor delicioso do corpo de Nick, ela o ouviu sussurrar em seu ouvido:

– Pode ficar com o cachorro.

Desperta em um estalo, Alexa se perguntou se não havia entendido errado e disse:

– O quê?

– Meu presente para você. Pode ficar com o cachorro.

Estupefata, ela procurou palavras para expressar a importância do grande presente que ele havia acabado de dar a ela, e como acontecera com o próprio Nick, não encontrou nenhuma. Assim, ela sorriu e puxou o rosto dele ao encontro do seu, e expressou-se de outra maneira.

• • •

No dia seguinte, Nick olhou para a esposa muito doente e balançou a cabeça em reprovação, dizendo:

– Eu avisei.

Ela grunhiu e se virou, enterrando a cabeça no travesseiro. Tossiu com um som congestionado e disse:

– Não venha me dizer isso. E eu preciso demais daquele remédio milagroso.

Ele pôs uma bandeja no criado-mudo com canja, água e suco, e disse:

– Não mesmo. O médico me advertiu para não misturar com o antibiótico e o xarope para a garganta. E nada de spray nasal, também. Li um artigo sobre o assunto.

– Eu quero a minha mãe.

Ele riu e plantou um beijo em seus cabelos emaranhados.

– Vou deixar você com a TV e o controle remoto, uma caixa de lenços, um livro e o telefone. Descanse bastante, eu volto logo.

– Preciso ir para a livraria. A Maggie é péssima com os clientes.

– Ela vai se virar, não se preocupe. Pense em todos os homens que ela vai conseguir convencer a comprar mais livros. Agora tome a sua canja.

Ela murmurou algo enquanto ele fechava a porta.

Nick dirigia o Fusca com um ar satisfeito. Já que Alexa estava de cama, aquela era a oportunidade perfeita de trocar o óleo e os pneus do carro. Mais cedo, ele a levara ao médico, comprara os remédios e a acomodara sob os lençóis.

Uma parte dele olhava tudo do alto, observando que ele estava agindo como um marido. Um marido de verdade, não de mentira. O pior era a profunda satisfação que sentia com seu papel.

Deixou o carro na oficina, tirou os papéis do porta-luvas e se sentou para esperar o serviço ficar pronto. Na esperança de encontrar registros de outras idas à oficina, Nick examinou os papéis bagunçados.

Estacou ao ver a carta do banco rejeitando o pedido de empréstimo de Alexa.

Leu a carta e observou a data. Mais de um mês atrás. Bastante tempo após o casamento. Depois de receber o dinheiro de Nick. O que diabos significava aquilo?

Seu BlackBerry vibrou e, distraído, atendeu sem ver quem era.

– Alô.

– Já era hora de atender minhas ligações.

Lembranças o arrastaram de volta ao passado. Acostumado, seu coração ficou frio, assim como seu tom de voz.

– Jed. O que você quer?

Seu pai riu.

– É assim que meu próprio filho me recebe? Como vai?

Nick deixou a carta no colo e repassou a rotina de sempre.

– Estou bem. Já voltou do México?

– É, eu me casei.

Esposa número quatro. A mãe dele sairia de seu esconderijo para causar confusão – esse era o padrão usual. Ele e Maggie eram apenas peões que tornavam o jogo mais interessante. Nauseado, Nick o interrompeu:

– Parabéns. Escuta, estou sem tempo para bater papo, preciso ir.

– Tem algo que eu preciso conversar com você, filho. Me encontre para o almoço.

– Desculpe, estou ocupado.

– Só preciso de uma hora, no máximo. Arranje um tempo.

O alerta pulsava através do telefone. Nick fechou os olhos, contraindo as pálpebras com força ao lutar contra seus instintos. Era melhor encontrá-lo, para o caso de Jed estar planejando contestar o testamento de seu irmão e exigir alguma coisa em relação à Dreamscape. Mas que merda.

– Ok. Me encontre às três. Planet Diner.

Desligou o telefone e olhou a carta mais uma vez.

Por que Alexa mentiria sobre o motivo de querer cento e cinquenta mil dólares? Estaria envolvida em algo de que ele não suspeitara? Se seu empréstimo para a expansão da livraria havia sido rejeitado, para onde fora o dinheiro?

As perguntas formavam um redemoinho sem sentido em sua cabeça. Por algum motivo, ela não queria que ele descobrisse a verdade. Se o que ela queria era mais dinheiro, deveria ter pedido a ele que assinasse os papéis do empréstimo junto com ela e a aprovação seria certa. O que raios estava acontecendo?

Esperou o carro ficar pronto e foi até o escritório para ganhar tempo. Ligou para Alexa rapidamente para perguntar se ela ficaria bem até depois de seu almoço com Jed. Sentiu-se tentado a fazer algumas perguntas muito sérias, mas um outro pedaço dele ponderou se ele realmente queria saber a verdade. Talvez estivesse apaixonado por ela, mas nada mais havia mudado. Não poderia oferecer a estabilidade e os filhos que Alexa tanto desejava. Se ficasse com ela, não levaria muito tempo até que Alexa se ressentisse dele e passasse a odiá-lo. O pensamento o aterrorizava.

Jed estava sentado em uma mesa a um canto do restaurante. Nick estudou o homem que compartilhava seu sangue. O dinheiro e a vida mansa faziam bem a ele. O sol mexicano deixara seus cabelos mais claros, e seu rosto bronzeado dava-lhe uma personalidade que, na verdade, ele não tinha. Era alto e vestia-se bem, com roupas de grife. Hoje envergava um suéter Ralph Lauren vermelho, calças pretas e mocassins de couro. Seus olhos escuros mostravam traços de bom humor induzido pelo álcool. Devia ter tomado um drinque antes de confrontar o filho havia muito perdido. Ao sentar-se à sua frente, Nick constatou as semelhanças em seus traços e na estrutura de seu rosto. Estremeceu. Seu maior medo na vida estava sentado bem à sua frente: a possibilidade de acabar se tornando igual ao pai.

– Nick. É bom te ver. – Jed esticou a mão, apertou a do filho e passou os minutos seguintes flertando com a garçonete.

Nick pediu um café e perguntou:

– O que te traz a Nova York, Jed?

– A Amber é daqui. Vim visitar; aliás, estou pensando em voltar a morar aqui por um tempo. Comprar uma casa. Talvez eu e você possamos passar mais tempo juntos, que tal?

Nick testou a tranca da caixa em que guardava todas as emoções do passado, mas felizmente tudo estava no lugar. Não sentia nada. Respondeu:

– Por quê?

Jed deu de ombros.

– Achei que seria bom conviver mais com meu único filho. Já faz algum tempo, sabe. Como vão os negócios?

– Vão bem. – Nick provou o café e disse: – Sobre o que você queria falar comigo?

– Soube que você se casou. Parabéns. Amor, dinheiro ou sexo?

Nick piscou, confuso.

– Como?

Seu pai riu algo e respondeu:

– Por que se casou com ela? Eu me casei com a sua mãe por amor, e tudo acabou em uma confusão dos infernos. Esposas número dois e número três foram pelo sexo, e também deu errado. Mas me casei com Amber pelo dinheiro. Dinheiro e algum respeito. Sinto que desta vez será para sempre.

– Teoria interessante.

– Então. Qual é o seu caso?

Nick trincou os dentes e disse:

– Amor.

Jed riu e atacou suas panquecas, dizendo:

– Você está ferrado. Pelo menos o Tio Earl deixou uma senhora herança para você. Já me contaram tudo sobre isso também.

– Nem pense em contestar o testamento. Já está tudo acertado.

– Quanta arrogância. Sabe, acho que temos mais em comum do que você gosta de acreditar. Ambos gostamos de dinheiro, ambos gostamos de mulheres. Nada de errado nisso. – Jed apontou o garfo para o filho. – Não vim criar confusão. Tenho a minha própria fortuna, não preciso da sua. Mas Amber fica me enchendo o saco, dizendo que eu preciso me reaproximar dos meus filhos, e eu achei que todos podíamos almoçar juntos um dia. Sabe, eu, você, Maggie, Amber e os filhos dela.

O absurdo da situação deixou Nick sem fala por um momento. Pensou em todas as vezes em que implorara ao pai uma mísera conversa, quanto mais um almoço. E agora, por causa da pressão de sua nova esposa, Jed presumia que podia experimentar uma relação entre pai e filho. O gelo dentro de Nick foi arranhado por um traço de rancor. Tarde demais. Pior ainda – nem era com os filhos que Jed se importava.

Nick terminou seu café e disse:

– Agradeço a generosa oferta, Jed, mas estou fora. Nunca precisei de você, e não preciso de você agora.

A malícia brilhou nos olhos de seu pai, e ele disse:

– Você se acha muito melhor do que eu, não é mesmo? Um menino de ouro. Pois escute bem o que vou dizer, garoto: sangue é sangue, e logo você vai perceber que está fadado a cometer os mesmos erros que eu. – Rosnou as palavras seguintes: – Quer saber a verdade? Casei com a sua mãe por amor, mas ela só queria o meu dinheiro. Quando percebi a verdade, quis terminar tudo, mas já era tarde demais. Ela estava grávida. E eu fiquei preso com você.

Sentindo-se preso em um pesadelo, Nick engoliu em seco e disse:

– O quê?

Jed deu uma risada desagradável.

– Isso mesmo. Você não passa de uma tentativa desesperada de me prender, e deu certo. Um filho significa ter de pagar pensão a vida inteira. Decidi continuar casado, mas nunca a perdoei.

Tudo fazia perfeito sentido, e as peças se encaixaram em seus lugares. Jed nunca o quisera, nem a Maggie.

– Por que está me contando isso agora?

Jed deu um sorriso frio.

– Só um aviso. Fique de olhos bem abertos com essa sua nova esposa. Se ela se casou por dinheiro e sentir que você está ameaçando escapar dela, vai te dar o golpe da barriga. Marque bem as minhas palavras. E aí você será prisioneiro, assim como eu fui. – Ele fez uma pausa e então continuou: – Porque você é exatamente igual a mim, Nick.

Ele olhou o pai por um longo tempo. Uma gota de medo escapou da caixa ao perceber que sua família não tinha nenhuma espécie de respeito pelo seu pai. E se Jed Ryan estivesse certo? E se ele tivesse passado todos aqueles anos lutando contra seus genes e agora fosse hora da inevitável derrota? E se, apesar de seus esforços, estivesse predestinado a se transformar em seu pai?

As últimas semanas o enganaram, fazendo-o acreditar em coisas que não existiam. Amor. Verdade. Família. Alexa já havia mentido a respeito do dinheiro. Que outras mentiras teria dito? Um arrepio percorreu sua espinha. E se ela tivesse um plano o tempo inteiro, conspirando contra ele enquanto ele se apaixonava por ela?

Nick foi assolado pela dúvida, mas ignorou o sentimento e manteve a cabeça erguida.

– Eu e você não somos nada parecidos. Boa sorte, Jed.

Jogou algum dinheiro na mesa e foi embora, mas as palavras que disse zombavam dele a cada passo.

Porque, no fundo de seu coração, ele duvidava se elas seriam mesmo verdade. Perguntava-se se não seria mais parecido com Jed Ryan do que pensava.

10

Ela estava grávida.

Alexa não tirava os olhos da porta fechada por onde o ginecologista havia saído. Sim, ela andava mesmo sentindo um pouco de náusea. Sim, sua menstruação estava atrasada, algo que ela creditara ao estresse. A loucura das festas de fim de ano com sua família, do trabalho, de Nick. E por que sequer considerar a hipótese, se tomava pílula?

As palavras do médico ecoavam em seus ouvidos.

– Você tomou algum outro remédio nos últimos meses?

– Não. Só tomo Tylenol quando tenho dor de cabeça... não, espera, tomei sim. Tive princípio de pneumonia e precisei tomar... – Sua voz foi morrendo conforme a compreensão se abatia sobre ela.

– Antibióticos. – O ginecologista completou sua frase, assentindo. – Seu clínico deveria ter advertido de que antibióticos reduzem a eficácia da pílula. Na verdade, esse tipo de deslize é muito comum. Espero que a notícia seja boa.

Um desejo profundo emergiu de dentro dela e explodiu como fogos de artifício. *Sim. A notícia é boa.*

Para mim, pelo menos.

Ela entrou em seu Fusca e pousou as mãos sobre a barriga lisa.

Um bebê.

Ela daria a Nick um bebê.

A mente dela percorreu as últimas semanas em um momento. Haviam ficado mais próximos até que o ritmo natural da vida de marido e esposa se tornou uma segunda natureza para ele. O natal com a família dela fora mais tranquilo e Nick fez uma tentativa verdadeira de se divertir. Ele fazia amor com uma paixão que penetrava fundo em sua alma e ela esperava que as barreiras dele estivessem ruindo. Ela às vezes o surpreendia encarando-a com uma emoção tão crua e intensa que ficava sem fôlego. Apesar disso, a cada vez que ela abria a boca para dizer que o amava, sentia o comportamento dele mudar, como se sentisse que não haveria volta uma vez que ela dissesse as palavras.

Ela estava esperando o momento perfeito, mas seu tempo havia acabado. Ela o amava. Queria um casamento real, não apenas um contrato. E precisava contar a ele o que tinha feito com o dinheiro.

Uma tensão nervosa percorreu seu corpo. Nick havia se recusado a casar com Gabriella porque ela queria uma família. Era óbvio que ele não queria repetir os erros do pai. No entanto, Alexa esperava que ele fosse finalmente se abrir para o amor ao perceber que aquele bebê era real e parte de si mesmo.

Dirigiu para casa em um estado de agitação e expectativa. Nem cogitara a hipótese de esconder a informação dele. Esperava que ele reagisse com certa surpresa e um pouco de medo, mas seus instintos lhe diziam que Nick acabaria gostando da ideia. Afinal, não haviam planejado aquilo, portanto o Destino devia ter um bom motivo para mandar o bebê.

Teimosa, Alexa acreditava que o faria feliz. A notícia o forçaria a finalmente se abrir e dar uma chance aos dois. Ela sabia que ele a amava.

Parou o carro na frente da casa e abriu a porta da frente. Old Yeller, como no filme *Meu melhor companheiro*, correu desajeitado até a porta para cumprimentá-la e Alexa fez carinho em suas orelhas e beijou sua cabeça até ver o balançar saudável do rabo. Ela reprimiu um sorriso. Quem dera seu marido fosse assim tão fácil de domar. Bastara um pouco de amor e paciência para que o cachorro se revelasse.

Foi até a cozinha, onde Nick se ocupava com o jantar. O avental que vestia trazia os dizeres CHEF DO ANO, um presente de Natal que ganhara da sogra. Chegou de mansinho por trás dele na ponta dos pés e o abraçou com força, seu nariz brincando com o pescoço dele.

Ele se virou para dar um beijo em Alexa.

– Oi.

– Oi.

Sorriram um para o outro.

– O que tem para comer? – perguntou ela.

– Salmão grelhado, espinafre, batatas assadas e a salada, claro.

– Claro.

– Tenho uma notícia para te dar.

Alexa estudou o rosto do marido. Seus olhos brilhavam com uma aura de triunfo e os belos lábios se erguiam levemente nos cantos em um sorriso contido.

– Ai, meu Deus, você conseguiu o contrato!

– Eu consegui o contrato.

Ela gritou, comemorando, e se lançou nos braços do marido. Ele riu, girando-a no ar, e então inclinou a cabeça e a beijou. O calor familiar cresceu dentro dela e ela cravou os dedos nos ombros dele, segurando-se firme. Seu coração batia forte, e ela estava tão feliz que podia estourar a qualquer momento.

– Vamos comemorar, meu amor. Deixei uma garrafa do champanhe que sobrou do Ano-Novo na geladeira, vamos beber e fazer umas loucuras.

Ela parou e se perguntou quando seria o melhor momento de contar sua novidade. Uma mulher normal esperaria até que o jantar fosse servido e eles já tivessem conversado sobre o contrato para o projeto às margens do rio. Uma mulher normal esperaria o tempo que fosse necessário e se prepararia para dar a notícia de maneira tranquila.

Alexa admitiu que nunca fora uma mulher normal e interpretou a notícia do sucesso de Nick como um bom auspício para sua própria novidade.

– Não posso mais beber.

Ele sorriu para ela e continuou temperando o salmão.

– Quer maneirar na bebida, é? Espero que não esteja naquela dieta estúpida de novo. Vinho faz bem pro sangue.

– Não, não é a dieta. Hoje fui ao médico e ele disse que eu não posso beber.

Ele a olhou, franzindo o cenho.

– Você está bem? Está doente de novo? Eu te falei para ir ao meu médico em vez do seu, aquele guru holístico esquisito que vive te receitando ervas e florais. Eu quase precisei ameaçá-lo para que ele te prescrevesse antibióticos quando você estava com pneumonia.

Nick jogou as batatas na frigideira e as regou com azeite.

– Não, eu não estou doente. Ele me disse outra coisa.

– Oh. – Ele deixou a colher de pau de lado e se virou para ela, um traço de pânico crescendo dentro dele. – Alexa, você tá me assustando. O que houve?

A preocupação dele a comoveu. Ela pegou as mãos dele e as apertou com força.

– Nick, estou grávida.

O choque brilhou nos olhos de Nick, mas Alexa já estava preparada. Esperou, paciente, até que Nick assimilasse a novidade para que eles pudessem conversar. Sabia que Nick não cederia à emoção, apegando-se à lógica e à razão.

Devagar, Nick se soltou das mãos dela e deu um passo para trás, dizendo:

– O que você disse?

Ela respirou fundo.

– Estou grávida. Nós vamos ter um bebê.

Ele não conseguia encontrar palavras.

– Mas isso é impossível. Você está tomando a pílula. – Fez uma pausa, e completou: – Não está?

– Claro que estou, mas essas coisas acontecem às vezes. Na verdade, o médico disse...

– Muito conveniente.

Ela piscou, atônita. Ele a olhava como se ela tivesse se transformado em um monstro de duas cabeças. Alexa começou a se sentir inquieta, afastou-se dele e se sentou à mesa da cozinha.

– Sei que é um choque para você, assim como foi para mim. Mas vamos ter um bebê, e precisamos falar sobre isso. – Como ele ficou em silêncio, ela continuou, sua voz agora mais suave e carinhosa. – Eu jamais planejei que isso acontecesse. Jamais planejei transformar esse casamento em algo real. Mas eu te amo, Nick. Estava esperando o momento certo para te dizer isso. Desculpe descarregar tudo em cima de você, mas não quis mais esperar. Por favor, diz alguma coisa. Qualquer coisa.

Ela viu seu marido se transformar. O homem com quem ela adorava conviver, o homem que ela amava se retraiu dentro de si mesmo. A distância entre eles aumentou e surgiu uma frieza que provocou um arrepio em sua espinha. O rosto sério de Nick parecia esculpido em pedra. Ao esperar pelo que o marido diria em seguida, Alexa teve uma premonição terrível de que eles haviam chegado a mais uma encruzilhada.

• • •

Nick encarou a esposa e disse:

– Não quero esse bebê.

A muralha de gelo que vinha ruindo dentro dele nas últimas semanas se refez de repente, e logo estava mais alta do que nunca.

As únicas emoções que conseguiam atravessar a barreira eram mágoa e ressentimento. Ah, ela era boa. Era muito boa. Ele havia caído em seu ardil e agora pagaria o preço.

Atônita, Alexa piscou e balançou a cabeça devagar.

– Certo. Você diz que não quer o bebê. Sei que você está com medo, mas talvez seus sentimentos mudem com o tempo.

As palavras que Gabriella dissera meses atrás o torturaram. A promessa de seu pai ecoava em sua cabeça. Ele fora advertido de que Alexa usaria todas as armas em seu alcance para prendê-lo, mas não acreditara. Confiara em sua inocência e acabou se apaixonando por ela.

Ele havia deixado tudo bem claro desde o início e foi bastante burro para acreditar que ela o respeitava o suficiente para não tentar prendê-lo àquele casamento.

E agora ela o amava.

Nick quase sufocou com sua risada amarga. Desde o dia em que descobrira os papéis do banco e que conversara com seu pai, havia uma guerra dentro dele entre a dúvida e sua necessidade de acreditar nela. Assim, decidira deixar o assunto de lado e confiar nela. Confiar que ela um dia contaria a ele como realmente gastara o dinheiro.

Mas agora ela revelava a sua trama com o rosto radiante e os olhos cheios de triunfo.

Um bebê.

Ela estava esperando um bebê de Nick.

O ódio cresceu e envolveu Nick em uma nuvem negra, e ele disse:

– Qual o problema, Alexa? Não ficou satisfeita com apenas cento e cinquenta mil? Ou o tempo deixou você gananciosa?

A dor transfigurou o rosto dela, mas agora ele sabia que era tudo uma farsa, e sabia bem. A voz dela falhou quando disse:

– Do que você está falando?

– Pode abrir o jogo, Alexa. Você é uma garota esperta. O fim do contrato está se aproximando, já estamos no quinto maldito mês.

Você não sabia o que ia acontecer, então planejou esse pequeno acidente para selar de vez o nosso contrato. O problema é que eu não quero esse bebê. Então você está de volta à estaca zero.

Ela se inclinou para a frente, abraçando a barriga com as mãos.

– Você acredita mesmo nisso? – Ela inspirou com dificuldade e seu corpo todo tremeu. – Realmente acredita que fiz tudo isso de propósito, para prender você?

– Por que outro motivo você me diria que estava tomando a pílula, para me fazer parar de usar camisinha? Você admitiu que queria dinheiro desde o começo e então me enganou, fazendo-me acreditar que era uma mulher independente. Eu realmente fiquei confuso. – Deu uma risada seca. – Foi uma jogada muito esperta, recusar o carro novo. Eu acreditei de verdade na sua historinha. Você estava só se preparando para o ato final, não é mesmo?

– Oh, meu Deus. – Ela dobrou na cintura, inclinando o corpo como se estivesse sentindo dor, mas ele ficou onde estava e não sentiu nada. Muito lentamente, Alexa se levantou da cadeira. O brilho em seu rosto desapareceu. Sua face refletia tanta mágoa que ele hesitou por um instante, mas se endureceu por dentro e se forçou a encarar a verdade sobre sua esposa.

Ela era uma mentirosa. Usou uma criança inocente para conseguir o que queria e a maior vítima daquela situação seria o pobre bebê. Ele conteve um espasmo de nojo ao ver que ela ainda representava, fazendo-se de vítima.

Alexa se agarrou à parede e o olhou do outro lado da cozinha, horrorizada.

– Eu nunca soube... – disse, com a voz rouca. – Nunca soube que era isso o que você realmente pensava de mim. Eu pensei... – Alexa respirou fundo e ergueu o queixo, orgulhosa. – Acho que não importa o que eu pensei, não é mesmo?

Ela se virou, fazendo menção de sair da cozinha, e ele atirou suas últimas palavras contra ela.

– Você cometeu um grande erro, Alexa.

– Você está certo – sussurrou ela. – Cometi mesmo.

E então ela se foi.

A porta se fechou. Parado na cozinha por um longo tempo, Nick ouviu o barulho de patas se aproximando. Old Yeller sentou-se ao lado dele, seus olhos dourados cheios da certeza de que Alexa fora embora para sempre. O cão ganiu baixinho e a casa vibrou com um silêncio sinistro. Ambos estavam sozinhos de novo, mas Nick não tinha emoções e, portanto, não iria chorar.

Pelo menos o cachorro sofreria pelos dois.

11

Duas semanas.

Nick olhou pela janela da cozinha. Old Yeller estava deitado aos seus pés e uma caneca de café fumegante estava ao seu lado na mesa.

Vivia seus dias e suas noites como um fantasma. Estava ocupado o suficiente com o trabalho, de modo que todas as suas energias eram despejadas em seus projetos, mas passava as noites se revirando na cama, sem dormir. Pensando em Alexa e em seu filho por nascer.

A campainha tocou.

Sacudiu a cabeça, despertando de seu devaneio, e foi até a porta. Jim e Maria McKenzie aguardavam na calçada.

A tristeza se abateu sobre ele ao ver os rostos familiares, mas ele reprimiu as emoções e abriu a porta.

– Jim, Maria. A que devo a visita?

Só poderiam estar ali por um motivo: para escorraçá-lo. Preparou-se para as lágrimas de Maria, que falaria sem parar de seu filho ainda por nascer. Esperava receber um soco de Jim por magoar sua garotinha.

Nick endireitou as costas e se preparou para o impacto. No fundo, estava surpreso que tivessem demorado tanto. Talvez a raiva dos pais de Alexa até o ajudasse. Ele precisava sentir alguma coisa – qualquer coisa, nem que fosse dor. Uma hora ele teria de entrar em contato com ela a respeito do restante do contrato e ver o que poderia ser feito para preservar as aparências. Perguntou-se que tipo de historinha ela teria contado aos pais.

– Podemos entrar? – perguntou Maria.

– Claro. – Ele os levou até a cozinha. Old Yeller ainda não estava acostumado à presença de outras pessoas e se escondeu atrás da cortina. Ao passar pelo cão, Nick fez um afago distraído em sua cabeça antes de pegar duas canecas e dizer:

– Tenho chá e café.

– Café, por favor – disse Jim.

Maria não quis nada, e se sentou. Nick buscou creme e açúcar, tentando ignorar o nó em seu estômago.

– Presumo que vieram falar de Alexa – começou ele.

Jim e Maria trocaram um olhar estranho.

– Isso mesmo. Ela está nos evitando, Nicholas. Achamos que há algo errado. Ela não atende nossos telefonemas. Fomos até a livraria para ver se estava bem, mas ela deu uma desculpa qualquer e nos enxotou de lá.

Jim assentiu e continuou a partir dali:

– Ela não tem falado com o irmão, nem com Izzy ou Gen. Resolvemos vir até aqui para tentar conversar com ela. Nick, pode contar para nós, vocês estão tendo problemas? Onde ela está?

Aquela bizarra cena de *Além da Imaginação* fez sua cabeça girar. Nick olhou o casal mais velho sem saber o que dizer. Alexa não havia contado a eles sobre o bebê. Nem sobre o término. Ela não devia fazer ideia de como lidar com a situação.

Nick conteve um grunhido de agonia. De maneira alguma ele iria confessar o que havia ocorrido. Essas pessoas não eram sua família, não eram sua responsabilidade.

– Hum, acho que tem um evento hoje na livraria. Noite de poesia.

Maria envolveu os dedos dele com suas mãos, e a mistura de força e gentileza que emanava dela quase fez Nick chorar. Os olhos dela estavam pesados de preocupação, e ela disse:

– Chega de mentiras. Você é parte da família agora. Pode nos contar a verdade.

As palavras dela resvalaram na tranca da caixa que havia dentro dele. *Família*. Ela ainda achava que ele era parte da família. Ele queria que aquilo fosse verdade e que sua esposa não tivesse traído sua confiança. Nick baixou a cabeça e as palavras escaparam de sua boca antes que ele pudesse se conter:

– Nós terminamos.

Maria ofegou. Nick imaginava que Jim o estivesse olhando com raiva e se rendeu ao inevitável. Hora de confessar seus pecados. Cada um deles. Seus planos meticulosamente calculados estavam ruindo e ele percebeu que precisava se libertar deles. Era hora de contar a verdade à família dela.

– O que aconteceu? – perguntou Maria com ternura na voz.

Nick se soltou, levantando-se da mesa, e ficou andando em círculos enquanto tentava encontrar as palavras.

– Alexa me contou que estava esperando um filho. – A alegria imediata que tomou os rostos de Jim e Maria fez que Nick fechasse os olhos com força. – Mas eu disse que não queria o bebê.

Ergueu o queixo e se recusou a desviar o olhar. A proteção de gelo tão familiar se envolveu ao seu redor e ele continuou:

– Eu a avisei muitas vezes desde o início que eu não posso ser pai.

O olhar de Maria carregava toda a compreensão do mundo e ela disse:

– Nicky, por que você pensaria uma coisa dessas? Você será um ótimo pai. É carinhoso e firme e tem tanto a dar.

Ele sacudiu a cabeça.

– Não tenho, não. Você está enganada. – Seus lábios formigaram com o ímpeto de contar sobre a traição de Alexa, mas ele se conteve. Recusava-se a contar tudo sobre o casamento sem amor e partir o coração dos pais dela. – Há outros motivos, Maria, motivos pessoais. Coisas que não posso discutir com vocês. Coisas que eu não sei se seria capaz de perdoar.

– Nicholas, você está errado – disse Jim, com suavidade. – É sempre possível perdoar, se vocês se amam. Eu traí a confiança de meus filhos. De minha esposa. Fugi, dei as costas a todas as pessoas que se importavam comigo. Mas eles me perdoaram e hoje somos uma família mais uma vez.

Maria assentiu e disse:

– Casamento nem sempre é fácil. As pessoas cometem erros e às vezes fazemos coisas terríveis. No entanto, os votos que fizemos valem tanto para os momentos bons quanto para os ruins.

Nick se engasgou com o nó em sua garganta.

– Não sou capaz de fazer isso. Sou como meu pai. Ele já está na quarta esposa e não se importa com ninguém além de si mesmo. Não consigo viver com a ideia de magoar uma criança inocente. Não há nada pior do que ser indesejado.

Preparou-se para o espanto e o desprezo. Em vez disso, Maria riu e atravessou a cozinha, passou os braços em volta dele e lhe deu um abraço apertado.

– Ah, Nicholas, como você pode dizer uma coisa dessas? Você não se lembra de todas as vezes que fugia lá para casa para roubar uns biscoitos e cuidar de sua irmã? Você é um homem amoroso e íntegro, não é nada parecido com o seu pai. Vejo isso em seus olhos sempre que você olha para a minha filha. O amor que sente por ela brilha em seu rosto.

Jim pigarreou e disse:

– Você mesmo é responsável pelos seus erros e suas escolhas, Nick. Não adianta culpar seus genes ou se esconder por trás de desculpas. Você é um homem maior do que isso.

Maria envolveu o rosto dele em suas mãos. Seus olhos refletiam apenas amor e compreensão ao dizer:

– Um homem como o seu pai jamais teria nos dado um presente tão generoso quanto o que você nos deu. O dinheiro que você e Alexa nos deram nos ajudou a cuidar de nossos filhos e não precisamos vender nossa casa.

Nick franziu o cenho.

– Dinheiro?

Ela sacudiu a cabeça e disse:

– Alexa nos disse muitas vezes que sua única exigência era a de que jamais tocássemos no assunto, mas Nick, querido, você precisa saber como somos gratos a você.

Ele pegou a deixa e algo dentro dele gritava que estava prestes a receber a peça que faltava para completar o quebra-cabeça que era a sua esposa. Nick disse:

– Sim. Claro. Foi um prazer para nós. E vocês usaram o dinheiro para...

Maria inclinou a cabeça e disse:

– Para salvar nossa casa, claro! Sem o peso da hipoteca, Jim e eu conseguimos pagar as contas e zerar nossas dívidas. Finalmente temos uma chance, e é tudo graças a você.

O quebra-cabeça brilhou na mente de Nick em toda a sua glória. Completo. Ela não queria o dinheiro dela para a própria livraria. Havia mentido para salvar a casa de sua família. Esse fora seu motivo para se casar com ele.

Tentara pegar sozinha o empréstimo no banco, mas fora rejeitada. E ele agora entendia o motivo pelo qual Alexa não havia contado a verdade. Como poderia? Ele jamais oferecera a ela segurança para confessar seus sentimentos. Ela não queria que ele sentisse pena dela ou de sua família, nem que tivesse nenhum motivo para jogar em sua cara depois. Alexa cuidava dos seus, lutaria até a morte para proteger as pessoas que amava. Era a mulher mais leal, compreensiva, turrona e apaixonada que ele havia conhecido e ele estava perdidamente apaixonado por ela.

A verdade pulsava em cada músculo de seu corpo. Alexa não tinha mentido sobre o bebê. Não engravidara de propósito. Foi mesmo um acidente e ela fora burra de confiar nele o suficiente para contar a verdade e tentar explicar tudo. Ela confiava tanto nele que até acreditara que ele ficaria feliz com a chegada do bebê.

E ele traíra sua confiança. Preferiu acreditar nas palavras venenosas de Gabriella e de seu pai, em vez de confiar na mulher que o amava.

Pela primeira vez em sua epifania, Nick se perguntou se Alexa seria capaz de perdoá-lo.

Olhou para Maria, a mulher que havia dado à filha não apenas a força para lutar por seus ideais mas também um coração capaz de amar incondicionalmente. Ele rezava para que aquele coração fosse capaz de conceder segundas chances.

Pensou em seu pai e suas muitas mulheres. Pensou em todo o seu esforço para não sentir qualquer emoção, para não ser machucado de novo da maneira com que seus pais o haviam machucado. Da maneira com que o relacionamento deles havia ferido todos ao seu redor.

Foi como se um raio tivesse atravessado a cozinha, abalando as fundações de Nick.

Percebeu que, se continuasse no caminho em que se encontrava, terminaria exatamente como seu pai. Cerrou os punhos com força. Sua estratégia de se manter a distância nos relacionamentos para evitar a dor criara um homem preso em uma concha – pior, provocara uma dor que ninguém merecia sofrer, justamente na mulher que ele amava. Era um covarde sem caráter que magoava as pessoas porque só se importava consigo mesmo.

Nick ainda sentia o medo se agarrar em sua alma, tão poderoso quanto ele lhe permitira ficar ao longo dos anos, mas pela primeira vez queria se arriscar. Queria dar a Alexa tudo o que ela precisava. Queria ser pai, marido e amigo. Queria cuidar dela, protegê-la e passar cada dia do restante de suas vidas a seu lado. Talvez, se ele se entregasse por completo, se desse a ela tudo o que tinha para dar, isso fosse o suficiente.

A última muralha em volta de seu coração se abalou. Começou a se desfazer e então ruiu por completo.

Por algum motivo, Alexandria achava que ele era o suficiente, porque ela o amava.

Os dedos de Nick tremiam ao tomar as mãos de Maria nas suas, e ele disse:

– Preciso falar com ela agora mesmo.

Maria concordou com a cabeça:

– Vá consertar as coisas.

Ele aprumou a coluna e encarou seu sogro, dizendo:

– Eu também fiz uma coisa terrível e só posso torcer para que ela me perdoe. Vou fazer de tudo para que isso aconteça.

Jim sorriu:

– Eu sei que vai, meu filho.

Nick olhou o cachorro feio que aprendera a amar e disse:

– Acho que tive uma ideia.

. . .

Maggie pôs uma caneca de chá na frente de Alexa, levando embora o cappuccino que vinha testando sua força de vontade pelos últimos minutos.

– Nada de cafeína. Tome o chá. Tem antioxidantes.

Alexa deu uma risada fraca e disse:

– Tá bom, mamãe. Mas não acho que tomar um café mocha me faria tão mal assim, considerando o meu estado de exaustão.

– Cafeína prejudica o crescimento do bebê.

– É, e estresse também. E eu não estou ganhando o suficiente para ter um bebê.

– Hummm, devem ser os hormônios, mas você está mesmo muito rabugenta.

– Maggs!

A amiga sorriu para ela, tirando o pires que abafava o chá.

– Você sabe que eu gosto de te encher o saco um pouquinho. Só pra me certificar de que você não virou uma daquelas heroínas trágicas e choronas desses livros que você vive lendo.

– Vai se ferrar.

– Viu? Bem melhor assim.

Alexa olhou para a amiga com carinho verdadeiro. Ia ficar tudo bem. Após duas semanas longe de Nicholas, cada dia era um teste de vontade e força e ela era teimosa demais para se permitir o fracasso. Não havia dito nada à família ainda, mas planejava contar tudo no próximo fim de semana. Maggie a ajudaria. E mesmo que ela ainda não houvesse conseguido o empréstimo para a livraria, o faturamento da BookCrazy crescia de maneira estável. Ela ia sobreviver.

Alexa repetia esse mantra a cada hora de cada dia que passava longe do homem que amava, seu bebê crescendo na barriga. Ele havia feito a escolha dele, e ela precisava se conformar com a realidade.

– O conde me levou para jantar uma noite dessas.

Distraída pela perspectiva de uma boa fofoca, Alexa sorriu e disse:

– E você não me disse nada?

Maggie deu de ombros.

– Nós discutimos. Ele só falou de você a noite inteira. Ele está apaixonado por você, Al.

Alexa riu e disse:

– Pode acreditar em mim, não sinto nada por ele e jamais sentirei. – Pôs a língua para fora com interesse. – Então vocês brigaram, foi? Acho que você finalmente conheceu alguém que é páreo para você.

Maggie riu com desdém.

– Que absurdo, Al.

Alexa contraiu os lábios com interesse, dizendo:

– Talvez ele seja o único homem capaz de bater de frente com você, Maggs.

– É, realmente, a gravidez está mexendo com o seu cérebro.

Por um momento, Alexa pensou ter visto um leve lampejo de mágoa nos olhos da amiga. Fez menção de dizer algo, mas nessa hora os poetas chegaram e assumiram seus lugares. Música ambiente tocava dos alto-falantes para ajudar a criar o clima. A iluminação era suave e a noite caía lá fora. A energia criativa vibrava na sala, e os poetas se alternavam para recitar seus pensamentos e sonhos ao microfone. Segurando o caderno junto ao peito, Alexa estava um pouco afastada do palco e se deixou levar pelo conforto das sucessivas imagens mentais evocadas pela poesia. Fechou os olhos e deixou que seus outros sentidos a dominassem, aguçados e intensos, e se entregou às imagens que fluíam como óleo em sua mente e se fundiam como tintas em uma tela.

Houve uma pequena pausa entre um poeta e outro.

Foi quando ela ouviu aquela voz.

A princípio, sua mente estava aberta e neutra em relação à voz grave e profunda do homem que falava ao microfone. Quando seu coração fez a conexão, um medo inominável preencheu seu ser. Sua respiração falhou. Devagar, Alexa se forçou a olhar o poeta no palco.

Era seu marido.

Primeiro, ela pensou que seus olhos estivessem lhe pregando uma peça. O Nick Ryan que estava no palco não existia na vida real. Um estranho estava plantado à sua frente.

Estava vestido dos pés à cabeça como um fã dos Mets. Mechas loiras de cabelo ondulado escapavam por baixo do boné azul e coral em sua cabeça, virado para trás. Vestia uma camisa dos Mets, jeans e tênis. Segurava uma correia coral e Old Yeller estava sentado ao lado dele, ostentando uma dignidade contida característica a cães de pedigree, não a vira-latas. O cachorro tinha uma bandana dos Mets amarrada no pescoço e uma de suas orelhas estava caída em um ângulo meio torto. Seu rabo não estava abanando, mas seus olhos não traziam aquele olhar carregado a que ela se acostumara ver em seu cãozinho sofrido. Pendurada em seu pescoço e pendendo entre as patas dianteiras dele havia uma placa feita de papelão com os dizeres: VOLTE PARA CASA.

Alexa piscou uma, duas, três vezes e percebeu que a cena era real.

Nick tinha nas mãos um pedaço rasgado de papel pautado. Limpou a garganta. Alexa percebeu que prendia a respiração enquanto a voz dele saía pelos alto-falantes e chegava aos seus ouvidos.

– Não sou poeta. Mas minha esposa é. Ela me ensinou a encontrar o extraordinário que reside na simplicidade. Ela me ensinou tudo o que sei sobre emoções, sobre verdade e sobre segundas chances. Sabem, eu nunca havia entendido como uma pessoa pode ser capaz de dar tudo de si sem esperar nada em troca. Alexa, você mudou a minha vida, mas eu tinha medo demais para entender o que isso significava. Eu achava que não era bom o suficiente, que não era digno de você. Agora entendi a verdade.

Alexa fechou os olhos, lágrimas escorrendo por seus cílios. Maggie apertava sua mão. Seu marido a queria de volta. No entanto, o caminho que ele escolhera era, como dizia o famoso poema, um fator desconhecido. Agora que conhecia melhor a escuridão que havia dentro dele, sabia que sobreviveria, que estaria a salvo se virasse as costas e não o aceitasse de volta. Ela ficaria bem sozinha. A escuridão a chamava como uma velha amiga. Naquele momento, tinha uma escolha. E, que Deus a ajudasse, ela não sabia se possuía dentro de si a força necessária para tentar de novo.

Abriu os olhos.

Murmúrios e comentários sussurrados chegavam aos seus ouvidos. Ela olhou para o homem que amava e esperou que ele continuasse a falar.

– Eu te amo, Alexa. Quero ter você em minha vida, quero ter nosso filho. Quero esse pulguento feioso porque eu aprendi a amá-lo também. Hoje eu também descobri o que não quero. Não quero viver sem você. Não quero mais ficar sozinho. E não quero acreditar que eu mereço não ter você. E juro por Deus que passarei o resto da minha vida me esforçando para estar à sua altura.

O lábio inferior dela tremeu. A mão de Maggie apertou ainda mais a sua, e ela disse:

– Você ainda o ama?

Ela engasgou com a resposta e finalmente conseguiu dizer:

– Eu acho que não consigo mais fazer isso.

Os olhos de Maggie brilharam com tanta força que quase soltou fagulhas.

– Consegue, sim. Você consegue fazer isso de novo, e de novo, e de novo. Se você o ama.

Seu marido desceu do palco e foi até ela. A muralha que ela construíra ao redor de seu coração sofreu um abalo quando ele disse:

– Sempre foi você, Alexa. Você fez de mim um homem completo de novo.

Então, ele se ajoelhou e pôs as mãos na barriga dela.

– Meu bebê – sussurrou ele. – Eu tinha medo de não ter nada para te oferecer. Mas eu tenho. E eu quero dar tudo o que eu tenho a você.

A muralha tremeu com força devastadora e ruiu ao redor dela.

Alexa tomou sua decisão.

Puxou-o para cima e se entregou aos seus braços. Ele a abraçou com força, suas mãos envolvendo as costas de Alexa, e jurou num sussurro, sua boca colada ao ouvido da esposa, que jamais a magoaria de novo. Aplausos calorosos quebraram o silêncio, com todos batendo palmas e gritando em comemoração.

Maggie riu, dizendo:

– Já era hora de você tomar jeito, maninho.

Nicholas puxou a irmã para um abraço coletivo. O rosto dele refletia uma leveza e uma paz que Alexa vira apenas em raros e fugazes momentos, mas que agora iluminavam o rosto de Nick por inteiro.

– Imagino que vocês saibam que eu pretendo ser madrinha desse bebê.

Alexa riu.

– Deus nos ajude se for uma menina. Você vai vesti-la com roupinhas de couro e levá-la para ensaios fotográficos.

– E se for menino, eu vou ensiná-lo a fazer uma mulher feliz.

Nick beijou a esposa nos lábios e disse:

– Você terá ambos, Maggie, pode ter certeza. Acho que vou levar minha esposa para casa e começar a praticar para o segundo desde já.

Os olhos de Alexa se arregalaram.

– Um segundo filho? Primeiro temos de passar pelos enjoos matinais e o ganho de peso e o trabalho de parto.

– Vai ser moleza. Não vou sair do seu lado em momento algum.

– Só se você continuar usando essa camisa dos Mets.

Nick sorriu e disse:

– Na verdade, estive repensando os seus argumentos sobre o assunto. Talvez você esteja certa. Acho que os Mets merecem mais um fã.

Alexa ergueu os olhos para o céu, sussurrando:

– Obrigada, Mãe Terra.

Fez uma nota mental para não esquecer de dar o livro de feitiços para Maggie. Algo lhe dizia que a vida da amiga estava prestes a mudar e que ela precisaria de toda a ajuda possível.

Como se lesse seus pensamentos, Nick a beijou e disse:

– Vamos para casa.

Ela passou os braços ao redor do marido e deixou que ele a conduzisse de volta à luz.

FIM

Agradecimentos

Escrever pode ser um negócio solitário. Felizmente, a comunidade de autores de romance é cheia de profissionais generosos e dedicados, sempre dispostos a nos encorajar ou puxar nossas orelhas para que consigamos cumprir o prazo.

Obrigada aos meus amigos no Twitter que me fazem rir e me ajudam a socializar, e a todos os maravilhosos autores que tiram um tempinho para ajudar a promover um colega de profissão.

Quero mandar um beijo especial para o grupo 4BadMommies. Todos precisamos de um lugar seguro de vez em quando, e esse grupo de mamães é o melhor. Wendy S. Marcus, Regina Richars e Aimee Carson – vocês são demais. E para Abbi Cantrell, Maggie Marr e Maisey Yates, queridas companheiras de quarto no ano passado durante a Conferência Nacional de Autores de Romance, em Nova York. Nós nos divertimos horrores – temos de repetir a dose este ano.

Sobre a autora

Jennifer Probst escreveu seu primeiro livro aos doze anos de idade. Juntou tudo em uma pasta de papel, leu para seus amiguinhos da escola e nunca mais parou de escrever. Ela fez um breve hiato para se casar, ter um filho, comprar uma casa, ter outro filho, fazer mestrado em Literatura Inglesa e adotar dois cães no canil de sua cidade, mas agora já voltou a escrever.

Jennifer vive com essa turma toda no interior do estado de Nova York. Seus dois filhos pequenos a deixam sempre alegre, agitada, estressada e triste porque seu lar nunca será uma daquelas casas limpinhas de verdade.

É autora de romances contemporâneos e eróticos. Sua obra inclui *Heart of Steel*; *Masquerade Secrets* Volume 11; *The Tantric Principle*; *Sex, Lies and Contracts*; e *Catch Me*. Também escreveu um livro infantojuvenil, *Buffy and the Carrot*, coautorado por sua sobrinha de doze anos, e um conto sobre um cachorro de canil, *Life Worth Living*. Jennifer está muito animada com sua nova série, *Marriage to a Billionaire*.

Todos os livros estão disponíveis no site da autora, http://www.jenniferprobst.com. Jennifer ama receber mensagens de seus leitores, e também está no Facebook e no Twitter.

Este livro foi composto em Electra LT Std
para Texto Editores Ltda.
em Maio de 2014.